滄海叢刊

中國文學縱橫論

黃維樑著

1988

東大圖書公司印行

©中國文學縱橫論

作者　黃維樑
發行人　劉仲文
出版者　東大圖書股份有限公司
總經銷　三民書局股份有限公司
印刷所　東大圖書股份有限公司
地址／臺北市重慶南路一段六十一號二樓
郵撥／〇一〇七一七五一〇號
初版　中華民國七十七年八月
編號　E 82051①
基本定價　伍元壹角壹分
行政院新聞局登記證局版臺業字第〇一九七號

自序

在爲這本論文集命名的時候，我擬了幾個書名，包括《中國文學比較研究》、《從比較文學角度論中國文學》、《中國文學論集》、《中國文學縱横論》。結果，東大圖書公司的編輯先生認爲《中國文學縱横論》最好，於是它就成爲本書的名字。

書名中如有「研究」一類字眼，可能會使讀者覺得學究氣太重，因而對書卻步。以「縱横論」爲書名，讀者的第一反應可能是：此書議論縱横，大概文筆也較爲活潑了，因而可讀性也較高。

這本論文集的每篇文章，都是學術論文，其學術性和學究氣是不言而喻的。不過，我的確希望做到以活潑的筆調，來探討嚴肅的學術，的確希望做到議論縱横。這是對「縱横論」的一個解釋。

「縱横論」的另一個解釋是：縱指歷史，横指地域，本書各篇論文討論的問題，都盡可能放在中國文學的整個傳統之中，作歷史的透視，也盡可能和西方的文學作不同地域的比較觀照。

我在一九七七年出版的第一本書《中國詩學縱横論》，命名時卽基於這樣的想法。從一九七七年的《中國詩學縱横論》，到現在一九八八年的《中國文學縱横論》，這兩本書，可說是兄弟篇。事隔十一年，兄弟二者可有代溝？答案是：應該沒有。

自大學時代開始，我就對瀚海般的文學作品旣愛且懼。愛讀它們，但太多了，讀不勝讀。怎樣讀、怎樣分析和評價，是更大的問題。於是我開始鑽研文學批評的理論，且嘗試中西兼顧。漸漸地，理論變成燈塔，照亮了文學之海上我的航線，使我有安全之感。

近代以來，中國文化受西方影響至大，文學理論也不例外。有些學者唯西方的馬首是瞻，而離棄了或忽視了中國古代的龍。在文學理論方面，中國古代的龍是《文心雕龍》。我在大學時代讀了《文心雕龍》的十來篇，覺得一直非常受用，且使我日後面對西方各種文學理論時，有一種民族的自信，認爲西學雖好，中學也並不遜色，甚至有超過的地方。中國人的聰明智慧，並不輸給西方白種人。只不過有些聰明的中國人誤用了聰明，爲國家民族帶來了災難，以致現代的中國，落在西方先進國家之後。我們當然不應該因爲現代中國之落後，而否定了我們祖先的聰明智慧，而一切唯西方是尚。從劉勰的《文心雕龍》到陳廷焯的《白雨齋詞話》，中國的文學理論著作，不但豐富，而且精彩。這些，加上自亞里士多德的《詩學》到佛萊的《批評的剖析》等西方經典，是我十多年來深感興趣、曾經研究的對象。這些中西典册，都爲我發出明亮的光，導我航路。

對文學理論的研究，我的興趣很大，可窮一生之力而爲，但我卻不甘心只研究理論，更希望把理論研究之所得，落實於對作品的批評。於是形成了我十多年來致力的第二個範圍：對現代和當代中國文學的實際批評。《火浴的鳳凰》、《怎樣讀新詩》、《香港文學初探》諸書，收入了我這方面的一些成果。我把實際批評的範圍定爲現代與當代文學，而不是古典文學，主要因爲覺得我們的中文文學界，需要多些人從事當代作品的評論工作（「評論落後於創作」是我們經常聽到的一句話），也因爲我對現代和當代的作品，有頗大的興趣。不過，我的實際批評對象，曾偶而兼及若干古典作品，似乎予人「越界」的感覺。其實，文心不分古今，佳作不限畛域，即使批評之筆，涉及異國詩文，也仍然是批評家份內之事。從另一個角度看，這個「越界」的現象，正好說明了文學理論訓練的重要：把握了理論，則不論批評的對象是古是今是中是外，做起批評來，就往往能得心應手，最少可以頭頭是道。「工欲善其事，必先利其器。」在二十世紀這個講究方法學的時代，對研究文學的人來說，文學理論的把握，就是「器」的把握。然而，我這裏得交代清楚，好的批評家絕不是只懂理論的人，博覽作品也非常重要，而且比把握理論更重要。

《中國詩學縱橫論》的「詩學」一詞，英文是 poetics，此詞的引伸義，則爲「文學理論與批評」（literary theory and criticism），也可簡稱爲「文學批評」或「文學理論」。此書收了三篇長文，論的都是中國以詩詞批評爲主的文學批評。現在這本《中國文學縱橫論》，範圍較廣，所論不只詩而已，還包括小說，但此書的性質和前書一樣，都偏重於理論，而非實際批評。這本書中的多篇文章，雖然常常引述實際作品，以爲分析說明之用，但是引述時往往爲了印證某種理論，而非爲了評析衡量作品本身的得失成就。《中國詩學縱橫論》的三篇論文，在一九七五年至七六年一年間完成。《中國文學縱橫論》的八篇論文，最早的成於一九七四年，最遲的成於一九八七年，前後相距十三年。這兩本書的寫作時間不同，但上述那種「縱的透視」和「橫的比較」態度不變，說二書是聲氣相通相應的兄弟篇，道理在此。

這本《中國文學縱橫論》的論文分爲三輯。第一輯論詩，有四篇。首篇〈唐詩的現代意義〉在香港浸會學院的「唐代文學研討會」上宣讀，時維一九八六年十月。此文後來曾在《中外文學》月刊上發表。第二篇〈春的悅豫和秋的陰沉〉在臺北的「第一屆國際中國古典文學會議」上宣讀，時維一九八五年四月。此文後來收入《古典文學第七集》，此爲該會議的論文集。中國大陸出版的《比較文學講演錄》一書，曾轉載這篇論文。第三篇〈五四新詩所受的英美影響〉在臺北的「第五屆國際比較文學會議」上宣讀，時維一九八七年八月。此文後來收入《中外文學》的會議論文集專號。第四篇〈艾略特和中國現代詩學〉成於一九七四年底，當時我在美國俄亥俄州立大學讀研究院，受了業師陳穎教授的鼓勵，寫成此文，投給臺北的《幼獅文藝》，該刊在翌年分三期刊出，還配了多幅珍貴揷圖。這是我在臺灣刊物上發表的第一篇非翻譯的文章，特別有紀念意義。發表後夏志清教授來函鼓勵，又提出了寶貴意見。同年臺灣大學中文系柯慶明教授編《中國文學批評年選》，把拙作選入了。

第二輯論小說，有兩篇。首篇〈中國最早的短篇小說〉成於一九七四年，是這本《中國文學縱橫論》中成文最早的一篇。當時在俄大上業師李田意教授的課，得到啟發，引起我探索中國小說源頭的興趣；加上修習的另一科目「二十世紀文學批評」（講授的是俄大英文系 James Battersby 教授）讓我深入接觸佛萊（Northrop Frye）的批評名著，我認爲西學可以爲中用，於是寫成此文。文成後投寄給香港胡菊人先生主編的《明報月刊》，不久後發表了；後來臺北的《幼獅月刊》也發表了此文，還把它收集在幼獅書店出版的《中國古典小說論集》一書裏面。臺灣師範大學中文系王熙元教授讀過本文後，同意我的觀點，曾爲文推介本文。事見王著《古典文學散論》（臺北，學生，一九八七）一書。本輯的第二篇〈醞藉者和浮慧者〉成於一九八六年，先後發表於《明報月刊》和《中外文學》等。陳幸蕙女士主編爾雅出版的《七十六年批評選》，收入本文。本文也是香港友聯出版社印行的《中國現代中短篇小說選》的一篇附錄文章。

第三輯論文學批評，有兩篇。首篇〈文學的四大技巧〉，原爲香港市政局圖書館「中文文學週」的演講稿，成於一九八〇年，曾先後發表於香港的《中報月刊》和臺北《中國時報・人間副刊》。當時《人間》的主編是高信疆先生，他把這篇二萬多字的論文，在日報的副刊分三天刊出，其魄力，以及對作者的厚愛，就像一九七六年他在《人間》發表我的〈詩話詞話與印象式批評〉長文時一樣。本輯的第二篇〈詩話詞話中摘句爲評的手法〉在一九七八年完成，發表在《香港中文大學學報》第五卷第一期。

以上交代本書各文的寫作和發表等背景，一來爲了向各地刊物的編輯先生致意——多謝他們允許我把各文匯集成書出版；二來則爲了向多年來督導、鼓勵我的老師和朋友致謝。對學問的探求，雖然自問素來有濃厚的興趣；然而，孤燈下閱讀沉思執筆，組成字句，綴句成篇，其中的艱苦和寂寞，和孤舟在大海上夜航的經驗，殆無二致。寂寂的舟子，遇到相識或陌生的航海者，打個招呼，打打氣，露出欣賞的笑容，則舟子的安慰和喜悅，實難以形容。在無涯學海上繼續航行的信心和勇氣，就是這樣得來的。

這本書的草擬書名之一是《從比較文學角度論中國文學》，因爲書中的各篇文章，多少都用了比較文學（comparative literature）的研究方法。〈五四新詩所受的英美影響〉和〈艾略特和中國現代詩學〉二篇，更一看而知是比較文學研究中的「影響研究」（influence study）。上文提到，面對如瀚海的文學作品，我旣愛且懼。面對比較文學這個學科，我有同樣的心情。要兼顧中外，融匯貫通，建立體系，做一個卓然成家的比較文學學者，談何容易。我的心固然嚮往之，恐怕是始終不能至的。這本書和《中國詩學縱橫論》一樣，是航海者一些微小的收穫，雖然可以自慰，卻絕不能自滿。書中種種，很希望得到各方博雅君子的指教。

在此出版前夕，我還要多謝黃慶萱和周玉山兩位敎授的愛護和幫忙，以及東大編輯部諸位工作的細心和效率。至於內子主理家務，使我得以安心研究和寫作，我的感念之情，自然不在話下。

——一九八八年六月二十二日，香港

中國文學縱橫論

目次

自序

第一輯（論詩）

唐詩的現代意義……三

一、引言……四

二、釋題……六

三、唐詩的形式……八

四、唐詩的技巧……一四

五、唐詩的內容……二六
六、結語……三〇

春的悅豫和秋的陰沉

——試用佛萊「基型論」觀點析杜甫的〈客至〉與〈登高〉……三三

一、引言……三四
二、佛萊及其「基型論」……三五
三、〈客至〉的喜劇氣氛……四二
四、〈登高〉的悲劇情調……四八
五、「基型論」與中國文學研究……五六

五四新詩所受的英美影響……六九

一、引言……七〇
二、胡適……七〇
三、徐志摩……七九
四、聞一多……九〇

五、結語……一〇五

艾略特和中國現代詩學……一〇九

一、引言……一一一

二、曹葆華、夏濟安……一一四

三、余光中、葉維廉、杜國清（附論「意之象」）……一一六

四、百家應和……一二四

五、顏元叔……一二九

六、結語……一三七

第二輯（論小說）

中國最早的短篇小說

——論《孟子》中〈齊人〉故事和中國小說起源的諸問題……一四五

一、先秦寓言和〈齊人〉故事……一四六

二、現代短篇小說……一四九
三、〈齊人〉的有機結構……一五一
四、〈齊人〉的反諷技巧……一五三
五、中國小說起源問題的各種說法……一五七
六、小說的本色和中西文學發展的各個階段……一六〇
七、《漢志・諸子略》小說一詞的含義……一六七
八、儒家思想和中國小說發展的關係……一七三
九、結語……一七七

醞藉者和浮慧者

——中國現代小說的兩大技巧模式……一七九
一、《文心雕龍》的「醞藉」、「浮慧」說……一八〇
二、醞藉、具體呈現法、〈藥〉……一八二
三、浮慧、夾敘夾議法、《圍城》……一九〇
四、結語……一九五

第三輯（論文學批評）

文學的四大技巧……二〇一
一、緒言：尋找文學的月桂……二〇二
二、生動……二〇六
三、對比……二一七
四、比喻……二二四
五、從三A到四A：附論結構……二三五
六、結語：碧梧棲老鳳凰枝……二三九
詩話詞話中摘句爲評的手法
——兼論對偶句和安諾德的「試金石」……二四一
一、引言……二四二
二、批評家的視野……二四三
三、摘句爲評……二四六

四、對偶句和安諾德的「試金石」……二四八
五、摘句的妙用和樂趣……二五五

附錄：

黃維樑學術年表簡編……二六〇

第一輯　論　詩

唐詩的現代意義

內容提要

五四時期、五〇年代、八〇年代的新詩運動中，都有人反對，甚至要打倒傳統的詩歌。本文在肯定新詩的同時，以唐詩爲例，爲傳統詩歌辯護。唐詩的形式，雖有束縛性，卻極爲精美。其濃縮、鏗鏘諸特點，值得現代詩人借鏡。唐詩的修辭技巧，諸如用具體意象、用象徵手法等，蔚然大備。很多向巴黎、倫敦取經的現代詩人，不知道唐代的長安原來有詩歌藝術的至寶。唐詩的內容，十分豐富；用現代的眼光看千多年前的詩篇，往往有「科學性」的發現。至於唐詩所表達的感情和思想，更有普遍性和永恆性。本文以杜甫的一首詩作結，說明詩聖的戰爭觀，在今年（一九八六年）這個國際和平年，饒有其和平的意義。

一、引言

唐朝立國近三百年，是中國歷史上一個極重要的時代；唐詩之爲中國文學的瑰寶，更早有定論。清代康熙年間編纂的《全唐詩》，共收唐、五代作者二千二百餘人，作品四萬八千九百餘首。這些詩篇，既是藝術，也是文獻。唐詩的文獻地位，向來沒有人懷疑過，史學家、傳記家、社會學家、藝術史家、以至心理學家、民俗學家等等，各取所需，無不視這近五萬首詩爲有用的材料。唐詩的藝術地位，千多年來，也很少引起爭論。然而，到了二十世紀，中國文化猛然受到西方文化的衝擊，有人覺得唐詩中的月亮，不及外國詩歌中的月亮那麼好看；身爲唐人，卻輕視唐詩。

尊崇惠特曼（Walter Whitman）、波德萊爾（Charles Baudelaire）或艾略特（T. S. Eliot）而貶抑李白、李賀、李商隱的中國詩人或詩論家，主要有三批，他們先後在五四時期、五〇年代和八〇年代出現。一九一九年，胡適提倡新詩，在該年發表的〈談新詩〉一文中說：

> 近年的新詩運動可算得是一種「詩體的大解放」。因爲有了這一層詩體的解放，所以豐富的材料、精密的觀察、高深的理想、複雜的感情，方才能跑到詩裏去。五七

言八句的律詩決不能容豐富的材料，二十八字的絕句決不能寫精密的觀察，長短一定的七言五言決不能委婉達出高深的理想與複雜的感情❶。

一連用了三次「決不能」，可見胡適對舊詩態度的決絕。一九五六年，以紀弦爲首的「現代派」在臺北成立，紀弦在同年二月出版的《現代詩》上發表〈現代派信條釋義〉，他寫道：

> 我們是有揚棄並發揚光大地包容了自波特萊爾以降一切新興詩派之精神與要素的現代派之一羣。……我們認爲新詩乃是橫的移植，而非縱的繼承。……我們的新詩，決非唐詩、宋詞之類的「國粹」。……寄語那些國粹主義者們：既然科學方面我們已在急起直追，迎頭趕上，那麼文學和藝術方面，難道反而要它停止在閉關自守、自我陶醉的階段嗎❷？

捨中取西的態度，在口號式的「新詩乃是橫的移植，而非縱的繼承」一語中，表露無遺。二十多年之後，海峽彼岸的「朦朧詩人」，鼓起了另一個反傳統的浪潮。徐敬亞在一九八二年發表的〈

---

❶ 見趙家璧主編《中國新文學大系》（上海，良友，一九三五）第一集，頁二九五。

❷ 見張漢良、蕭蕭編著《現代詩導讀》（臺北，故鄉，一九七九）第四冊，頁三八七至三八八。

崛起的詩羣——評我國新詩的現代傾向〉一文，表示不滿於一九四九年以來大陸詩壇「單調平穩的一統局面」❸，也表示對中國古典詩歌的離棄。徐敬亞對古典詩歌的仇視，不若胡適和紀弦的深，卻也不算淺，且聽聽他的話：

> 中國（今後的）新詩最直接的基礎是什麼呢？不是古典詩詞，也不是民歌，而是五四以來在外國詩歌影響下發展起來的優良傳統，……中國新詩的未來主流，……應注重借鑒外國現代主義詩歌，在這個基礎上建立多樣化、多元化的新詩總體結構❹。

徐敬亞在這篇文章中，雖然曾肯定古典詩歌的若干好處，但他的西化論調是彰彰明甚的。爲什麼不以古典詩歌做新詩的基礎？因爲他認爲古典詩歌是「哼了幾千年詰屈聱牙的古調子」❺！

二、釋　題

---

❸ 見璧華、楊零編《崛起的詩羣——中國當代朦朧詩與詩論選集》(香港，當代文學研究社，一九八四)，頁九七。

❹ 同註❸，頁一二八至一二九。

❺ 同註❸，頁一〇八。

五四時期的新詩運動，五〇年代的現代詩運動，以及八〇年代的朦朧詩運動，是中國二十世紀詩歌史上的「三反」。運動的先鋒，爲了打倒舊勢力，以領新風騷，往往對舊勢力作誇張的攻擊甚至醜化。反過來，舊勢力爲了維護其地位，也會對挑戰者予以還擊甚以謾罵。寫舊詩的人，說現代詩人崇洋媚外，說現代詩是打翻鉛字架拼湊出來的東西；這些「誹謗」，多年來我們也耳熟能詳了。新與舊的對壘，有時眞的好像現代國家的某些總統競選運動、對罵運動，使人覺得對罵的雙方，要不是罪大惡極，就是窩囊無用以至於極了。

儘管數十年來都有人爲古典詩歌辯護❻（就像在連場的爭吵中，有人爲新詩撐腰一樣），儘管有識之士覺得反對古典詩歌的一面倒論調不值一哂，儘管古典詩歌在「三反」中屹立不倒，爲了防止偏頗的攻擊、醜化言論今後再次出現，爲了節省因攻擊和反擊所耗費的精力，我認爲，闡釋、補充、重申古典詩歌的現代意義，在今天仍然是有其必要的。唐代詩歌是古典詩歌的重要成份，〈唐詩的現代意義〉於是成了本文的題目。

本文所說的詩，指「詩、詞、曲」中的詩。詞，又稱長短句，在唐代已興起，且與詩性質相近，關係密切，但不在本文範圍之內。至於「現代」，則相當於今天、現在的意思。中文的「現代」一詞，是從外文 modern 譯過來的。在西方文藝復興時期，已有「古代」（ancient）和「

❻ 五四以來，最早且最重要的辯護文章之一，是胡先驌的《評〈嘗試集〉》，此文收於註❶所引之《中國新文學大系》第二集。

現代」(modern)的對立。到了二十世紀，外文的「現代」一詞，常寓有進步之意，此意在「現代化」一詞中尤其明顯❼。本文的「現代」一詞，則並不強調其「進步」的涵義。「現代」使人聯想到「現代主義」(Modernism)，這是二十世紀文藝的一個重要概念。現代主義文藝的誕生和發展，是二十世紀的事，有其二十世紀的時代因素。唐詩是七世紀至十世紀的產物，與現代主義文藝根本「異代不同時」，不能相提並論。不過，如果把現代主義當作某些文藝的特質，而非某個時代的產物，則唐詩與現代主義文藝，非無某些契合之處。對於這一點，下文會略爲探討。

爲了說明的方便，我把唐詩分爲兩個部份：形式與技巧，一也；內容與思想，二也。唐詩在形式、技巧上的現代意義，主要是我要向詩人和詩評人解釋的；它在內容、思想上的現代意義，則主要是我要向一般讀者、一般知識份子解釋的。

三、唐詩的形式

在上述紀弦和徐敬亞的文字中，他們所關心的雖然不止於詩的形式和技巧，但乃以形式和技

---

❼ 對 modern 一詞之簡明解釋，可見 Raymond Williams, *Keywords: A Vocabulary of Culture and Society* (Glasgow, Fontana, 1976) 中有關條目。

巧為主；胡適〈談新詩〉一文所討論的，更全是形式和技巧，特別是形式。他認為絕句也好，律詩也好，五言也好，七言也好，對作者的束縛太大，因此要來一個「詩體的大解放」。他提倡的是「不拘格律」的自由詩。

我們得承認，唐代近體詩有嚴謹的格律，而這些格律確會形成束縛。為了押韻、合平仄、字數句數齊整、對仗，難免會出現湊韻、湊字、倒置、省略、費解等毛病，會有「因律害意」的弊端❽。而五言絕句那樣簡短的篇幅，一般而言，也確實難以容納「豐富的材料」和「複雜的感情」。然而，我們也必須承認，絕句和律詩，尤其是後者，實在是中國文學中極精極美的形式，是精緻的藝術（refined art）。近體詩——包括絕句和律詩——的格律，是中國古代詩人經過數百年的嘗試，到了唐代才定型的。從四言、五言以至七言，從要求不嚴的平仄、押韻、對仗，以至要求甚嚴的平仄、押韻、對仗，近體詩格律的確定，可比諸中外古今重大典章制度之確立。律詩的格律，每個中文系的學生都已熟習，本來不必多說。然而，為了說明這種形式的精美，又為了和胡適的見解商榷，這裏還是舉一個例子。以下是杜甫〈秋興八首〉中的第五首：

蓬萊宮闕對南山，承露金莖霄漢間。
西望瑤池降王母，東來紫氣滿函關。

❽ 參看拙著《怎樣讀新詩》（香港，學津，一九八二）中〈論詩的新和舊〉一文。

雲移雉尾開宮扇，日繞龍鱗識聖顏。

一臥滄江驚歲晚，幾回青瑣點朝班。

這首詩實際的平仄格式，及其應具的標準平仄格式，現表示如後。上為「實際」，下為「標準」：

實際：

	㈠	㈡	㈢	㈣	㈤	㈥	㈦	
①	—	—	—	｜	｜	—	—	，
②	—	｜	—	—	—	｜	—	。
③	—	｜	—	—	｜	—	｜	，
④	—	—	｜	｜	｜	—	—	。
⑤	—	—	｜	｜	—	—	｜	，
⑥	｜	｜	—	—	｜	｜	—	。
⑦	｜	｜	—	—	—	｜	｜	，
⑧	｜	—	—	｜	｜	—	—	。

標準：

	㈠	㈡	㈢	㈣	㈤	㈥	㈦	
①	—	—	｜	｜	｜	—	—	，
②	｜	｜	—	—	｜	｜	—	。
③	｜	｜	—	—	—	｜	｜	，
④	—	—	｜	｜	｜	—	—	。
⑤	—	—	｜	｜	—	—	｜	，
⑥	｜	｜	—	—	｜	｜	—	。
⑦	｜	｜	—	—	—	｜	｜	，
⑧	—	—	｜	｜	｜	—	—	。

以這首七律（平起首句入韻）的標準平仄格式為例，我們可說明七律的一般標準平仄格式如下：

1.任何一句的平仄格式，基本上是平平與仄仄相間，有時爲了押韻，第五和第七字的平仄需要調整。總的來說，這樣平平仄仄相間的格式，頗爲穩定，且予人「旣連貫又有變化」的感覺。

2.①②（第一和第二兩句，下同）的平仄格式，③④的平仄格式，基本上是相反的，即在兩句中的相應位置，是平平對仄仄，仄仄對平平。⑤⑥，⑦⑧也是這樣。另一方面，②③，④⑤，⑥⑦，其平仄格式，則基本上是相同的。這樣的設計，也符合「相同之中有相異」、「旣連貫又有變化」的原則。

從上述的說明，我們又看到①②和③④構成「鏡映形象」（mirror image），⑤⑥和⑦⑧也如此。更大的「鏡映形象」則由①②③④與⑤⑥⑦⑧構成。

朗誦律詩時，我們只覺得其平仄聲調等所造成的鏗鏘效果。經過這一剖析，我們進而認識到其平仄格式的精巧設計。這設計本身是一極好的圖案；說得形而上一點，這設計是中國古代陰陽相生相尅之說的一個具體呈現。

杜甫的〈秋興〉之五，其實際平仄格式與標準格式有出入。不過，大部份的差別，都可用「一三五不論」來解釋，意思是：一句中，第一、三、五等位置的字，可平可仄，不一定要與標準格式一樣。由此看來，律詩的平仄「束縛」雖緊，卻還有讓詩人鬆一口氣的地方。

3.律詩的③④兩句，以及⑤⑥兩句，必須各自對仗。對仗這種修辭手法，在中國文學中，有悠久的歷史；至唐代的律詩，對仗的要求最嚴。《文心雕龍．麗辭》說：

造化賦形，支體必雙，神理爲用，事不孤立。夫心生文辭，運裁百慮，高下相須，自然成對。唐虞之世，辭未極文，而皋陶贊云：罪疑惟輕，功疑惟重；益陳謨云：滿招損，謙受益。豈營麗辭，率然對爾。

唐代律詩的「麗辭」，卻當然是詩人經之營之，甚至「兩句三年得，一吟雙淚流」而來的。對仗這一修辭手法，集對稱與對比於一身，還兼顧形象與聲音之美，論者都指出，在世界各國文學中，它唯我獨尊，一聯獨秀。

字數句數一定，平仄一定，對仗，加上押韻，律詩的嚴謹格律，於此可見。在西方詩歌中，論格律之嚴，似乎只有十四行詩（sonnet）可以和律詩相比。不過，十四行詩的節奏少變化，且不講究對仗，所以不若律詩的靈巧精緻。下面是葉慈（W. B. Yeats）的〈麗達與天鵝〉（Leda and the Swan）。十四行詩的基本格律有兩種：意大利體和莎士比亞體。葉慈這首詩，押韻方式是abab, cdcd, efg, efg，是意體和莎體的混合。其音步（meter）則是標準的抑揚五步格（iambic pentameter）。

A sudden blow: the great wings beating still
Above the staggering girl, her thighs caressed

By the dark webs, her nape caught in his bill,
He holds her helpless breast upon his breast.

How can those terrified vague fingers push
The feathered glory from her loosening thighs?
And how can body, laid in that white rush,
But feel the strange heart beating where it lies?

A shudder in the loins engenders there
The broken wall, the burning roof and tower
And Agamemnon dead.
Being so caught up,
So mastered by the brute blood of the air,
Did she put on his knowledge with his power
Before the indifferent beak could let her drop?

五四以來反對古典詩歌的人，認爲律詩格律嚴，束縛多，要打倒它，求詩體的大自由大解放，這是有道理的。上面提過律詩的湊字、湊韻等等毛病；我們還可進一步指責：在二十世紀中西文化交流的時代，唐代近體的五言詩七言詩，面對長長的外來專有名詞，如布宜諾斯艾利斯、斯干的那維亞半島、杜斯退益夫斯基、維多利亞女皇等等，有不勝負荷之感；如此，則五言詩七言詩不能直接地、如實地反映時代與文化。此外，古典詩歌的傑作太多，後人難以超越，也是驅使現代人另闢新蹊、另覓新體的原因⑨。

然而，在肯定新詩、鼓勵新詩的創作之際，我們必須承認：律詩的精美，它的音韻鏗鏘，是一般的新詩所不及的。它便於記誦，也是一般的新詩所不及的。它的精美鏗鏘，有利於記誦；此外，對仗的預期作用（anticipation）——如上引杜詩中，上句的「西望」，使人預期下句可能的「東……」——也有利於記誦。

由此看來，律詩這種舊體裁、舊形式，對今天寫新詩的人來說，不應該只是被打倒的對象。

四、唐詩的技巧

胡適以決絕的態度，認爲律詩之類的古典詩歌，不能容納「豐富的材料、精密的觀察、高深

---

⑨ 同註⑧。

的理想、複雜的感情」。這番話很難站得住腳。當然，豐富、精密、高深、複雜等形容詞，不易界定。但無論如何，最直覺地說，我們也不會認爲杜甫的〈秋興〉之五是貧瘠、粗疏、低淺、單調的。〈秋興八首〉是杜甫晚年的作品，寫於夔州，因秋起興，身世之感、家國之思，沉鬱頓挫⑩。上面引述的〈秋興〉之五，五十六個字，而時空幾度推移，曩昔宮殿之氣象恢宏，早朝之神秘肅穆，與乎目前詩人之日暮途窮、一蹶不振，景象和事件，是相當豐富多樣的。在杜甫筆下，皇帝在宣政殿受朝時的宸儀，仿如電影的大特寫——「雲移雉尾開宮扇，日繞龍鱗識聖顏」，我們還能說這樣的觀察不精密嗎？至於此詩的「理想」（思想？）和「感情」，非三言兩語可盡；這裏只要直覺地說，它不低淺、不單調，也就夠了。

〈秋興八首〉的其他各首、杜甫的其他詩篇、唐代諸大家的作品，都絕對不是胡適所說那樣不濟，而是剛好相反。試看看另一唐詩名作，李商隱的〈錦瑟〉：

錦瑟無端五十弦，一弦一柱思華年。
莊生曉夢迷蝴蝶，望帝春心託杜鵑。

⑩〈秋興八首〉的卓絕技巧，備受推崇。請參看葉嘉瑩《杜甫〈秋興八首〉集釋》（臺北，一九六六）；高友工、梅祖麟合寫《分析杜甫的〈秋興〉》（原爲英文，刊於 *Harvard Journal of Asiatic Studies*, 1968，中譯刊於《中外文學》一卷六期）；等等。

滄海月明珠有淚，藍田日暖玉生煙。
此情可待成追憶，只是當時已惘然。

此詩材料之豐富，比起上引那首〈秋興〉，猶有過之。而其感情之複雜，則已成爲歷代作「鄭箋」者的定論。何以見其材料之豐富？試分析一下，此詩中間四句，即已包括莊生、望帝等人物；蝴蝶、杜鵑這些動物；海、田、日、月這些自然景物；此外還有珠、玉。這些物象，體積有大至滄海者，也有小至珍珠者；有堅實如玉者，也有輕飄似煙者。此詩材料最豐富的一句，應該是「滄海月明珠有淚」，因爲它包括的典故，有「月死珠傷」，「南海外有鮫人，水居如魚，不廢織績，其眼能泣珠」、「滄海桑田」、「滄海遺珠」等。短短七字，而包涵這樣豐富的內容，在中國詩史上，可能是空前絕後的。西方的詩，恐怕也沒有密度這樣高的句子。正因爲內容豐富，語意的密度高，這首詩要表達什麼感情，要呈現什麼主題，也就變得非常複雜了。根據劉若愚的歸納，〈錦瑟〉的主題，一共有下面種種說法：

一、寫愛情。又分爲三說：寫詩人與名叫錦瑟的女子之情；寫詩人與某一不知名女子之情；寫詩人與二女子——飛鸞和輕鳳——之情。

二、寫適、怨、清、和四種音樂。

三、悼念作者的亡妻。

四、作者自傷之辭。

五、爲作者詩集的序詩，闡述他對詩歌的看法⑪。

爲什麼一首五十六個字的詩，可以容納如此「豐富的材料」，可以包涵如此「複雜的感情」？因爲詩人具有超卓的才華，把握了精妙的技巧！由此我們進入對唐詩技巧的討論。

律詩的精緻形式既已確立，各種修辭技巧又蔚然大備，而朝廷以詩取士，才人輩出，唐詩的藝術，在中國詩史上，眞是登峯造極。民國以來，寫中國修辭學的人，誰能不向唐詩的寶藏搜羅例證？黃永武的《中國詩學·設計篇》，可說是中國歷代詩歌的修辭研究，而所引例子，唐詩占了壓倒性的多數⑫。本文這裏不能多舉實例，只好就地取材，略述杜甫〈秋興〉之五、以及李商隱〈錦瑟〉的若干手法，以見一斑。

〈秋興〉之五由首句的「蓬萊宮闕對南山」到第六句的「日繞龍鱗識聖顏」，空間由大至

---

⑪ James J. Y. Liu, *The Poetry of Li Shang-yin* (Chicago, 1969), pp. 52-53.

⑫ 黃永武的《中國詩學》共四「篇」，每「篇」一册，由臺北巨流圖書公司在一九七六至七九年出版。其《鑑賞篇》亦論及唐詩之修辭。其《詩與美》（臺北，洪範，一九八四）中論色彩設計、具象效用、形式美諸篇，亦可參考。論唐詩技巧的文字極多，或通論，或對個別作品的分析，現再舉若干論著如下：黃永武、張高評合著，《唐詩三百首鑑賞》上下册（臺北，尚友，一九八三）；蕭滌非等撰《唐詩鑑賞辭典》（上海辭書出版社，一九八三）；李元洛，《楚詩詞藝術欣賞》（湖北，長江文藝出版社，一九八四）；等等。

小，仿若電影鏡頭由「遠景」至「大特寫」，漸漸凝聚，極有層次。蓬萊宮闕、承露金莖、瑤池王母、紫氣函關，這些宏壯、祥瑞的景象和事物，至日、龍等意象的出現，而達至高峯，構成一個至盛至尊至輝煌顯赫的帝皇式雄偉（sublime）世界。第七句的「一臥滄江驚歲晚」，情景逆轉，戲劇性的對比十分強烈：宏壯的京城對比蒼涼的江邊，一代聖主對比一介凡夫，金莖矗挺對比羸軀斜臥，日的景象對比晚的景象⑬。秋天爲一年之暮，「歲晚」點出題目中之秋字；「歲晚」也指詩人自己年歲老大，難抑悲傷之情。因此這二字是雙關語，詩人在此發揮了文字的極大效用。

上面指出過，〈錦瑟〉的物象，「體積有大至滄海者，也有小至珍珠者；有堅實如玉者，也有輕飄如煙者」。利用對比，作者營造了一個繁富而惹人遐思的世界。但這個世界也有其統一的情調，一種迷惘的悲情，那是由詩中種種物象，加上「無端」、「迷」、「煙」、「思」、「憶」、「惘然」等詞合力烘托渲染而成的。李商隱和杜甫一樣，是製造「有機統一體」（organic unity）⑭的高手；至於他們作品中怎樣驅遣典故，或明用或暗用，以爲其作品服務，上述兩首詩

⑬ 對比是中外古今文學的重要技巧。請參閱本書中〈文學的四大技巧〉一文。

⑭ 見註⑬拙文論結構部份。organic unity 爲中西文論的重要概念，請參閱拙作 "The Carved Dragon and the Well Wrought Urn—Notes on the Concepts of Structure in Liu Hsieh and the New Critics," in *Tamkang Review* XIV (1983-1984), pp. 555-568.

也提供了極好的例證，這裏不擬一一分說了。

可是，歷來主張西化的詩人或詩論家，卻大多不知道長安有宏大的藏經樓，儲備詩歌技巧的典籍，而要向巴黎或倫敦取經。紀弦在其〈現代派信條釋義〉提到要學習波德萊爾及象徵主義等流派，徐敬亞在〈崛起的詩羣〉特別指出，「詩歌新藝術」應該以「象徵手法為中心」⑮；「重暗示、重含蓄」⑯的詩才是好詩。殊不知這些理論、這些手法，中國早已有之。

法國象徵派詩人波德萊爾的同道馬拉美（Stephané Mallarmé）曾說：「一語道破，則詩趣索然；品詩之樂，端在慢猜細忖。」塞蒙思（Arthur Symons）把此語意譯為：「直說即破壞，暗示才是創造。」⑰象徵主義的基本詩法，即在於此。象徵主義（Symbolism）是十九世紀的產物，現代主義（Modernism，徐敬亞在〈崛起〉中特別提到）則為二十世紀的新風，乃包容象徵主義、意象主義（Imagism）、超現實主義（Sur-realism）等派別的綜合性潮流，其重要作家及批評家如龐德（Ezra Pound）、艾略特的精義，亦不外「要暗示，不直說」而已。其實重含蓄是中國詩學的一項重要主張，由魏晉至明清，一貫如此。唐代釋皎然的〈詩式〉就有這樣的見解：

⑮ 見註❸，頁一〇八。

⑯ 見註❸，頁一〇七。

⑰ 馬拉美語引自 René Lalon, *Contemporary French Literature* (New York, 1924), p. 122. 塞蒙思的意譯出自其 *The Symbolist Movement in Literature* (New York, 1958), p. 178.

「兩重意已上，皆文外之旨。……但見情性，不睹文字，蓋詣道之極也。」司空圖在〈詩品〉中，設「含蓄」一品，說得警雋：「不著一字，盡得風流。」⑱

主張西化的中國詩人或詩論家，所取的經，與其說是舶來品，不如說是本國貨。意象主義的健將龐德譯過不少中國詩，乃因為中國詩擅於「生動的呈現」(vivid presentation)，而「中國詩人在表達完題材後，不會作道德訓誨及其他的說明」。他喜歡李白的〈玉階怨〉，因為這首詩不直說，而富暗示性。龐德最著名的詩，相信是他在一九一三年發表的〈巴黎地下車站裏〉(In a Station of Metro)：

The apparition of these faces in the crowd;
Petals on a wet, black bough.

人羣中這些臉孔的幻影；
又濕又黑枝頭上的花瓣。

---

⑱ 參看拙著《中國詩學縱橫論》(臺北，洪範，一九七七) 中〈中國詩學史上的言外之意說〉一文。

龐德承認此詩受了日本俳句的影響，而其手法是意象的並置[19]。其實，意象並置（juxtaposition of imagery）的現象，在中國詩中觸目皆是。李商隱的「滄海月明珠有淚，藍田日暖玉生煙」，李賀（〈官街鼓〉）的「漢城黃柳映新簾，柏陵飛燕埋香骨」，皆然。杜甫〈春望〉的「國破山河在，城春草木深」也是意象的並置；而日本俳句大師松尾芭蕉，有一次，就在他讀了這兩句杜詩後，受了啟發，而寫出下列這首俳句：

夏草や
兵どもが
夢の跡
（夏天的草
勇敢的士兵
夢的殘跡）[20]

---

[19] 參看鄭樹森《奧菲爾斯的變奏》（香港，素葉出版社，一九七九）中〈俳句、中國詩、與龐德〉，此文原刊於《中外文學》。

[20] 這首俳句及其寫作經過，見《芭蕉全集》（日本古典全集刊行會，大正十五年）中〈奥の細道〉一文。Mikiso Hane, *Japan: A Historical Survey* (Charles Scribner's Sons, 1972), p. 214. 曾述及此事。

中國人在向西方取經的運動中，受了「意象並置」法的影響，受了意象派的影響，卻不知西方這些經，原來是得自中土的。在二十世紀英美詩史上，龐德爲艾略特修改〈荒原〉（The Waste Land）的事，我們耳熟能詳。不說現代主義的詩則已，要說的話，艾略特、〈荒原〉、「意之象」（objective correlative）幾乎是三位一體的。數十年來，不少中國詩人和詩論家對這三位一體奉若神明，殊不知這三位一體受教於龐德，而龐德受教於中國詩。現代主義的詩好用「反諷」手法；回顧現代中國詩學的中外關係，我們覺察到的「反諷」太大了。

西方現代主義詩歌的特點，在技巧上，除了用具體呈現法、用意象並置法外，還講究象徵、多義性、意識流，還力求語言（包括詞彙和句法）的創新。其實，以上種種，中國古典詩歌大都具備，唐詩尤其可觀。所謂象徵，就是作品中的一個意象或一組意象，涵義豐富，對其詮釋，不能「定於一尊」。李商隱的〈錦瑟〉詩正如此；他的多首無題詩，如：

颯颯東風細雨來，芙蓉塘外有輕雷。
金蟾齧鎖燒香入，玉虎牽絲汲井回。
賈氏窺簾韓掾少，宓妃留枕魏王才。
春心莫共花爭發，一寸相思一寸灰。

也如此。至於多義性（ambiguity），則往往來自句法（syntax）。由於中文在語法上可以不設主語，動詞的時態又沒有變化，名詞的單數複數在名詞本身又沒有標明，句子的構造又十分靈活多變，由於這些，唐詩句法上的多義性是非常豐富的。王維詩「泉聲咽危石，日色冷青松」，杜甫句「花萼夾城通御氣，芙蓉小苑入邊愁」，可作種種解釋；李商隱的「來是空言去絕蹤」，究竟誰去誰來，莫衷一是。比起象徵主義、現代主義的名家詩篇，其耐讀處——也是費解處——有過之而無不及㉑。波德萊爾的〈交感〉（Correspondances）一詩，有以下的句子：

有些香氣清新如嬰兒的肌膚，
柔和如雙簧管，青翠如草原㉒。

這些「通感」（synaesthesia）的手法，李賀詩中用得太多了，如「芙蓉泣露香蘭笑」、「羲和

㉑有關唐詩句法之論著甚多，可參看王力《漢語詩律學》，（上海教育出版社，一九六二）；余光中《望鄉的牧神》（香港，正文，一九六八）中〈中國古典詩的句法〉一文；梅祖麟《文法和詩中的模稜》（刊於《中央研究院歷史語言研究所集刊》第三十九本上册，一九六九年一月出版）；等等。有關唐詩句法、技巧及其與現代詩之關係，可參考：上引拙著〈論詩的新和舊〉一文；上引黃永武《詩與美》中〈詩與傳統〉一文；《古典文學第四集》（臺北，學生書局，一九八二）中游喚〈論舊詩予新詩之啟示〉一文。

㉒譯文引自黃國彬《文學的欣賞》（臺北，遠東，一九八六）中〈法國詩對中國現代詩的影響〉一文，頁三三二。

敲日琉璃聲」、「銀浦流雲學水聲」㉓。至於意識流的手法，這本來是現代主義小說如《優力西斯》(*Ulyssess*)之所長，詩中較少應用。唐詩表面用此手法的不多，不過〈錦瑟〉的中間四句，由「莊生曉夢迷蝴蝶」到「望帝春心託杜鵑」到「滄海月明珠有淚」到「藍田日暖玉生煙」說是詩人「思華年」時「無端」的、「惘然」的意識之流，有何不妥？現代主義的作家，極爲重視表現手法之新穎、之突破，小說家如喬艾斯(James Joyce)、詩人如艾略特，都可列入「苦吟派」。其實，杜甫「爲人性僻躭佳句，語不驚人死不休」、李賀「嘔出心乃已」㉔，這種忠於藝術的精神，比現代主義者早出現了十多個世紀。

現代主義詩歌的技巧，當然不是一切詩歌技巧的準則；這裏更沒有把它們和唐詩技巧等同之意。我要指出的是，現代的詩人和詩論家，反對中國傳統、崇尚西方，若非出於「鄙中崇外」的偏見，就應了荀子〈勸學篇〉的一句話：「不聞先王之遺言，不知學問之大也。」希臘的德爾菲(Delphi)神廟內，題有諸神的一句話：「認識你自己！」眞希望國人作中外的褒貶崇抑之前，先「認識你們自己的傳統文化」。

上面對唐詩和西方現代主義詩歌技巧的討論，一方面固然指出了兩者的共通點，一方面也無形中說明了詩歌技巧的普遍特色。古今中外的詩歌，千彙萬狀，派別各殊；然而，歸根結柢，詩

㉓ 參看錢鍾書《舊文四篇》(上海古籍出版社，一九七九)中〈通感〉一文。
㉔ 杜甫語出自其〈江上値水如海勢，聊短述〉一詩。「嘔出心乃已」語見李商隱〈李長吉小傳〉。

要用具體形象來寫情思，詩要耐讀，這兩項要求，總會獲得普天下多數詩人和詩論家的首肯，成爲評鑑的準則。唐詩的技巧要素正是這些，也因此，它們不但具有今天的、現代的意義，亦具有永恒的、普遍的意義。

唐詩的形式，如前文所述論，有其精美的一面，也有其束縛太緊的一面。二十世紀的中國新詩，正針對其束縛太緊的一面而崛起，而成爲描敍現代生活，管領現代風騷的新體裁。然而，唐代律詩的精美濃縮形式，仍有值得新詩作者借鑑之處。六〇年代臺灣的若干新詩作品，深奧晦澀，且動輒數十行，稠密而跳躍的意象，使讀者觀後忘前，往往迷途，而有擲卷之嘆。李義山的無題詩也深奧難懂，可是，七言八句的一首詩，遠較那些長篇晦澀現代詩容易集中精神去咀嚼、容易消化。詩固然要耐讀，現代詩人更要考慮現代讀者的耐性。篇幅長短與詩歌好壞沒有必然關係，不過，短小濃縮的律詩，比起長篇晦澀的現代詩，顯然更適合現代生活的節奏。唐代律詩的形式，這樣看來，另有一番意義。即使沒有這另一番意義，它精美的一面，無論如何是不容否定的。今天的詩人，如果不太重視作品的時代風貌的話，仍然可以用他喜愛的律詩形式，寫他的情懷，正如西方現代主義文學已到高峯，《優力西斯》和〈荒原〉都已出版，自由詩大行其道的時候，葉慈仍然用十四行詩的形式，寫他的〈麗達與天鵝〉。

五、唐詩的內容

中國古典詩歌中，較少長篇敍事詩，缺乏西方荷馬式的史詩。唐詩雖然缺少這些，可是內容依然十分豐富。由廟堂到茅舍，從閨房到邊塞，梅蘭菊竹，春夏秋冬，都是題材。或懷古、或諷今、或親情、或愛情、或自然之情，有種種詩情。八〇年代住在城市的讀者，百分之九十九沒有見過蠶，也不用蠟燭——除了停電的時候，但哪個多情種子能不感動於「春蠶到死絲方盡，蠟炬成灰淚始乾」？現代的年輕人彈的、聽的是吉他，但對〈錦瑟〉的悽然惘然，對那無端的五十弦，可以引起共鳴。從亞洲到美洲到歐洲，越洋電話即撥即通，朋友分別後，不應該在技術上有「明日隔山嶽，世事兩茫茫」的黯淡、傷感，然而，杜甫下面的句子，曾使多少良朋低徊喟嘆：

今夕復何夕，共此燈燭光！
少壯能幾時？鬢髮各已蒼。
……
主稱會面難，一舉累十觴。
十觴亦不醉，感子故意長。

電話、電視、超音速噴射機這些現代科技，把地球縮小成爲一個村莊（global village），然而，人類的懷鄉病仍未根絕。三歲孩提時期唸過的〈靜夜思〉，到了三十歲，六十歲，只要在異國，這首詩仍能撩起鄉愁。當你旅行至德國，聽到〈菩提樹〉的歌聲，你會想起「寒梅著花未」的王維詩句，因爲它的感情，雖然是淡淡的，卻已觸到了人心的深處。千多年前的唐詩，仍能感動我們，因爲人的感情，具有普遍性、永恒性。

唐詩的內容，自然比不上二十世紀的社會事物那樣繁富、複雜、「現代」，因爲唐詩沒有法子「預見」千多年後的社會。論者比較過唐詩的題材和臺灣現代詩的題材，發現唐詩有的，基本上現代詩都有。而有不少現代詩的題材，乃唐詩所無，如科學就是㉕。唐代的詩人，當然不會寫太空探險或核子爆炸等現代科技。可是，詩人觀察自然，予以忠實的描寫，其作品往往是很有科學根據的。例如杜甫這首〈春夜喜雨〉：

> 好雨知時節，當春乃發生。
> 隨風潛入夜，潤物細無聲。
> 野徑雲俱黑，江船火獨明。
> 曉看紅濕處，花重錦官城。

㉕ 見註②所引《現代詩導讀》第四冊中張健〈中國古典詩與現代詩的比較〉一文，頁二〇一。

它把毛毛春雨的時節、狀態、作用等，如實寫出，倘若加上些數字，那就不難成爲一篇科學報告了。又如白居易的〈大林寺桃花〉：

人間四月芳菲盡，山寺桃花始盛開。
常恨春歸無覓處，不知轉入此山來。

在和暖的地方，桃花在農曆一、二月已經綻開甚至怒放了。山中的寺院地勢高，溫度低，加上黃昏早臨，陽光少，所以到了人間芳菲已盡的四月，桃花才盛開㉖。白居易論詩，特別強調實際作用，「文章合爲時而著，歌詩合爲事而作」是其詩觀要義；似乎他的作品也最能反映物理現象，下面是其〈憶江南〉之一：

江南好，風景舊曾諳。
日出江花紅勝火，春來江水綠如藍。
能不憶江南！

㉖ 林正和的《詩詞與科學》（江蘇科學技術出版社，一九八四）對〈春夜喜雨〉和〈大林寺桃花〉的科學根據有所解釋，可參看。

這篇作品，體裁上屬詞，不過實在太有意思了，這裏不得不加以引錄。爲什麼會「日出江花紅勝火」呢？請聽下面的解釋：

這與陽光有關。我們在大海邊或高山上觀日出，都會發現剛升起的太陽像個紅艷奪目的火球；升高以後，顏色成爲黃白色，才會發出刺目的亮光。這是什麼緣故呢？因爲陽光是由紅、橙、黃、綠、青、藍、紫七色組成的。其中紅色光波最長，能在大氣層中跑得最遠。太陽剛升到地平線上，光線斜射地面，在空氣中要跑很長的路，其他波長較短的光線都已被大氣層吸收，只有紅光能射入人的眼簾，所以看上去初升的太陽是火紅色。紅色光波照射到沾滿晶瑩露珠的紅花上，江花就紅得艷麗似火了㉗。

至於爲什麼「春來江水綠如藍」，也有一番科學的道理。解釋的話，這裏不再徵引了。

讀上面這些唐代詩歌，不啻像在閱讀益智、有趣味的科學普及文章。李賀的〈夢天〉一詩，更爲有趣：

㉗ 見唐魯峰等著《詩詞中的科學》（江蘇人民出版社，一九八二），頁一三。

老兔寒蟾泣天色，雲樓半開壁斜白。
玉輪軋露濕團光，鸞珮相逢桂香陌。
黃塵清水三山下，更變千年如走馬。
遙望齊州九點煙，一泓海水杯中瀉。

向有鬼才之稱的李賀，在詩中一變而為神仙，他看到月宮中的情形，又從天上向下界觀看，發現其滄海桑田的變化，像跑馬那樣快。而那廣濶的中國大地（齊州），竟然小得像九點煙塵（傳說中國古代分為九州）；浩瀚的海洋，竟然小得像杯中流瀉著的一泓水。李賀不是太空人，但他夢中看到的，正是二十世紀太空人遙望地球時的景象。他不知道宇宙有億億兆兆年的歷史，也不知道地球只是宇宙無數星系中太陽系中的一顆行星；但他以奇思異想，告訴我們地球的渺小、人類歷史的短暫，使我們引起無限的沉思。

六、結　語

使我們深思，甚至啟發我們做人處世道理的唐詩，誠然舉不勝舉。葉慶炳的《晚鳴軒愛讀詩》一書㉘，就選釋了十首唐詩，說明它們對現代人的教育意義。詩可以「與觀羣怨」，對讀者的性情品德，本來就有很大的啟發、薰陶的作用。唐詩（以至所有中國的古典詩歌）有其舊時代社會的種種特質和限制，也有其歷久彌新、俟諸百世甚至放諸四海的永恒性和普遍性。它的詩藝（形式和技巧），以及詩教（內容和思想），都是這樣的。本文因爲實際的需要，對上面兩大範圍的照顧，詳略不同；更由於篇幅的關係，舉例和說明，尚欠周全。不過，對那些偏頗攻擊唐詩的人來說，本文的析論，應有參考價值。要順便一提的是，向來攻擊傳統、崇尚現代的人，或者攻擊現代、崇尚傳統的人，都昧於一個道理，那就是：從傳統到現代，其距離有如一排光譜，其差別、其變化，是一層層的、是漸漸的，很少如世仇死敵那般黑白二分，針鋒相對。

今年（一九八六年）是國際和平年，使人聯想到和平與戰爭。詩聖杜甫的〈前出塞〉中有一首，反映了詩人的戰爭觀：各國自有領土，假如戰爭非發生不可，也應該有限度，應該以制止侵略爲目標、爲止境。這個戰爭觀，其實是和平觀，對那些窮兵黷武者是很好的勸諭。這首詩的意義，當不限於唐代，也不限於現代，而是世世代代的。謹錄此詩以結束本文：

挽弓當挽強，用箭當用長。
射人先射馬，擒賊先擒王。

㉘ 葉著在一九七九年由臺北九歌出版社印行。

殺人亦有限，立國自有疆。
苟能制侵凌，豈在多殺傷？

——一九八六年九月

春的悅豫和秋的陰沉

——試用佛萊「基型論」觀點析杜甫〈客至〉與〈登高〉

內容提要

當代文學理論家佛萊（Northrop Frye）認爲古今的文學作品，自有其內部規律，有其公式，有其「基型」（archetype）。佛萊發現的基型體系，數目不少，其最著名者莫如「晨昏春秋人生文學的類比」，以及「喜劇和悲劇的境界對比」等。

本文試用佛萊的基型理論，以分析杜甫的〈客至〉和〈登高〉二詩，指出前者有春天悅豫的喜劇氣氛，後者有秋天陰沉的悲劇情調；換言之，佛萊的理論具有相當的普遍性，可以用來研究中國文學。

此外，筆者舉出中國傳統文學批評理論中，可以和「基型論」印證的一些說法，比較觀照，以備將來學者進一步探討中外文學理論的匯通之道。

一、引言

杜甫在著名的〈戲爲六絕句〉中說「不薄今人愛古人」，又說「轉益多師是汝師」。這種開放、謙遜、博取的態度，詩人應該效法；批評家以至任何知識文化之士，也應該效法。中國傳統的文學批評，有悠久的歷史，有豐富而寶貴的理論和實踐。到了二十世紀，中外文化交流，中國的文學批評受了外來的影響，增加了、融匯了外來的成份。所謂「中學爲體，西學爲用」，在中國現代的文學批評而言，可作這樣的解釋：中國現代的批評家，在以中國文學爲主體從事批評工作時，不妨適量地採用西方的批評學說。這篇論文，試用佛萊「基型論」(Archetypal Criticism)的觀點，分析杜甫的〈客至〉和〈登高〉兩首詩，正採取了這樣的一種「中學爲體，西學爲用」的方法。除了〈客至〉和〈登高〉之外，本文還會略舉其他古典詩文，以爲說明；中國文學批評理論中，可以和「基型論」比較印證的一些說法，也會予以引述，以備將來學者進一步探討中外文學理論的匯通之道❶。

❶ 時賢在這方面已做了不少基礎性的工作，特別值得提及的著述有 James J.Y. Liu（劉若愚）的 *Chinese Theories of Literature* (The University of Chicago Press, 1975)，此書有杜國清的中譯，中文本題爲《中國文學理論》，一九八一年由臺北聯經出版事業公司出版；有錢鍾書的《管錐編》四册（北京，中華書局）；葉維廉在這方面也發表了不少論文，此外，他爲臺北東大圖書公司主編的《比較文學叢書》第一批共八册，在一九八二年開始出版，正朝着匯通的方向。

二、佛萊及其「基型論」

首先略為介紹佛萊及其「基型論」。

二十世紀的西方學術界，極為重視方法學，各門學問的研究理論，大多百花齊放，百家爭鳴。單就文學批評這門學問而言，本世紀中，諸如心理分析學、馬克思主義說、新批評說、基型論、結構主義說、現象學說、讀者反應說、解構說等等，爭妍鬬麗，令人目不暇給❷。加上較為傳統的哲理性道德性批評、審美的印象的批評、歷史性傳記性批評、考據式訓詁式批評，就更加五花八門、眩人眼目了。佛萊的基型論，自從一九五〇年代奠立以來，影響深遠，無疑是現代批評的一個重鎮。

諾爾弗洛普．佛萊（Northrop Frye, 1912-）是加拿大人，畢業於多倫多大學，深造於牛津大學，後返回母校多大任教。一九五七年出版《批評的剖析》（*Anatomy of Criticism*）一書，奠立了基型論，也奠定了他的批評家地位。他歷任哈佛、普林斯頓、哥倫比亞、柏克萊、康乃爾、牛津諸大學客座教授，並於世界各地講學，得過三十多個榮譽學位。佛萊著述豐富，一般性

---

❷ 討論最近三數十年西方批評理論的書，謹舉隅如下：Frank Lentricchia, *After the New Criticism* (The University of Chicago Press, 1980)；鄭樹森《文學理論與比較文學》（臺北，時報出版公司，一九八二）；周英雄《結構主義與中國文學》（臺北，東大，一九八三）。

的通論如《批評的剖析》、《文雅的想像》（*The Educated Imagination*, 1963）之外，還有對莎士比亞、布萊克、米爾敦、艾略特等英國作家的專論。他曾經主持電臺的節目，以推廣文學教育爲己任。近著《偉大的法典：聖經與文學》（*The Great Code: The Bible and Literature*, 1981）規模宏大，可能是《批評的剖析》之後最具雄心之作。

文學批評包含文學作品價值高低的判斷。佛萊不重視價值判斷，因此，嚴格地說，他是文學分析家、研究者，而不是批評家。可是，廣義的文學批評，是包括不帶評價和帶評價的兩種研究在內的。就此而言，佛萊當然是個批評家。他爲什麼不重視價值判斷呢？在《批評的剖析》的〈爭論性的導言〉（"Polemical Introduction"），以及一九五一年發表的〈文學的基型〉（"The Archetypes of Literature"）一文之中，他有解釋：

> 我們要認識清楚沒有意義的批評，且摒而棄之。對文學的娓娓清談，卻不能有助於建立一個知識體系的，就是我所謂的沒有意義的批評。偶然的價值判斷，不屬於批評，只屬於品味變遷史（history of taste）的資料。這類價值判斷充其量也不過是社會和心理上迫不得已的反映而已。有的價值建基於文學經驗；有的價值則是情緒性的，或者是從宗教或政治偏見演變而來的。所有涉及情緒性或宗教、政治性偏見的價值的判斷，可說是「偶然」的。情緒性判斷通常基於不存在的類別或者對比，

> 例如說：「莎士比亞研究生活，米爾敦則研究書本。」要不然，情緒性判斷就是基於對作家人格的感性反應。閒聊式的文談，一下子褒這一個詩人，一下子貶那一個詩人，升升跌跌，像股票市場的起落；這類文談，是假批評而已。那位財力雄厚的投資者艾略特先生，從前在市場拋售米爾敦，現在卻再買他的股票。鄧恩大概已攀至最高峰，快要走下坡了。丁尼生可能微有上揚，但雪萊的股票仍然看跌。這些東西不可能是任何系統研究的一部份，因爲系統研究必須有進展；時升時降、忽上忽下、喜惡無常這類玩意，只是有閒人士的聊天罷了③。

佛萊這番話，風趣幽默，卻不是遊戲之筆，而是確有所指的。在佛萊及其基型論崛起之前，新批評說(The New Criticism)的勢力，在英美的批評界，正如日中天。新批評說的先驅人物之一艾略特，認爲批評家的職責，在於更正一般讀者品鑑文學的口味(所謂 the correction of taste)，他非常推崇玄學詩人(the metaphysical poets)，尤喜鄧恩(John Donne)。艾略特欣賞的作家，他就把這位作家的作品在書架上搬上一兩格；不欣賞的，就向下移。這樣搬上移下，論者誇

---

③ 佛萊此文收於其 *The Fables of Identity: Studies in Poetic Mythology* (N. Y., Harcourt Brace Jovanovich, Inc., 1963) 中，我根據的則爲 W. J. Bate, *Criticism: The Major Texts* (N. Y., HBJ, Inc., 1970) 所收錄的。這裏所引，見 Bate 書，頁六〇二。

張地說，艾略特改寫了半部英國文學史。諸如艾略特這樣以更正口味、改寫文學史爲職責的批評家，自然還有很多。價値判斷的標準，往往變動不居，確爲事實。上面的引文中，佛萊提到了莎士比亞。莎翁的地位，也不是在生前或死後就穩如泰山起來。莎翁這塊英國文學的瑰寶，一直到了十九世紀才備受賞識，當時距他去世已近二百年了。艾略特貶抑過米爾敦，米爾敦也低估過莎翁，說他的悲劇不能和希臘悲劇相比。然而，今天我們談西方悲劇，古希臘之外，誰能不對莎翁的四大悲劇焚香頂禮？

在中國，陶公的情形和莎翁相近。六朝人少談陶淵明的文學成就，鍾嶸比較重視他，說他是「隱逸詩人之宗」。而陶公的聲名，也「隱逸」了數百年，直到唐、宋才響亮起來。鍾嶸列陶潛爲中品詩人，且位居陸機、潘岳等之下。但在蘇東坡及後世的眾多讀者眼中，陶公顯然是上品的大詩人。杜甫在文學史上的地位，也不是一蹴即至的。在生時，子美不但生活顚沛，詩名也困厄。他並非完全寂寂無聞，然而，當時的多本詩選，都不收入他的作品。比起王維和李白，杜甫落寞多了。老杜臨死前一年在〈南征〉中哀嘆「百年歌自苦，未見有知音」的時候，那些讀者、批評家的價值判斷標準，究竟是怎樣的呢？劉勰和鍾嶸，都因爲他們當代的評論準的無依而嘆息。佛萊認爲既然品味和標準，變化無常，那末，研究文學乾脆不談評價算了。

在佛萊之前，早就有人對文學只研究而不評價。不過，他們大多把文學當作歷史、傳記、社會等資料來看待。佛萊和他們不同。他認爲文學作品有其本身自足的世界，這個世界有其公式與規律。自古至今，作家常會不自覺地運用一些基本的、原始的意象或象徵，而其象徵意義普遍地存在世界各種不同的文化之中，這些意象或象徵就是「基型」（archetype）。文學研究者（批評家）通過分析與歸納，建立「概念性架構」，形成一個一個文學的知識系統。換句話說，佛萊認爲批評家要從事的，是去發掘「千篇」作品中的「一律」；就像科學家通過實驗和推論，去發現自然界的公式和規律。佛萊受了現代心理學、人類學和神話學的影響，融匯貫通之後，乃建立其文學批評的「基型論」。佛萊發現的基型體系，數目不少。下面我介紹他最著名的兩個。第一個可叫做「晨昏春秋人生文學的類比」，第二個可叫做「喜劇和悲劇的境界對比」（這些名目是我加上去的）。

所謂「晨昏春秋人生文學的類比」，意指一天的四個時分、一年的四個季節，和人生的四個時期相當，也和四種主要文學類型（genre）相當。以下是佛萊在〈文學的基型〉一文中的說法：

一、黎明，春天，誕生時期。英雄誕生的神話，復興、復活、創造的神話，擊敗黑暗勢力、多天、死亡的神話（因爲四個時期是一週期）。附屬角色：英雄的父親和母親。傳奇（romance）、大部份的祭酒神詩歌、狂想詩文的基型。

二、日午，夏天，結婚或勝利時期。封神、神聖婚姻、進入天國的神話。附屬角色：英雄的友伴與新娘。喜劇、田園詩、牧歌的基型。

三、日落，秋天，死亡時期。衰落、垂死的神、暴斃與犧牲、英雄疏離的神話。附屬角色：

叛逆者與女妖。悲劇和輓歌的基型。

四、黑暗，冬天，解體時期。這些勢力得逞的神話；洪水、混沌重臨、英雄失敗、諸神式微的神話。附屬角色：鬼怪與巫婆。諷刺詩文（如頗普 Alexander Pope〈愚人傳〉"The Dunciad" 的結束部份）的基型④。

在佛萊的《批評的剖析》一書裏面，他對上述的類比，略作修改，就是：喜劇相當於春天，傳奇相當於夏天⑤。下面討論時，我將採用他的修正說法。

所謂「喜劇和悲劇的境界對比」，意指喜劇中出現的自然景象和人間事物，以及悲劇中出現的自然景象和人間事物，兩者極不相同，構成對比。以下是佛萊在〈文學的基型〉一文中的說法：

一、在喜劇境界之中，人的世界是社團，或者是代表了讀者意願實現的英雄。坐談、團敍、秩序、友誼、愛情的意象之基型。

在悲劇境界之中，人的世界是暴政或無政府狀態，是個別或孤獨的人，遺棄了跟隨者的領袖，傳奇中欺負弱小的巨人，被離棄或被背叛的英雄。婚姻或類似的成就屬於喜劇境界；妓女、巫婆以及雍格（C. G. Jung）所謂「恐怖之母」的種種，則屬於悲劇境界。所有神聖的、英雄

---

④ 同註③。頁六〇六。

⑤ Northrop Frye, *Anatomy of Criticism: Four Essays* (Princeton University Press, 1957), pp. 163-185.

的、天使的或者其他超人的社團的情形，都依照上述人類的式樣。

二、在喜劇境界中，動物世界是一羣家畜，如羊或羊羣，或者是馴良的飛鳥，如鴿子。田園牧歌意象的基型。

在悲劇境界中，動物世界是野獸、食肉鳥、野狼、兀鷹、蛇、龍（西方的龍，不是中國神話傳說中祥瑞的龍）之類。

三、在喜劇境界中，植物世界是花園、小叢林或公園、生命樹、玫瑰或蓮花。阿凱狄亞（Arcadian）意象的基型。阿凱狄亞意象有如馬維爾（Marvell）青綠世界或者莎士比亞樹林喜劇中那些。

在悲劇境界中，則爲邪惡的森林，像米爾敦〈克默斯〉中，和但丁〈地獄〉篇開頭那些；或者是荒野，是死亡樹。

四、在喜劇境界中，礦物世界是城市、建築物或廟宇、或者是石頭——閃閃生輝的寶石。其實所有喜劇境界中的東西，特別是樹，都可以被看作是發光或者火熱的。幾何意象的基型：「星光燦燦的圓頂」卽屬於此。

在悲劇境界中，礦物世界是沙漠、岩石與廢墟，或者是十字形的邪惡的幾何意象。

五、喜劇境界中，不定形（流體）世界是河流，這向來是四重的（traditionally fourfold），影響了有「四體液」的文藝復興的人體意象。

在悲劇境界中，通常則為海洋，而解體神話故事往往是洪水神話。海洋與野獸的意象相結合，我們就有海獸水怪之類的動物❻。

以上的兩個理論體系，將是我分析杜甫的〈客至〉和〈登高〉的根據。佛萊在他的《批評的剖析》一書中，對上面兩個體系，有不少的補充增益；在下面分析的時候，我也會斟酌運用這些資料。下面根據兩個體系而作的分析，只限於春和秋，也就是喜劇和悲劇兩個重點，其他的未及兼顧。

三、〈客至〉的喜劇氣氛

唐玄宗天寶年間，杜甫（七一二—七七〇）在長安屢試不第，後來向玄宗獻〈三大禮賦〉，皇帝大感驚奇，表示欣賞，命他待制集賢院❼。天寶十四年（七五五），杜甫四十四歲，才被任命為河西尉。不久安史之亂（七五五—七六三）爆發，長安陷落。杜甫於肅宗至德元年（七五六）隻身奔赴靈武（在今寧夏省），途中被賊俘虜，遣回長安。翌年夏天潛逃至鳳翔（在長安西），

❻ 同註❸。頁六〇八。

❼ 關於杜甫的生平，除了新、舊《唐書》之外，可參考：蕭滌非，《杜甫研究》上卷（山東人民出版社，一九五六）；馮至《杜甫傳》（北京，人民文學，一九八〇年第二版）；李辰多《杜甫作品繫年》（臺北，東大，一九七七）；曾棗庄《杜甫在四川》（四川人民出版社，一九八三）；等等。本文涉及的〈客至〉和〈登高〉都寫於四川，因此借助於曾著者尤多。

謁見肅宗。肅宗見他忠心耿耿，給他一個從六品的左拾遺之職。任此官時，杜甫因爲營救當時的宰相房琯，獲罪於肅宗，在乾元元年（七五八）被貶爲華州（離長安不遠）司功，從勸諫皇帝的中央近臣，變爲管理地方文敎祭祀的小官。華州那裏夏日酷熱，又有蝎子，又有蒼蠅。環境既惡劣，仕途又無望，乃於翌年（七五九）棄官往秦州（今甘肅天水）。殊不知秦州生活艱難，於是又前去同谷（今甘肅成縣），奈何生活困厄無望如故。〈發同谷〉一詩這樣說：「賢有不黔突，聖有不暖席。……奈何迫物累，一歲四行役。」迫不得已，只好向蜀地謀出路了。〈木皮嶺〉一詩這樣記敍：「季冬攜童稚，辛苦赴蜀門。」那是該年冬天的事。

蜀道之難，難於上青天。杜甫的同代詩人李白，早已慨乎言之。歷盡艱辛，經過大概一個月的跋涉，杜甫終於抵達成都。詩人初到成都，先寄居在浣花溪畔的一個古寺裏，靠朋友的接濟過日子。安頓之後，子美在多位朋友的金錢和物質資助下，開始籌建草堂。經過幾個月的悉心經營，草堂大約在上元元年（七六〇）初夏落成了。他的〈客至〉一詩，寫的是草堂建成後一個春天的生活片段：

舍南舍北皆春水，但見羣鷗日日來。花徑不曾緣客掃，蓬門今始爲君開。

盤飧市遠無兼味，樽酒家貧只舊醅。肯與鄰翁相對飲，隔籬呼取盡餘杯。

這個春天大概是上元二年（七六一）的春天。杜甫從七五九年年底至七六五年夏天，除去中間外遊的日子，前後有接近四年的光陰定居於成都，這是詩人一生中生活較佳的日子。自從進入中年之後，到他逝世爲止，這近四年相信是他生活最安定、心境最閑適的最好時光了。今人曾棗庄對這個時期的杜甫，有下面的描寫：

經過五年戰亂，千里奔波的杜甫，現在在這塊氣候宜人、草木豐茂、百花鮮艷、百鳥爭鳴的安靜、恬適、富饒的平原上有了一席安身之地，其心境當然非常悠閑自在。在短時間內，他的詩風似乎爲之一變，變得輕鬆明快，大有「使老人復少」之勢，一掃前兩年的驚惶淒苦，表現出一種悠閑自得、閑散疏放的情趣⑧。

〈客至〉附有詩人自己的註釋，註云：「喜崔明府相過。」其中的「喜」字眞是可圈可點。此詩所寫，天時地利人和三者兼之。雖然不是一齣戲曲（drama）式的喜劇，但喜劇情調，可觸可感。詩中的意象，正是佛萊所說的喜劇的基型意象。

佛萊把喜劇比諸春天，〈客至〉首句即點明是春天。一年之中充滿生氣與活力的季節來了，草堂的前前後後，溪水繚繞，春意蕩漾。中年以後的杜甫，生活顚沛，營養不良，身體一直羸

⑧ 見註⑦所提曾著頁三〇。

弱。然而，自從定居成都，草堂建成之後，他得到休養生息的機會，精神重爲振作，誠然大有「使老人復少」之勢。這正是佛萊說的英雄復興的時期。在「季冬攜童稚，辛苦赴蜀門」的途中，杜甫有這樣的經歷——

「天寒荒野外，日暮中流半。」(〈白沙渡〉)
「士門山行窄，微徑緣秋毫。」(〈飛仙閣〉)
「高壁抵嶔崟，洪濤越凌亂。」(〈白沙渡〉)
「霜濃木石滑，風急手脚寒。」(〈水會渡〉)
「再聞虎豹鬪，屢蹋風水昏。」(〈木皮嶺〉)

從艱難的蜀道，來到富饒的蜀地，如今，溪水繞舍，春暖花開，有客來訪，有酒盈樽；就好像以色列人在曠野流浪之後，進入了流奶與蜜的迦南美地；又像英雄苦戰沙場，擊敗了危險、黑暗與死亡，凱旋而歸，過著舒適的日子。

佛萊認爲在喜劇境界中，人的世界是社團；團敍、秩序、友誼是基型的意象。在〈客至〉裏面，我們看到杜甫與崔明府的敍談、飲宴，這正是團敍與友誼的表現；連鷗羣也天天都來，和諧的氣氛十分明顯。花徑應該爲朋友來訪而打掃（可惜大概來不及了：「不曾緣客掃」）；蓬門爲朋友來訪而打開；家貧沒有新釀，只得舊醅，請朋友不要見怪❾；如果朋友不反對，就請鄰人一起來喝酒，以增加熱鬧歡愉的氣氛。凡此種種，都使我們看到賓主彬彬有禮的文明秩序。

佛萊認爲在喜劇境界中，動物世界可以是馴良的飛鳥，如鴿子。〈客至〉寫的是鷗，是可親的水鳥。古人有好鷗者，日與鷗鳥遊，鷗鳥至者以百數，事見《列子》。杜甫的〈長吟〉云：「江渚翻鷗戲，官橋帶柳陰。」〈江村〉云：「自去自來堂上燕，相親相近水中鷗。」後世朱熹和辛棄疾等有「鷗盟」之說，正因爲牠是可以「相親相近」的鳥。

佛萊認爲在喜劇境界中，植物世界是花園之類。相對於戰亂的長安和艱險的征途而言，位於錦城成都的草堂及其週遭，無疑是杜甫的樂園。在這裏——

「風含翠篠娟娟淨，雨裛紅蕖冉冉香。」（〈狂夫〉）

「楊柳枝枝弱，枇杷對對香。」（〈田舍〉）

根據馮至的統計，杜甫在成都這幾年所寫的詩中，出現的花木，品種繁多，計有丁香、麗春、梔子、枇杷、楊柳、荷花、桃、李、桑、竹等等❿，這個桃紅柳綠的世界，正是人間樂園，世外桃

---

❾ 古人喜新酒。可參考清代趙翼《甌北詩話》所述。

❿ 見註❼所提馮著頁八六。

源的基型。〈客至〉只用了「花徑」一詞，但我們已可由此而聯想到那一片爛漫的錦城春色了。

佛萊認爲在喜劇境界中，礦物世界是城市或建築之類，而非沙漠、廢墟等等。我們知道，在喜劇境界裏，人是團敍的、歡愉的。團敍的地方，若非花木清華的園林，就是可庇眾人的廣厦，或者是溫暖舒適的屋舍。杜甫和他的客人相敍之地，正是有花木園林的屋舍草堂，也就是〈客至〉一詩中說的「舍」。

佛萊認爲在喜劇境界中，不定型世界是河流。讀〈客至〉，我們知道「舍南舍北皆春水」的水，應該是百花潭水、浣花溪水或錦江，或數者皆是，因爲杜甫曾這樣描寫草堂的所在地——

「浣花溪水水西頭。」（〈卜居〉）

「萬里橋西一草堂，百花潭水卽滄浪。」（〈狂夫〉）

「萬里橋南宅，百花潭北莊。」（〈懷居〉）

「客裏何遷次，江邊正寂寥。」（〈王十五司馬弟出郭相訪遺營草堂貲〉）

「河陽縣裏雖無數，濯錦江邊未滿園。」[11]（〈蕭八明府實處覓桃栽〉；傳說蜀人織錦濯其中則錦色鮮艷，濯於他水，則錦色暗淡。故名錦江。）

---

[11] 見仇兆鰲《杜詩詳注》（北京，中華書局，一九七九）第五冊（末冊）附錄的左岷〈杜工部草堂記〉一文。

顯然，這是有生命力、予人親和活潑之感的江水溪水，而非怒濤洶湧、妖怪出沒、吞人摧舟的汪洋大海。

佛萊在《批評的剖析》一書中詳論喜劇的基型時，有下面的補充增益。他說：「在〔喜劇〕結束時，通常有宴會或者喜慶儀式的場面；如果不在結束時出現，就在結束後馬上出現。」他又說：「喜劇的〔特色〕，是在劇終時容納很多人，能容納多少就容納多少。」又說：「喜劇通常以快樂結局。」⑫回顧〈客至〉，我們發覺佛萊所說的特色，這首詩也都具備。此詩的後半部，寫的正是飲宴的情形。草堂離開市區遠，主人客氣地說，菜餚不够豐富；又謙稱家貧，沒有新酒奉客，只有舊醅。酒微菜薄，但賓主之間氣氛的歡豫融洽，我們可以想像得到。末二句說主人擬請鄰翁共飲，先徵求客人的同意。主人這個建議，客人自然不會拒絕。然則，到了這齣「喜劇」的最後，場面是愈來愈熱鬧，人物是愈來愈多了，正符合了佛萊喜劇基型的說法。

四、〈登高〉的悲劇情調

杜甫住在成都草堂時，生活安定，互相往來的朋友頗多，當時的蜀州刺史高適、劍南節度使嚴武都和杜甫有過從，且時有詩酬贈。嚴武對杜甫尤其關懷，二人間詩箋往還甚多。寶應元年（

⑫見註❺ Frye 著 pp. 163, 165, 167.

七六二）四月，肅宗去世，代宗卽位，召嚴武入朝。兩個朋友情誼甚篤，杜甫親自送嚴武到了綿州（今四川綿陽）。七月，成都少尹徐知道叛變，成都亂作一團，詩人不能回去了，只得到梓州（今四川三臺）依靠朋友。此後又輾轉遷徙於漢州（今四川廣漢）、閬州（今四川閬中）等地，歷時一年多。廣德元年（七六三）安史之亂結束了，但吐蕃入侵，唐室並沒有喘息的機會。在閬州的時候，杜甫聽到嚴武再度出鎭劍南的消息，詩人因爲知道自己回到長安，也沒有什麼可以發展的，於是決定重返成都，至少在那裏有故人照料。廣德二年（七六四）三月，子美返回成都，重臨草堂，把園舍修葺整頓了一番。是年秋天，嚴武向代宗奏請杜甫爲節度參謀，檢校工部員外郎。可是詩人不習慣幕府的生活，只做了幾個月，就向嚴武請辭，獲准。代宗永泰元年（七六五）四月，嚴武於任內在成都病死。這年的春夏之交，杜甫舉家東下，經嘉州（今四川樂山）、戎州（今宜賓）、渝州（今重慶）、忠州（今忠縣）、雲安（今雲陽），於翌年（大曆元年，七六六）的春末，抵夔州（今奉節），住了下來。在夔州居留了一年多，於大曆三年（七六八）正月中離開四川。之後大約三年間，他先後到過荊州（今湖北）、岳州（今湖南岳陽）、衡州（今湖南衡陽）、潭州（今湖南長沙）；大曆五年（七七〇）冬在湘江舟中去世，時年五十九歲。

在杜甫流傳下來的一千四百多首詩中，有四百多首是在夔州寫的，幾乎佔了全集數目的三分之一。〈登高〉一篇，因爲有「猿嘯哀」之句，加上其他的內部證據，肯定是杜甫流寓夔州時的作品。先引此詩如下：

風急天高猿嘯哀，渚清沙白鳥飛迴。無邊落木蕭蕭下，不盡長江滾滾來。
萬里悲秋常作客，百年多病獨登臺。艱難苦恨繁霜鬢，潦倒新停濁酒杯。

〈登高〉這個題目本身，已令讀者引起驚心動魄的聯想。《續齊諧記》說：

汝南桓景隨費長房遊學累年，長房謂曰：「九月九日汝家中當有災，宜急去，令家人各作絳囊盛茱萸以繫臂，登高飲菊花酒，此禍可除。」景如言，齊家登高，夕還見鷄犬牛羊一時暴死。

死亡的陰影，籠罩著登高這個行動。陳子昂〈登幽州臺歌〉中「獨愴然而涕下」的悲情，更彷彿迴響於悠悠的天地之間。杜甫這首詩的首句提到「猿嘯哀」，其典出自《水經．江水注》：

自三峽七百里中，兩岸連山，略無闕處，重巖疊嶂，隱天蔽日。每至晴初霜旦，林寒澗肅，常有高猿長嘯，屬引清異，空谷傳響，哀轉不絕。故漁者歌曰：巴東三峽巫峽長，猿鳴三聲淚沾裳。

題目的寓意，首句的直述，加上第五句「悲秋」和第七句「苦恨」的一語道破，〈登高〉一詩的悲劇性情調，是不能更明顯的了。現在用分析〈客至〉的同樣方法，通過佛萊的基型論，來說明這種情調。

佛萊把悲劇比諸秋天，〈登高〉的第五句「萬里悲秋」幾個字，清楚地道出了它的季節。佛萊又把悲劇比諸日落。杜甫此詩，沒有指明什麼時分，但至少詩中既無旭日，也無麗日、烈日之類的描寫。風急天高、落木蕭蕭、長江滾滾等意象的襯托之下，即使有什麼陽光，也被掩蓋掉了。讀者面對這些意象，加上受了「悲秋」、「多病」等情緒性字眼的影響，無疑會聯想到老杜〈秋興〉中「夔府孤城落日斜」那樣的日暮時分。宋代范仲淹的〈岳陽樓記〉一文，「虎嘯猿啼」的上一句是「薄暮冥冥」。讀〈登高〉而推想其時間背景爲一日之暮，是很自然的事。總之，〈登高〉的景象，一片陰沈，和〈秋興〉的「江間波浪兼天湧，塞上風雲接地陰」庶幾近之。

佛萊又認爲悲劇寫英雄的疏離及衰殘。〈登高〉中，杜甫自謂「獨登臺」、「多病」、「繁霜鬢」，正是疏離與衰殘的寫照。〈客至〉一詩寫有客來訪，充滿歡愉友好的氣氛。〈登高〉說「常作客」，乃謂詩人有家歸不得，正是〈詠懷古跡〉組詩中所慨嘆的「支離」與「漂泊」。上面我提到杜甫自從安史之亂以來，四處流離，到過的地方不計其數，只有成都的草堂是較爲理想的居所。七六六至七六八在夔州的一年多日子，仍然免不了東遷西徙，這期間住過的地方至少有客堂、西閣、赤甲、瀼西等處。杜甫入蜀以來，大部份的日子都依靠朋友或達官貴人的支援過活，有時簡直寄人籬下；其心境之哀傷悲涼，我們不難想像。在夔州這一年多，他主要投靠夔州都督柏茂琳；但是柏茂琳與詩人的相處，並不融洽，遠遠比不上嚴武與他之間的那份情誼。〈登高〉的寫作，距離詩人去世不過三、四年，他百病纏身，計有糖尿病：「棲泊雲安縣，消中內相毒」（〈客堂〉）；有肺病：「衰年病肺惟高枕」（〈返照〉）；有風濕病：「臥愁病腳廢，徐步視小園」（〈客居〉）。他曾經整個秋天臥病在床，瘦削不堪：「兒扶猶杖策，臥病一秋強。白髮少新洗，寒衣寬總長。」（〈別常征君〉）杜甫在世時，詩名是有的，但遠遠不如王維、李白的響噹噹。當時的多本詩選，如殷璠的《河嶽英靈集》，連杜甫的一首詩也不選，李白的則選了十三首，王維更有十五首⑬。杜甫臨死前一年在〈南征〉一詩中哀痛地說：「百年歌自苦，未見有知音。」我們現在讀著杜甫在四川所寫的大量佳作傑作，想像他嘔心瀝血的苦吟情景，再想像那種「未見有知音」的淒涼況味，眞要爲這位偉大的詩史詩聖同聲一哭！夔州時期的杜甫，其悲苦，其潦倒，其「英雄」末路、日薄西山的情形，正吻合了佛萊所說的悲劇基型。

以下再就佛萊的「喜劇與悲劇的境界對比」中悲劇境界一項，加以引證說明。佛萊指出，在悲劇境界中，人的世界是暴政或無政府狀態，是孤獨的人。〈登高〉寫的是孤獨的詩人，上面已說得很透徹了。至於〈登高〉所沒有寫，而杜甫親身經驗的，確爲一個接近無政府狀態的政局、混亂的時局。〈秋興〉婉轉地說：「王侯第宅皆新主，文武衣冠異昔時。」這是杜甫溫柔敦厚的

---

⑬ 見註⑦所提會著附錄之二：〈百年歌自若，不見有知音——論唐人對杜詩的態度〉。

表現，其實他深爲當時綱紀廢弛而痛心疾首。他也爲「直北關山金鼓震」，外患入侵，而憂心忡忡。至於眼見吏治敗壞（〈晝夢〉一詩說「安得務農息戰鬬，普天無吏橫索錢」），詩人感到憤慨，是不必贅言的。以「致君堯舜上，再使風俗淳」爲抱負的杜甫，在他夜宿夔州江邊閣之際，「不眠憂戰伐，無力正乾坤」，這些詩句正道出詩人的衰老軟弱，也道出唐室的衰敗式微。詩人與國家，都處於日暮途窮的境地。

佛萊說，在悲劇境界中，動物世界是野狼、兀鷹、蛇之類凶猛的野獸。〈登高〉沒有出現這些野獸，然而，比起〈客至〉中可親可盟的鷗鳥，哀嘯的猿，無疑是不祥的，屬於悲劇境界的。正宗悲劇境界的基型動物，倒在他這個時期的其他詩中出現。例如〈宿江邊閣〉中的「豺狼得食喧」；〈晝夢〉中的「故鄉門巷荆棘底，中原君臣豺虎邊」；〈秋日荆南述懷三十韻〉中的「蛟螭深作横，豺虎亂雄猜」。

根據佛萊的基型論，在悲劇境界中，植物世界是邪惡的森林，或者是荒野，是死亡樹。〈登高〉雖然沒有這些，但「無邊落木蕭蕭下」一句，已够荒凉了，衰亡的氣息够濃厚了。這一句顯然從宋玉〈九辯〉的「悲哉秋之爲氣也，蕭瑟兮草木搖落而變衰」演化而來。

悲劇境界中的礦物世界，佛萊認爲是沙漠、岩石與廢墟。〈登高〉缺乏這類意象，不過，與此接近的意象則有，就是「渚清沙白」。已是深秋了，江邊和江中的沙洲，從春夏時的紅花綠樹（杜甫有「山靑花欲燃」的佳句，寫春天所見），到現在的蒼白一片，也算是一種「廢墟」、一種「沙漠」了。

至於悲劇境界中，不定型世界的海洋、洪水、海獸等基型，〈登高〉一詩也沒有。然而，「不盡長江滾滾來」一句，氣勢洶洶，彷彿具有極大的殺傷力，要把英雄解體、消滅。而事實上，杜甫以後的詩歌作者，如蘇軾，如《三國演義》卷首詞的作者，都把滾滾的流水和毀滅的力量相提並論：「大江東去，浪淘盡千古風流人物」；「滾滾長江東逝水，浪花淘盡英雄」。由此看來，〈登高〉的「不盡長江滾滾來」一句，仍然是隱含基型論的悲劇境界的。

在《批評的剖析》中，佛萊詳論悲劇基型的時候，特別強調悲劇英雄的孤獨和受苦⑭。這一點，我們在〈登高〉一詩裏面，是看得非常清楚的。如果我們把它和〈客至〉的喜劇性氣氛對比，則其孤獨和受苦就更顯而易見了。〈客至〉結束時，人物比前更多，而〈登高〉始終只寫「獨登臺」的一人。〈客至〉寫飲宴的場面，而〈登高〉告訴我們，詩人多病潦倒，連酒也要戒掉。杜甫之嗜酒，並不遜於李白；現在連這一點樂趣，也被奪去了。

〈客至〉和〈登高〉兩首詩的寫作時間，前後相距五、六年，二詩正反映了杜甫在四川兩個不同時期的生活和心境：在成都的愉悅輕快，在川東的悲苦陰沈。宋人嚴羽在《滄浪詩話》中以「飄逸」和「沈鬱」分別概括了李白和杜甫的詩風。當然，李白詩也有沈鬱的一面，正如杜甫詩也有飄逸的一面。不過，從杜甫大量感時憂國、悼人傷己的作品看來，沈鬱確是他詩風的基調。

---

⑭ 見註⑤ Frye p. 208。

而杜甫在夔州時期及其前後所寫的詩篇，要算是沈鬱中之沈鬱了。這些作品，如〈秋興〉的——

「玉露凋傷楓樹林，巫山巫峽氣蕭森；江間波浪兼天湧，塞上風雲接地陰。叢菊兩開他日淚，孤舟一繫故園心。寒衣處處催刀尺，白帝城高急暮砧。」

「夔府孤城落日斜，……」

「魚龍寂寞秋江冷，……」

「波漂菰米沉雲黑，露冷蓮房墜粉紅。」

〈閣夜〉的——

「臥龍躍馬終黃土，人事音書漫寂寥。」

〈詠懷古跡〉的——

「支離東北風塵際，漂泊西南天地間。」

「江山故宅空文藻，雲雨荒臺豈夢思？」
「一去紫臺連朔漠，獨留青塚向黃昏。」
「翠華想像空山裏，玉殿虛無野寺中。」
「運移漢祚終難復，志決身殲軍務勞。」

——以上的詩句，都充滿了基型論的悲劇性情調。

五、「基型論」與中國文學研究

佛萊的基型論，可用於對〈客至〉之喜和〈登高〉之悲的分析，也可用於對其他中國文學作品的分析，這裏只略舉若干古典詩文，以爲證明。先舉王羲之的〈蘭亭集序〉的開頭部份：

永和九年，歲在癸丑，暮春之初，會於會稽山陰之蘭亭，修禊事也。羣賢畢至，少長咸集。此地有崇山峻嶺，茂林修竹，又有清流激湍，映帶左右，引以爲流觴曲水，列坐其次。雖無絲竹管弦之盛，一觴一詠，亦足以暢敍幽情。是日也，天朗氣清，惠風和暢，仰觀宇宙之大，俯察品類之盛，所以游目騁懷，足以極視聽之娛，信可樂也。

這裏面，季節，人的世界，植物、礦物等世界，那種團紋歡愉的氣氛，無不與佛萊的喜劇基型吻合。李白的〈春夜宴桃李園序〉和〈蘭亭集序〉相近，只不過李序寫的是晚上，這點與基型論的說法有出入。不過，晚上而「秉燭」，且有月亮照明，悲劇性的陰沈氣氛，已不復存在了。

柳永的〈雨霖鈴〉，也冥冥中符合了悲劇基型的精神：

寒蟬淒切，對長亭晚，驟雨初歇。都門帳飲無緒，留戀處，蘭舟催發。執手相看淚眼，竟無語凝噎。念去去千里煙波，暮靄沉沉楚天闊。多情自古傷離別，更那堪冷落清秋節！今宵酒醒何處？楊柳岸，曉風殘月。此去經年，應是良辰好景虛設。便縱有千種風情，更與何人說？

季節、時分、不定型世界等，都與佛萊的說法若合符節。由「帳飲無緒」到別後的孤獨冷清，正一步一步邁向悲劇性的境界。李清照的〈聲聲慢〉，也充滿了悲劇基型的意象，只不過作者身處的不是荒野（而是黃花遍地的荒涼園子），也沒有大海與野獸那些恐怖的東西而已。

范仲淹的〈岳陽樓記〉則一文而包括悲與喜兩種基型，因爲作者要表現的正是這強烈的對比。

若夫霪雨霏霏，連月不開，陰風怒號，濁浪排空。日星隱曜，山岳潛形。商旅不行，檣傾楫摧。薄暮冥冥，虎嘯猿啼。登斯樓也，則有去國懷鄉，憂讒畏譏，滿目蕭然，感極而悲者矣。

至若春和景明，波瀾不驚，上下天光，一碧萬頃，沙鷗翔集，錦鱗游泳。岸芷汀蘭，郁郁青青。而或長煙一空，皓月千里，浮光躍金，靜影沉璧，漁歌互答，此樂何極。登斯樓也，則有心曠神怡，寵辱皆忘，把酒臨風，其喜洋洋者矣。

上面的引文，是說明佛萊基型論的極佳範例。第一段，幾乎百分之一百符合悲劇的基型模式。令人略感「遺憾」的，只是沒有清楚點明秋天這個季節，植物的意象也付諸闕如而已。第二段也幾乎百分之一百符合喜劇的基型模式，稍有出入的，是這一段的後半部，乃以夜間爲背景，而非基型論所要求的黎明或麗日。不過，這裏寫的是「皓月千里，浮光躍金」，可說是夜中之日，和李白〈春夜宴桃李園序〉的情景相似，絕無黑暗悲涼的氣氛。佛萊如果懂中文，或者如果對中國文學的外文譯本多所涉獵，一定會援引杜甫的〈客至〉與〈登高〉，以及范仲淹的〈岳陽樓記〉等作品，作爲支持他的理論的絕佳例證。

惟其佛萊不諳中文，對中國文學外文翻譯的涉獵不廣，而其基型論可以演繹至對中國文學的分析，我們對其理論的普遍性，不能不另眼相看。上文詳述了基型論如何適用於杜甫的兩首名詩，又略述了這個理論對中國若干其他古典詩文的應用價值。佛萊的說法，也適用於分析中國現代文學⑮。不過，這已逸出本文的論題了，有待於將來撰專文予以說明。

佛萊的基型論淵源於神話學、人類學和心理學。它的涵攝面極廣，企圖解釋從古代的神話傳說至二十世紀的文學作品。從古今千萬篇作品歸納出簡單的一些公式、規律——就是他所說的基型，已經是很不容易的事；把這些公式、規律演繹於古今的千萬篇其他作品，且要放諸四海而皆準，更戛戛乎其難哉。既然如此，佛萊的基型論，用於實際分析時，就不一定能處處賅備、面面俱圓了，偏差、漏洞、甚至解釋時的牽強附會，有時是在所難免的。佛萊對自己的理論，當然很有信心，不過他也知道完美的難求，因此乃有「換置」(displacement)之說，使理論應用起來時，比較靈活。

換置就是調換、改置之意。佛萊以實例來解釋他的換置說。譬如在某個神話(myth)中，主角是太陽神或是樹神，是基型人物。這個太陽神或樹神的基型人物，出現在傳奇(romance)或其他文類(genre)時，勢不能再有神話人物——即具有超自然力量的人物——的身份了，他只

⑮ 隨便舉幾個例子：鄭愁予的詩〈雨說〉、余光中的詩〈苦熱〉、葉紹鈞的小說〈秋〉、魯迅的小說〈在酒樓上〉都具有喜劇、傳奇、悲劇、諷刺詩文——也就是春、夏、秋、冬——的基型特色。其他可舉的例子多不勝數。

得換置爲一與太陽有關或與樹有關的人物⑯。我認爲佛萊這個換置說很重要，它使基型論用起來較有彈性。不過，換置一詞，管見以爲或可另鑄。讀了佛萊解釋換置說的一些文句以後，我更認爲非另鑄不可。他說：「寫實性小說（realistic fiction）裏面如果出現神話性結構（mythical structure），則要使讀者信服這種神話性，在技術上是有困難的。爲了解決這些難題而產生的設計（devices）可概稱爲換置。」⑰這樣說來，寫實性小說的作者，似乎既是小說家，也是深諳基型論的文學理論家；他寫作小說時，以基型論爲指導性原則，一遇到與基型論的原則（從神話演變成的基型）有矛盾、齟齬時，就設計出種種方法，以期把矛盾化而解之。這樣的說法，自然有問題。基型論或其前身（費瑞薩 Frazer、佛洛伊德、雍格、柏黛金 Maud Bodkin 等人的學說）出現之後，二十世紀的寫實性小說作者，當然可能有人受其影響，把理論用在創作上面，經營一番，設計一番，以體現基型論的精神，以求作品具有普遍的象徵意義。可是，在基型論或其前身面世之前，寫實性小說作者，何來如此這般的指導性原則？何必要如此這般地「設計」？這些作者寫出來的東西，如果與基型論的原則吻合的話，乃是冥冥之間的暗合，而非有意的迎合！

佛萊如果改用「相當」（英文可作 equivalence）一詞，則無意的暗合與有意的迎合都說得通，問題就解決了。例如，說傳奇中的與太陽有關的人物，相當於神話中的太陽神；就等於說，

⑯ 見註⑤ Frye 著 pp. 136, 137。

⑰ 同上 p. 136。

現代國家的總統，相當於古代王朝的皇帝。這樣就圓融無礙了，雖然與太陽有關的人物，和太陽神不同，總統也和皇帝不同。上面我們提到李白〈春夜宴桃李園序〉與范仲淹〈岳陽樓記〉的時候，指出在眞實的時間上，兩者都寫晚上，而非符合喜劇基型的黎明或麗日。不過，在那兩篇作品中，都有明月來相照，可說「相當」於黎明或麗日，因而具有喜劇基型的色彩。

然而，即使有了「換置」或「相當」的富彈性的說法，我們依舊不可能把基型論套在古今中外的任何作品上，而百分之一百的靈驗。文學反映人生、時代、社會。由於性情氣質、文化時尚的差別，文學的內容必然是多樣而複雜的。佛萊的基型論歸納出古今作品的公式、規律，描摹出這些作品的共相；至於某些不能納入公式的殊相的存在，是必然的。儘管如此，佛萊基型論的宏大概括能力，已是當代的文學理論研究者所有目共睹的了。這篇論文只介紹了佛萊幾個重要的基型體系，並未能遍及其理論的全部。如果說他的理論全體是龐大的故宮建築羣，則本文所引導讀者參觀的，不過是太和殿和乾淸宮而已，雖然此二宮殿爲故宮的首要建築，殆無疑問。此外，本文介紹的，只是其體系的骨幹，佛萊著述中徵引之繁富，學問之淵博，眞令人嘆爲觀止。而這些，本文也無從引證。

就像故宮的體勢一樣，佛萊是個雄心萬丈、氣象恢宏的批評家。他的規模，可與「體大慮周」的劉勰相比；雖然二者的論點，格於時代、文化等因素，有所差異。在他們頗多的相同點中，有一點是必須拿出來討論的。《文心雕龍・物色篇》說：

春秋代序，陰陽慘舒，物色之動，心亦搖焉。蓋陽氣萌而玄駒步，陰律凝而丹鳥羞，微蟲猶或入感，四時之動物深矣。若夫珪璋挺其惠心，英華秀其清氣，物色相召，人誰獲安！是以獻歲發春，悅豫之情暢；滔滔孟夏，鬱陶之心凝；天高氣清，陰沉之志遠；霰雪無垠，矜肅之慮深。歲有其物，物有其容；情以物遷，辭以情發。

劉勰的物色動心說，也是鍾嶸〈詩品序〉開宗明義所說的：「氣之動物，物之感人，故搖蕩性情，形諸舞詠。」中國傳統的文學理論，向來強調情景交融的重要⑱。情景交融說的要義，就是自然景物和人類情思的融洽渾化。而這些正巧是佛萊基型論的根本。人對四季氣候景物的遞展，會產生感應，其慘舒悲喜的大概模式，不因人種、文化而有異。這些對大自然的感應，形諸舞詠，形諸文學作品，表現了大自然的旋律，就成爲雍格所說的基型，或者說集體潛意識（collective unconsciousness）。佛萊的基型論就是在這個基礎上建立起來的。

劉勰看到了人對四時物色的感應，把這些感應歸納成一體系。（《文心雕龍》的六觀說、八

⑱ 請參閱拙著《中國詩學縱橫論》（臺北，洪範，一九七七）。

體說都是體系，始於〈毛詩序〉的賦比興說也是一種體系，近人吳經熊的「唐詩四季」說亦然⑲。以簡馭繁地尋出公式、建立體系，是人類一項重要的智能活動。）他認爲春天時「悅豫之情暢」，夏天時「鬱陶之心凝」，秋天時「陰沉之志遠」，冬天時「矜肅之慮深」。他這個說法，和佛萊的「晨昏春秋人生文學的類比」體系，頗爲接近。《文心雕龍》中「悅豫之情暢」與「陰沈之志遠」正可用來形容〈客至〉和〈登高〉的喜劇和悲劇基型。由此可見基型論的普遍性意義，也可見確有心同理同、中外如一這回事。中外詩學以至文化的匯通，確有穩固的基礎。

杜甫的〈客至〉和〈登高〉二詩，千年來膾炙人口，後者的藝術地位，經過羅大經和胡應麟的極力推崇後，尤其高聳⑳。佛萊雖然認爲文學作品有優劣良莠之別，但是他乃以不涉評價、只重分析而成就他的批評家事業。筆者向來評論文學，都涉及評價，且認爲文學史對作者和作品的

⑲ 吳經熊著、徐誠斌譯的《唐詩四季》（臺北，洪範，一九八〇）中，以春夏秋冬來象徵唐詩演進的四個階段。他說：「夏，充滿了天地正氣，與英雄聖賢大無畏的精神，其間也不無清風解慍，時雨滋潤的調劑。」他以杜甫爲夏季的代表，對於秋季，吳氏這樣說：「一是無限的感傷，一是成熟的智慧。」其實，照吳氏對秋季象徵意義的解釋，把杜甫歸入秋季，會更爲適合。杜甫大量寫作律詩，詩藝又高，律詩在他手上成熟，這也可說是一種「成熟的智慧」。又：近讀余光中的〈龔自珍與雪萊〉長文，發現定庵在〈尊隱〉一文中，把一日分爲蚤時、午時、昏時，來象徵朝代的盛衰，可說在雪萊之外，也與佛萊的心靈遙相感應。請參看《聯合文學》月刊一九八五年二月號頁一五五，余氏論文片段。

⑳ 黃永武、沈謙等對〈登高〉的藝術性有詳盡精當的析論。請參閱黃永武、張高評合著《唐詩三百首鑑賞》（臺北，尚友，一九八三）中黃氏對此詩的評析；以及沈謙發表在《中外文學》一九八三年六月號的〈析論杜甫七律壓卷作「登高」〉一文。

評價縱使時有游移，比較周延和客觀的標準仍然是有的；因此對佛萊的基型論，常有美中不足之嘆。然而，佛萊的理論，確能使我們登高望遠，眼界大開。中國現代的文學批評，自有不凡的成就，但縱能繼承劉勰、橫能與佛萊比肩的偉大批評家，卻尚在期待之中。佛萊的《批評的剖析》一書，已有多種文字的譯本，而中譯獨缺。熟知其批評理論與成就的中國文學研究者，數目也不多㉑。使我們登高望遠的外國大師，我們理應以「不亦樂乎」的心情，迎此客至。佛萊的理論，

㉑ Archetype 一詞，中譯有基型、原型、原始基型等。佛萊的著作，譯成中文的極少，似乎只有高錦雪譯的〈文學的原型〉即 "The Archetypes of Literature" 一篇，此譯文刊於《中外文學》一九七七年二月號；此外我也譯過佛著《偉大的法典：聖經與文學》（紐約，一九八一）一書的一個小片段，譯文及我對佛著的簡介，刊於香港《文藝》季刊一九八四年九月號。顏元叔和李達三（John Deeney）對佛萊的基型論曾有介紹，見顏著〈原始類型及神話的文學批評〉（收在顏著《何謂文學》中，《何》書在一九七六年由臺北學生書局出版），以及李著《比較文學研究的新方向》（臺北，聯經，一九八三年修訂版）。繆文傑（Ronald Miao）在《清華學報》新二卷十期有英文論文，從佛說看唐詩，此文有馮明惠的中譯，題爲〈試用原始類型的文學批評方法論唐代邊塞詩〉，刊於《中外文學》一九七五年八月號。Curtis Adkins 的博士論文則用佛說論唐人小說，見 "The Supernatural in T'ang *Ch'uan-ch'i* Tales: An Archetypal View" (Ph. D. Dissertation, The Ohio State University, 1976)。茅國權（Nathan Mao）在他英譯的錢鍾書小說《圍城》（*Fortress Besieged*）譯者導言中，用佛說析論錢氏小說的四季基型；茅譯於一九七九年由印第安那大學出版社出版。張淑香在《李義山詩析論》（臺北，藝文印書館，一九七四）中，曾用佛萊的「追尋」（quest）基型說析義山的詩。蔡源煌也曾用佛說，見其〈從顯型到原始基型——論羅門的詩〉，刊於《中外文學》一九七七年一月號。以上僅就我所知見，舉列採用佛說的論著。如有其他，尚祈高明補充。至於我，應用佛萊學說而撰寫的論文，主要

（文轉下頁）

不一定都能應用於中國文學研究。可是，「轉益多師是『我』師」，「不薄『外』人愛『國』人」；杜甫的詩心既具普遍性，他也必然贊成斟酌採用這種具有普遍性的外國理論。

——一九八五年二月

後記

這篇文章寄出後，再看原稿影印本一次，才發覺在第五節「『基型論』與中國文學研究」漏貼了一個片段。在我引完柳永的〈雨霖鈴〉之後，應該提到歐陽修的〈秋聲賦〉。可以做例子的詩文自然還有很多很多，不過，此賦簡直是佛萊基型論的註腳，或者「先聲」，所以非引不可。〈秋聲賦〉說秋之色慘淡，其氣凜冽，其意蕭條，其聲凄切；「其所以摧敗零落者，乃其一氣之餘烈，……常以肅殺爲心。」

（文接上頁）

有：〈中國最早的短篇小說〉，刊於《明報月刊》一九七五年一月號，又刊於《幼獅月刊》同年八月號；"The River at Dusk Is Saddening Me: Cheng Ch'ou-yü and *Tz'u* Poetry," *Renditions*, 1979；〈佛萊與文學批評〉，刊於《第七屆青年文學獎文集》（香港，一九八一）；〈秋天的悲劇情調〉，刊於香港《百姓》半月刊一九八四年十一月十六日。我佩服佛萊的宏論，評論時採用他的觀點，前後已有十餘年。一直很想多點譯介他的學說，可是一來騰不出大量時間，二來他徵引過於繁富，翻譯起來殊不容易，實在心餘力絀，只好期待高明了。

本文第三節「〈客至〉的喜劇氣氛」，述及杜甫在成都的生活時，我頗爲借重曾棗庄《杜甫在四川》一書中的資料。文稿寄出後，我才發覺方瑜的〈浣花溪畔草堂閒——論杜甫草堂時期的詩〉一文，也很値得參考。方氏說杜甫在這期間「寫了很多明朗溫馨的作品」，這正是多位學者——包括曾棗庄——的一項結論。方文收在《古典文學》第二集，一九八〇年由臺北學生書局出版。

我在四月八日宣讀了這篇論文。此文的講評人是黃永武教授，他對此文過譽之處，我實在愧不敢當。本文第三節提到「鷗盟」，並引了南宋朱熹和辛棄疾的詩句以爲說明。黃教授指出北宋的黃庭堅已有「萬里歸船弄長笛，此心吾與白鷗盟」的句子。至此，我猛然記起了黃山谷這首〈登快閣〉，認爲確實應該作爲補充的例證。黃教授又指出本文兩處地方，一爲遣詞的斟酌，一爲筆誤，我都予以更正，並致謝意。

黃教授在他的講評中，還涉及中國文學中動植物的象徵（或者「基型」）。黃氏在他的《中國詩學・思想篇》（臺北，巨流，一九七九）中，曾暢論龍鳳麟龜、梅蘭菊竹等在中國文學中的象徵意義，十分博洽。這些，在將來進一步探討中外文學的動植物基型時，都會是很有用的材料。

這次開會，龔鵬程教授出示他幾年前由故鄉出版社印行的《春夏秋冬》一書，此書研究中國詩文中四季的描寫，曾提到基型論，而且也引過劉勰《文心雕龍・物色篇》的一段話。龔教授雖然沒有舉出杜甫的〈客至〉和〈登高〉以作爲春與秋的比況，但我認爲此書與我這篇文章所討論的問題，很有關連，使我對它有「相見恨晚」之感。

開會完畢，返港之後，收到陳鵬翔教授爲我寄來的三篇英文寫的論文，主題是中國文學中的秋天：

1. "*Ch'ü* and the Tradition of Literary Melancholy," in *Asian Culture Quarterly* 8: 3 (Autumn 1980).
2. "The Tradition and Variation of Autumnal Lamentation," in *Tamkang Review* 11: 2 (Winter 1980).
3. "Aspects of Autumn in Classical Chinese Poetry", in *Chinese Culture* 22: 3 September 1981).

陳教授指出：「悲哉秋之爲氣也」是秋天一個很重要的意義；中國文人對秋天的觸景傷情，筆下與秋有關的詞彙之多，外國文學家是不能相比的。陳氏的這些論文，無疑提供了更多的例子，使我們深切地瞭解到中國文學中秋天的基型意義。對以上諸位，我都衷心致謝。

——一九八五年五月十三日

五四新詩所受的英美影響

內容提要

胡適、徐志摩、聞一多在中國新詩史上，有重要地位，且三人都曾留學英美。本文卽透過胡、徐、聞三人述論五四新詩所受的英美影響。三人對英美詩歌的興趣和修養不同，所受影響亦異，而以聞一多爲最深。胡適提倡以口語、以自由形式寫詩，聞一多則主張格律說，二者觀點不同，但都受過英美詩歌的啟示。濟慈、白朗寧、哈代等的情調與手法，以至 limerick、十四行體、戲劇化獨白等，都是英美影響的具體例證；徐、聞等引進了這些，爲五四詩壇開拓了視野，爲中國現代詩歌發展提供了新的可能性。

一、引　言

中國新文學受到外國文學的影響，是公認的事實。各國文學中，英美的影響特深，也是不爭之論。五四時期的新詩作者，受英美詩歌啟廸的，人數甚夥。本文打算只論胡適、徐志摩、聞一多三人，原因有二：他們各具重要性；他們曾留學英美，受影響可能更爲深刻直接。文學史家、評論家和比較文學家，都曾述論他們分別所受的英美詩歌影響；然而，像本文這樣一起討論他們三人的，似乎還是首次。此外，本文還會涉及一般論者未曾接觸的問題，希望對〈五四新詩所受的英美影響〉這一論題，有較深入而詳盡的發揮。

本文的「五四」時期，照一般文學史家做法，定爲一九一七至二七的十年間，趙家璧主編的《中國新文學大系》收的正是這十年間的作品。討論時，先胡適，其次是徐志摩，最後是聞一多，所根據的是他們三人出生年份的先後，以及出國留學年份的先後。

二、胡　適

胡適（一八九一—一九六二）在一九一〇年考取庚款留美官費，九月抵美進康乃爾大學農學院，後改入文學院。一九一五年進哥倫比亞大學哲學系，同年提出了「文學革命」的口號；翌年寫成〈文學改良芻議〉一文，於一九一七年一月發表在《新青年》雜誌上。同年七月，胡適回國，任北京大學教授，發表〈建設的文學革命論〉，主張「國語的文學，文學的國語」❶。他的文學改良論，自然包括詩的改良在內。

一九一五年，胡適和留美的朋友討論詩歌問題時，這樣說：「詩國革命何自始？要須作詩如作文。」翌年進一步說：「詩界革命當從三事入手：第一，須言之有物，第二，須講求文法，第三，當用『文之文字』時，不可故意避之。❷」這一年，他還寫了一首題為〈答梅覲莊——白話詩〉，長逾一百行，說明應該用活的文字寫詩❸。這可說是中國新文學史上的第一首白話詩。幾位留美的朋友，都認爲用白話寫詩，失諸粗鄙，但胡適起了頭之後，就堅持下去，繼續寫作。《新青年》雜誌在一九一八年刊出了胡適、沈尹默、劉半農三人寫的九首白話詩；一九二〇年，胡適出版了《嘗試集》，這是中國新文學史上的第一本白話詩集。一九一九年，胡適發表了〈談新詩〉一文。朱自清說，這篇文章，在當時「差不多成爲詩的創造和批評的金科玉律了」❹。

---

❶ 〈文學改良芻議〉和〈建設的文學革命論〉二文均見趙家璧主編的《中國新文學大系》（上海，良友，一九三五）的《建設理論集》。

❷ 見胡適，《嘗試集》（《中國現代文學作品原本選印》，北京，人民文學出版社，一九八四）的〈自序〉，頁一三八、一三九。

❸ 見《胡適留學日記》（共四册，臺北，商務，臺三版，一九七三），第四册，頁九六五至九七四。

❹ 見朱自清爲《中國新文學大系》的《詩集》所寫的導言。

〈談新詩〉一文說：「新文學的語言是白話的，新文學的文體是自由的，是不拘格律的。❺」這可說已概括了胡適四、五年來對新文學、對新詩的主張。〈文學改良芻議〉所謂「八事」，有不摹倣古人、務去爛調套語、不用典、不講對仗、不避俗字俗語等五項，其實就是用白話的意思。胡適爲什麼作這樣的主張？大家都知道，乃爲了文學平民化，爲了提高國民的文化水準，而最終目的是救國。胡適這樣的主張，源於救國救民的思想；它還有別的來源嗎？他受了什麼影響嗎？朱自清在《中國新文學大系・現代詩歌導論》中說：

梁實秋氏說外國的影響是白話文運動的導火線；他指出美國印象主義〔即意象主義，Imagism〕者六戒條裏也有不用典、不用陳腐的套語；新式標點和詩的分段分行，也是模倣外國；而外國文學的翻譯，更是明證。胡氏〔即胡適〕自己說〈關不住了〉一首是他的新詩成立的紀元，而這首詩卻是譯的，正是一個重要的例子❻。

朱自清的導論寫於一九三五年。此文提到梁實秋的影響說，梁說見於他在一九二六年寫的〈現代中國文學之浪漫的趨勢〉一文。而胡先驌指出胡適受意象主義影響，爲時更早❼。朱自清之後，

---

❺ 見《中國新文學大系》的《建設理論集》，頁二九五。

❻ 同註❹。

❼ 梁文收於《實秋自選集》（臺北，文星，一九五四）中。胡先驌看法見其〈評《嘗試集》〉一文，此文收於《中國新文學大系》的《文學論爭集》。

新文學的研究者如方志彤、周策縱、夏志清等，也都認爲胡適對新文學的見解，受過意象主義的影響❽。奇怪的是，胡適卻從來沒有這樣承認過。一九一六年十二月，《紐約時報》書評版轉載了〈意象派宣言〉的六大信條。胡適在那個月的一則日記裏，剪貼了此六大信條，然後加上說明：「此派所主張，與我所主張多相似之處。❾」換言之，胡適認爲這只是巧合而已。用比較文學的術語來說，就是：此非「影響」，而是「平行」。一九一九年他爲《嘗試集》寫序，甚至說：「我主張的文學革命，只是就中國今日文學的現狀立論；和歐美的文學新潮流並沒有關係；有時借鏡於西洋文學史，也不過舉出三四百年前歐洲各國產生『國語的文學』的歷史……。❿」他正式否認曾受當時歐美新潮流的影響。

胡適在一九一〇至一七在美國讀書的時候，美國詩壇生氣勃勃，龐德（Ezra Pound）、羅厄爾（Amy Lowell）等相繼崛起，蒙若（Harriet Monroe）主編的《詩刊》（Poetry）在一九一

---

❽ 見 Achilles Fang, "From Imagism to Whitmanism in Recent Chinese Poetry: A Search for Poetics That Failed," in *Indiana University Conference on Oriental-Western Literary Relations*(Bloomington, Indiana University, 1955), pp. 177-189; Tsetsung Chow, *The May Fourth Movement* (Cambridge, Mass., Harvard University Press, 1960), Chapter 2; C. T. Hsia, *A History of Modern Chinese Fiction* (New Haven, Yale University Press, 1961), Chapter 1.

❾ 見《胡適留學日記》，一九一六年十二月二十六日。

❿ 同註❷，頁一四四。

二年創刊，桑德堡（Carl Sandburg）、魯賓遜（Edwin A. Robinson）都很活躍[11]。胡適自述道：「在綺色佳〔Ithaca，卽康乃爾大學所在地〕，我雖不專治文學，但也頗讀了一些西方文學書籍，無形之中，總受了不少的影響。[12]」他當時有寫詩的興趣，曾在一九一四年杪和一九一五年元旦先後用商籟體（Sonnet）寫了兩首詩，一爲〈世界學生會十週年〉（"On the Tenth Anniversary of the Cornell Cosmopolitan Club"），一爲〈告馬斯詩〉（"To Mars"），他還把這兩首詩呈交康大的莎農院院長，請他指正，可見他的認眞和虛心[13]。胡適在《留學日記》中談到詩的不多，似乎除了一九一六年十二月那次剪貼了意象派的宣言外，就沒有再提到意象派的詩人和作品。不過，意象派詩人如桑德堡，都在《詩刊》上發表詩作，而胡適是看過《詩刊》的。事實上，蒂絲黛雅（Sara Teasdale）在《詩刊》三卷四期上登的〈屋頂上〉（"Over the Roofs"），就被胡適譯成中文，題爲〈關不住了〉，後來收在《嘗試集》裏。胡適「頗讀了一些西方文學書籍，無形之中，總受了不少的影響」，其中有沒有意象派的影響呢？如果有的話，爲什麼卻只承認「相似」呢？

王潤華對胡適的「不承認」，有所解釋。一九一〇年代的美國新詩人，如意象派的龐德、羅

---

[11] 參考 Roy Harvey Pearce, *The Continuity of American Poetry*(Princeton, N.J., Princeton University Press, 1965), Chapters 6 & 7.

[12] 同註[2]，頁一三七。

[13] 這裏及下面所引，都見於《胡適留學日記》，參考時請循年月日檢索。

厄爾等，其地位仍未獲肯定，「學院派批評家多數還將他們擋在大學之外」；胡適的朋友梅光廸和胡先驌也極力攻擊這些新興詩人。胡適因此不能借他們來爲白話文運動「支撐門面」，他借助的是其他東西。一方面，他指出白話文學爲中國文學的正宗，現在發起的白話文運動不過要繼承原來的好傳統而已；另一方面，他以歐洲文藝復興運動時提倡國語爲例，爲他的「國語的文學，文學的國語」，也就是白話文，找到理論根據⑭。

胡適的新詩、新文學主張，受過意象派的影響，這個說法應該可以成立。他的「八事」固有意象派宣言的影子，其〈談新詩〉一文所強調的自由形式，和用具體手法，意見更和意象派宣言「相似」⑮。

意象派之外，英美詩歌對胡適的影響，似乎並不顯著。據《四十自述》所說，少年時代，他在中國公學讀書，「有時候，我們自己從讀本裏挑出愛讀的英文詩，邀幾個能詩的同學分頭譯成中國詩」⑯。他既沒有提到詩篇的題目，也沒有說明詩人的名字。看來，他對英文詩的閱讀和認

---

⑭ 見王潤華，〈從《新潮》的內涵看中國新詩革命的起源〉一文，收入王著《中西文學關係研究》（臺北，東大，一九七八）中；頁二四〇、二四一。

⑮ 意象派宣言的第二條曰："......We do not insist upon 'free verse' as the only method of writing poetry. We fight for it as for a principle of liberty." 第四條曰 "To present an image, ...we believe that poetry should render particulars exactly and not deal in vague generalities, however magnificent and sonorous."

⑯ 見《四十自述》（香港，世界文摘出版社，一九五四），頁七八。

識，不出課本所選那些。他在十九歲時赴美留學，先讀農科，後轉哲學，對英美詩歌，只是偶然接觸罷了。《留學日記》一九一三年十月十六日有一則說「頃讀 Robert Browning 見兩詩都用一韻……以其不數見，故記之」⑰。白朗寧當時在英國和美國詩名甚著，有詩迷俱樂部⑱。胡適大概慕名而讀其詩。一九一四年年初的冬天，他譯詩的意興甚濃，譯了白朗寧某首詩的片段，以見其樂觀精神，幾天後又譯裴倫（Byron，今多譯作拜倫）的〈哀希臘歌〉全詩，且自信較馬君武和蘇曼殊的譯文優勝。胡適用騷體來譯，附加註釋，是一力作。這時他還沒有想到寫詩或者譯詩，應該用白話，所以翻譯時用的是文言。他所愛於這首詩的，是內容，是感情，而與形式無涉。同年五月九日的日記，有一則說他以〈論英詩人卜朗吟〔卽白朗寧〕之樂觀主義〉（"A Defense of Browning's Optimism"）一文，參加徵文比賽，得了獎，獎金是五十美元，雀躍不已。胡適對英國詩人的認識，大概以拜倫和白朗寧最深了。同年七月七日的日記，也提到樸蒲（Pope），華茨活（Wordsworth，今多譯爲華滋華斯）幾個名字，不過只是一筆帶過，我們無從知道胡適對這些詩人及詩作的瞭解。一九一九年發表的〈談新詩〉一文，也提到華滋華斯，以及布來克（Blake）、惠特曼（Whitman），同樣是泛泛而已。青少年時期、留美時期、五四時期，以至終其一生，他對英美以至一切外國詩歌，閱讀不廣，愛好不深，所受影響不大，這似乎是可以斷言

⑰ 見《胡適留學日記》，這裏及下面所引，請循年月日翻檢卽得。

⑱ 參考 Boris Ford, ed., *The New Pelican Guide to English Literature. 6. From Dickens to Hardy.* (London, Penguin Book, 1982) 中 "The Literary Scene" 及論白朗寧專文。

的。一九一四年五月杪，他在日記上說：「余作英詩甚少，記誦亦寡，故不能佳。」記誦當指對英文詩的閱讀和背誦。這裏，胡適把他對英美詩的修養，說得很清楚了。一九一七年夏天，胡適買棹歸國，一個新詩運動，在太平洋彼岸正等待他去積極參與，而他在「舟中無事」，讀的是幾個新劇本，包括王爾德（Oscar Wilde）的 Lady Windermere's Fan 和葉慈（W. B. Yeats）的 The Hour-Glass。胡適並沒有告訴我們，他讀過詩集。葉慈的詩作，成就與名氣，都比他的劇本大，但胡適讀的是他的劇本。什麼是胡適的興趣所在，這則記事是很具象徵性的⑲。

周策縱在〈論胡適的詩〉一文中，說胡適的嘗試新詩，除了受英美詩歌影響外，「中國傳統詩詞……的影響也很大」；白居易、袁枚的詩，詞中淺近的小令都影響了他。周氏接著還有下面的觀察：

此外我看他尤其受了一些通俗小說中淺近詩詞的啟發。試看他三十年代寫〈無心肝的月亮〉時，在詩前還引了明人小說中兩句無名的詩：「我本將心託明月，誰知明

⑲ 翻閱《胡適文存》（共四集，臺北，遠東，一九五三），我們發現其中論到新詩及西方詩的甚少。〈五十年來中國之文學〉一文提到新詩；〈評新詩集〉一文，評的是康白情的《草兒》和俞平伯的《冬夜》，在評《冬夜》時，曾一筆提及 Wordsworth 和 Burns。在中國社會科學院近代史研究所中華民國史研究室編的《胡適來往書信選》（全三册，香港，中華書局，一九八三）中，胡適提到詩的地方也很少。

月照溝渠！」也就可想而知了。中國舊式白話小說中引的或作的詩詞，多半比較淺顯通俗，……胡適喜歡看小說，這種影響原是很自然的⑳。

胡適在《四十自述》中，說少年時「受了梁（啓超）先生無窮的恩惠」。梁啓超指出中國民族的許多缺點，和西洋民族的許多美德，認爲要救中國，就要「除舊而布新」。胡適深受「震盪感動」㉑。他留美的時候，以惠特曼爲首的自由詩風，高唱入雲，意象派宣言也鼓吹自由體。胡適提倡自由詩，確實受了英美詩的影響。英國十九世紀華滋華斯主張用日常口語寫詩，百年後的意象派重彈此調；胡適的白話詩主張，確實受了英美詩的啓發。不過，胡適的自由詩，並不像郭沫若那樣不可羈勒、放任到底，而是頗有節制的。在五四時期打倒舊詩，提倡「詩體的大解放」的胡適，一直被視爲新詩、新文學運動先鋒的胡適，從上文種種論據看來，雖然所受西方的影響至爲明顯，得自中國傳統的，誠然更多。就算那篇揚言打倒舊詩的〈談新詩〉，也沒有多少西方理論的例證；當他討論用具體法寫詩的時候，更大量舉出唐宋詩詞爲試金石，連半句西方詩歌也沒有提到。

---

⑳ 見唐德剛著《胡適雜憶》（臺北，傳記文學，一九七九）中附錄之周策縱〈論胡適的詩〉一文，頁一二七。

㉑ 同註⑯，頁五八、五九。

三、徐志摩

胡適在一九二〇年出版《嘗試集》，那時徐志摩還沒有嘗試過寫新詩。徐志摩（一八九七—一九三一）在一九一八年八月赴美國留學，讀的是歷史、經濟、社會學，不是文學。徐父送他出洋，希望他將來進金融界，而他「最高的野心是想做一個中國的 Hamilton」㉒。他在克拉克大學讀了一年，畢業後，轉到哥倫比亞大學，入經濟系讀碩士。為了跟隨羅素，他「擺脫哥倫比亞大學博士的引誘」，在一九二〇年的秋天到了英國。殊不知羅素早在一九一六年已被劍橋大學除了名，而人根本就不在英國。徐志摩輾轉到了劍橋大學做「特別生」，奇異地開始寫起詩來。他在《猛虎集》的序中說：

在二十四歲以前我對於詩的興味遠不如我對於《相對論》或《民約論》的興味。……但生命的把戲是不可思議的！我們都是受支配的善良的生靈，哪件事我們作得了主？整十年前我吹著一陣奇異的風，也許照著了什麼奇異的月色，從此起我的思想

㉒ 見蔣復璁、梁實秋主編《徐志摩全集》（共六輯，臺北，傳記文學，一九六九）中，第二輯的《猛虎集》序文，頁三四〇。

就傾向於分行的抒寫。一份深刻的憂鬱佔定了我；這憂鬱，我信，竟於漸漸的潛化了我的氣質[23]。

他在序中又形容那個時期的詩情，「眞有些像是山洪暴發，不分方向的亂衝」。他所謂的憂鬱，大概是因爲追求林徽音不遂而生的。徐志摩的熱情、奔放，對愛情或理想的追尋——他的浪漫氣質——每個讀中國現代文學的人都知道[24]。詩言志，詩抒情，詩中多情詩，浪漫的人，追不到愛情，卻遇到了妙思（Muse），而成爲詩神的俘虜，鬱結得以抒發，於是，徐志摩做不成漢密爾頓（Hamilton），卻做成雪萊（Shelley）了。徐志摩出國前在天津北洋大學讀預科，英國文學一科拿了八十八分[25]；如今在文風鼎盛、詩人輩出的劍橋讀書，處處可見米爾敦、拜倫、丁尼生的遺澤；這可說是他與英詩結緣的另一個因素。

徐志摩之閱讀英詩，是隨意、隨緣的，絕不像英文系科班出身的人那樣，從喬叟（Chaucer）

---

[23] 同上，頁三四〇、三四一。

[24] 徐志摩生平，可參考 Leo Ou-fan Lee, *The Romantic Generation of Modern Chinese Writers* (Cambridge, Mass., Harvard University Press, 1973) 中論徐志摩專章；梁錫華的《徐志摩新傳》（臺北，聯經，一九七九）；秦賢次編的《雲遊：徐志摩懷念集》（臺北，蘭亭，一九八六）中胡適、梁實秋、葉公超等人所撰文章；等等。

[25] 見上註梁著《新傳》，頁四。

一路唸下來。他在〈濟慈的夜鶯歌〉一文中說得很清楚：「文學本不是我的行業，我的有限文學知識是「無師傳授」的。斐德（Walter Peter）是一天在路上碰著大雨到一家舊書鋪去躲避無意中發現的，……。」他之讀哥德（Goethe）、杜思退益夫斯基、盧騷等，「都是邂逅，不是約會」。就連他在北京大學教書（時間是一九二四年秋至翌年春天），「也是偶然的，我教著濟慈的〈夜鶯歌〉也是偶然的」㉖。〈偶然〉，於是也成為他一首詩的題目：

我是天空裏的一片雲，
偶爾投影在你的波心——
　你不必訝異，
　更無須歡喜——
在轉瞬間消滅了踪影。
你我相逢在黑夜的海上，
你有你的，我有我的，方向；
　你記得也好，

㉖ 見註㉒第三輯，頁三一五、三一六。

最好你忘掉，
在這交會時互放的光亮！

當然，徐志摩在詩歌方面所放的光亮，他同代和後世的讀者，都沒有忘掉。他在世時出過三本詩集：一九二五年的《志摩的詩》、二七年的《翡冷翠的一夜》、三一年的《猛虎集》。《雲遊》是他飛機失事遇難後由他人編印的，在三二年出版。由顧永棣編，在一九八三年出版的《徐志摩詩集（全編）》㉗，除了包括上述各集外，還有他最早期的作品，輯爲《花雨》，還有《拾遺》之輯，和《集外譯詩》之輯。全部作品有二三四首，其中有三十七首是譯詩。和志摩同時的人，多把他比爲雪萊；志摩在北大教英詩，也講過雪萊的〈西風歌〉㉘；Julia Lin 在她的徐志摩詩專論中，更指出志摩的詩，有很多雪萊式的空靈之氣（aerial quality）㉙；然而，志摩卻從未譯過雪萊的詩。他所譯的，大多是十九世紀的英詩，包括拜倫、阿諾德（Matthew Arnold）、羅色諦（Rossetti）兄妹等人作品。譯得最多的是哈代（Thomas Hardy），在三十七首譯詩中佔了十三首，即三分之一左右。

㉗ 出版者爲浙江文藝出版社。

㉘ 見註㉔秦編，頁九一、九三。

㉙ Julia Lin, *Modern Chinese Poetry: An Introduction*(Seatle, University of Washington Press, 1973), p. 107 ff.

Julia Lin 常常把徐志摩和雪萊、濟慈相提並論，而不提哈代；卞之琳說徐志摩沒有超過十九世紀的浪漫派一步[30]；梁實秋則謂，哈代對徐志摩的影響最大[31]。以筆者看來，浪漫派諸詩人，特別是拜倫，固然爲志摩所崇拜；「悲觀厭世」的哈代，也是他的英雄。徐志摩譯哈代的詩最多，最少有四篇文章專寫哈代[32]，且爲他的「悲觀厭世」辯護。一九二五年他重遊英國，見到了哈代「這位老英雄，雖則會面不及一小時，在余小子已算是莫大的榮幸，……我不諱我的『英雄崇拜』」[33]。記述與哈代會面的這篇文章，題目用了「謁見」二字，單憑此詞，已可見他那種焚香頂禮之情。哈代表面上悲觀，但內裏有一種入世和求眞的精神，有堅強的生命力，這應該是徐志摩欽佩哈代的原因。哈代對徐志摩有什麼影響呢？梁錫華在《徐志摩新傳》中說：

> 梁實秋先生曾取〈這年頭活著不易〉一詩，泛論志摩所受哈代的影響。他說：「哈代的小詩常常是一個小小的情節，平平淡淡，在結尾處綴上一個悲觀的諷刺。這是哈代獨特的作風，志摩頗能得其神韻。」是的，但還不止此：志摩有不少詩歌以哈

---

[30] 卞之琳《人與詩：憶舊說新》（北京，三聯，一九八四）中〈徐志摩詩重讀志感〉一文，頁二一四。

[31] 轉引自顧炯《徐志摩傳略》（長沙，湖南人民出版社，一九八六），頁一○七。

[32] 四篇寫哈代的文章爲：〈湯麥司哈代的詩〉、〈湯麥士哈代〉、〈謁見哈代的一個下午〉、〈厭世的哈代〉。前三篇收於《徐志摩全集》第六輯，後者收於梁錫華編《徐志摩詩文補遺》（臺北，時報文化，一九八○）。

[33] 見上註《全集》第六輯，頁三○五。

代式對話來書寫，而詩歌內的意象，如墳墓、墳地、死人、火車站等，都常見於哈代作品㉞。

徐志摩在日記中，提到哈代的地方頗為不少，他受哈代的影響，應該「還不止此」。一九二五年七月某日他「謁見」了哈代之後，不久回到中國，八月十七日在《晨報・文學旬刊》發表了〈海韻〉一詩。此詩寫大海的神秘力量，寫一少女之被海潮吞噬，在主題和題材上都與哈代的〈匯合〉不無相似之處。〈匯合〉（"The Convergence of the Twain: Lines on the Loss of the 'Titanic'"）㉟寫大郵輪鐵達尼號在處女航中觸冰山而沉沒，冰山這「邪惡的伴侶」（sinister mate），乃冥冥天意安排而來，渺小的人類，毫無辦法抗拒。會不會是徐志摩在「謁見」哈代之前或後，閱讀了或重讀了哈代此詩，受其感染而寫成〈海韻〉呢㊱？

㉞見梁著《新傳》，頁一二九、一三〇。

㉟見 James Gibson, *The Complete Poems of Thomas Hardy*(N. Y., Mac Millan, 1976), pp. 306–307.

㊱Cyril Birch 有 "Hsü Chih-mo's Debt to Thomas Hardy" 一文，刊於 *Tamkang Review*, V. III (April, 1977)，論哈代對徐志摩的影響，特別提到徐的〈在哀克利脫教堂前〉一詩，以見後者對前者作品感染之深。Birch 在該文文末這樣說：".....the poetic tradition of his own culture had broken down utterly; to write at all he had to borrow forms, images, even moods; and in Hardy, despite immense circumstantial and temperamental disparities, he found an inexhaustible Motherlode." 認為中國的詩歌傳統完全垮掉，徐志摩一切仿效外來形式、意象甚至情調。此說過於誇張。徐氏詩如〈再別康橋〉、〈沙揚娜拉〉、〈雪花的快樂〉等等，意象與情調，都和若干中國詩歌相似。

在詩歌的形式上，徐志摩所受的影響已有學者討論過。Julia Lin 曾指出，徐詩中的「待續句法」(enjambment)、押 abba 韻腳的四行詩節、押 aabba 韻腳的五行詩節，都來自英詩㊲。例如，徐志摩的〈爲要尋一個明星〉的第一節是這樣的：

我騎著一匹拐腿的瞎馬，
　向著黑夜裏加鞭；——
　向著黑夜裏加鞭，
我跨著一匹拐腿的瞎馬。

其形式乃來自丁尼生(Tennyson)〈悼念篇〉("In Memorium")詩節的形式，如下面這第一節：

Strong Son of God, immortal Love,
Whom we, that have not seen thy face,
By faith, and faith alone, embrace,
Believing where we cannot prove;

㊲ 同註㉙，pp. 103-106。

不過，這裏必須指出，〈爲要尋一個明星〉用的是二三兩句、一四兩句全同或幾乎全同的方式，與〈悼念篇〉所用有別。即使如此，丁尼生之影響徐志摩，是有可能的。Julia Lin 又說，徐氏〈偶然〉的形式，來自 limerick，即押 aabba 韻腳的五行詩節。這種詩體一般用於輕鬆小品，甚至用來寫打油詩，其起源不詳，但至十九世紀中葉，成爲時尚，李耳（Edward Lear）在一八四六年出版的《胡言集》（*Book of Nonsense*）即用此體，以下是其中片段：

There was an old Man of the Dee,
Who was sadly annoyed by a Flea;
When he said, "I will scratch it!"
They gave him a hatchet
Which grieved that old Man of the Dee. ㊳

我們不知道徐志摩何時何地與此體「相逢」，大概也是在偶然的機緣下吧，無論如何，他用了，寫成了〈偶然〉，如上面所引。然而，應該指出的是，此詩首節一、二、五句所押的韻（雲、心、影三字）以及次節三、四句所押的（好、掉二字），都不算無懈可擊。至於待續句，（這種

㊳ 參考 C. Hugh Holman, et al., *A Handbook to Literature* (N. Y., The Odyssey Press, 1960)。

句法在中國古典詩詞中偶爾出現，英詩中則極多）在《偶然》中就可找到例證，如：

你不必訝異，
更無須歡喜——
在轉瞬間消滅了踪影。

徐志摩受英詩影響，是人所共知的事實，上面已介紹了多位論者的研究所得，並加以補充評論。徐氏曾用十四行詩（sonnet）的格式，寫了〈雲遊〉一首和〈幻想〉二首，卻似乎沒有人指出過。十四行詩，又譯爲商籟體，或聲籟體，可大別爲兩類：意大利式，即「四行四行，三行三行」，abba abba, cde cde；以及莎士比亞式，卽「四行四行四行二行」，ababcdcdef ef gg。馮至在一九四一年出版《十四行集》，卻不是寫十四行詩的先鋒。前文提到胡適曾用英文試寫了兩首十四行詩，那是一九一四、五年的事；用中文寫十四行詩的，徐志摩是一位先驅。〈幻想〉二首發表於一九二三年，大體上屬莎士比亞式，但押韻不工整；〈雲遊〉原爲《猛虎集》（一九三一年出版）的〈獻詞〉，後來收入《雲遊》一書，且改了題目。在《猛虎集》裏作爲〈獻詞〉出現時，排列形式如下：

那天你翩翩的在空際雲遊，
自在，輕盈，你本不想停留；
在天的那方或地的那角，
你的愉快是無攔阻的逍遙。
你更不經意在卑微的地面，
有一流澗水，雖則你的明艷，
在過路時點染了他的空靈，
使他驚醒，將你的倩影抱緊。
他抱緊的只是綿密的憂愁，
因爲美不能在風光中靜止；
他要，你已飛渡萬重的山頭，
去更闊大的潮海投射影子！
他在爲你消瘦，那一流澗水，

在無能的盼望，盼望你飛回！

在《雲遊》集裏作爲〈雲遊〉出現時，則爲首八行合在一起成一節，後六行合在一起成一節。這應該是首情詩，寫爲愛消瘦，希望愛人回頭，大概是多情的志摩，戀愛遭受挫折時流露的心聲。其中雲與水都是他愛用的意象。前後兩次不同的排列，似乎表示了編書者對英詩格律的不同修養。前者把此詩當作莎氏商籟，後者則當作意式商籟。此詩押韻，既不屬莎氏，也不屬意式，所以我們不能說哪種排列法一定正確，但此詩畢竟較接近莎式，因此前者的排列法較後者爲佳。《猛虎集》是徐志摩自己編的，《雲遊》則爲陳夢家所編。

在借用西方形式上，還有一種值得注意，就是戲劇化獨白（dramatic monologue）。徐志摩的〈一條金色的光痕〉和〈卡爾佛里〉二者，都是戲劇化獨白，這種體裁是移植到中土來的，下文討論聞一多的時候，當詳細交代。

徐志摩曾在北大教書，且開英詩的課。不過，他本來就不是科班出身，加上興趣多，小說、戲劇也翻譯了好一些，交遊又廣，他之教英詩，最多落得個「教學相長」的形容。他寫文章談哈代的詩，固然讓讀者看到他在哈代所下的功夫；他之論濟慈的〈夜鶯歌〉，只是一篇散文性的印象式批評（impressionistic criticism）而已，頗有佩特（Walter Pater）論名畫〈蒙娜麗莎〉那種風味。一九二三年徐志摩在南開大學暑期學校作一連串演講，講詞由趙景深紀錄下來，題爲〈近代英文文學〉[39]，此文最能顯示徐志摩對英文文學涉獵的程度。在詩歌部分，他只舉了 *Golden Treasury* 和 *A Book of English Verse* 兩本書的名字，連介紹也沒有。如果說一九二四至二五年在北大教英詩，講義是臨急抱妙思的腳抱出來的，也許和事實不會相差太遠。不過，儘管如此，儘管他不是英詩的專家，但他是個有性靈、有識力的讀者，在英詩的花園中徜徉採擷，不覺也芳非盈筐，且把一些英國品種，如待續句法、"In Memorium" 詩節、limerick 詩節、十四行體、戲劇化獨白等，靜靜地移植到中國的土壤上。

四、聞一多

聞一多（一八九九——一九四六）生於湖北的鄉紳人家，年幼時讀了不少古書，國學根底很紮實。一九一二年，他十三歲，考入了清華學校，一直讀到一九二二年赴美留學爲止，清華是中國學生留美的預備學校，很美國化。資料所限，我們不知道聞一多在十年中修了多少英美文學的課程，不過，他在課內課外對英美文學的接觸，一定相當可觀。梁實秋說聞氏在清華時，「最欣賞的是濟慈的〈夜鶯歌〉和科律己的〈忽必烈汗〉」[40]；朱湘說「他在清華的時候，是很喜歡白

[39] 此文收於《全集》第六輯，頁一三一至一五四。

[40] 見方仁念編《聞一多在美國》（上海，華東師範大學出版社，一九八五）中梁實秋〈談聞一多〉一文，頁一〇四。

朗寧的」㊶。又據說一九一九年夏天，他就試譯安諾德的〈多佛海灘〉（"Dover Beach"），初時用五言古詩的形式，後來改用白話來譯㊷。翻讀聞一多留美前寫下的詩和詩論，我們完全可以相信，在清華時期，他對英美詩歌，已甚有修養，對一些詩人，且已迷醉了。

聞一多在一九二二年七月中啟程赴美，至是年十一月，寫了五、六十首詩㊸。翌年，他的第一本詩集《紅燭》在國內出版。此集分爲〈李白篇〉、〈雨夜篇〉、〈青春篇〉、〈孤雁篇〉和〈紅豆篇〉㊹，最後兩篇（即兩輯）爲赴美後的作品，其餘都是去國之前寫的。〈劍匣〉是去國前的一篇詩，開頭就引了丁尼生〈藝術之宮〉（"The Palace of Art"）的十多行；〈西岸〉也如此，一開頭就引濟慈的兩行詩：

He has a lusty spring, when fancy clear
Takes in all beauty within an easy span.

㊶ 見梁錫華編《聞一多諸作家遺佚詩文集》（香港文學研究社，一九八〇）中朱湘的〈聞一多與《死水》〉一文，頁二二三。

㊷ 見註㊵方編〈後記〉，頁一六六。

㊸ 參考武漢大學聞一多研究室編《聞一多論新詩》（武漢大學出版社，一九八五）中這段時間內聞一多致國內諸友的信。

㊹ 見《聞一多全集》（開明書店，一九四七，香港南通圖書公司重印）第三集。

他對濟慈的頌讚，在去國前的〈藝術底忠臣〉一詩清楚表現出來，下面是全詩三節中的第一節：

無數的人臣，彷彿眞珠
鑽在藝術之王底龍衮上，
一心同讚御容底光采；
其中只有濟慈一個人
是羣龍拱抱的一顆火珠，
光芒賽過一切的珠子。

濟慈有一首詩，記述他初次閱讀蔡譯荷馬史詩的狂喜，題目就叫做“On First Looking into Chapman's Homer”，說荷馬的史詩，就像一顆新的行星，映入觀星者的眼簾。我們不知道聞一多何時初睹濟慈的作品，可以猜想的是，聞氏之初讀濟慈，應該也有此喜悅。

在清華時期的聞一多，寫評論詩歌的文章時，已常常引述濟慈等詩人的見解。茲舉〈評本學年《周刊》裏的新詩〉（寫於一九二一年五月），以及〈《冬夜》評論〉（約寫於一九二二年）兩篇論文略為說明㊺。聞一多在北京讀書時，以詩文聞名，並與幾位同學組織清華文學社，出版

㊺ 同上。

期刊。在上述的第一篇文章中，他評論《周刊》文藝欄所刊新詩的得失，徵引中西詩人的名言名句，儼然有批評家的風範。文中涉及的英國詩人，計有 Pope, Keats, Rossetti, Wordsworth, Burns, Coleridge 等。在此文中，他還表示十四行詩應該介紹給中國的新詩壇。第二篇論文評的是俞平伯的詩集《冬夜》，筆鋒凌厲：褒少貶多，不留情面，眞是判官本色。他除了引述華滋華斯、濟慈之外，還引了雪萊和白朗寧等等。他對詩歌藝術的探討層面頗廣，有音節、意象、句法、章法、精鍊性等等。他反對胡適在《嘗試集》和〈談新詩〉提出的「自然音節」說，認爲詩要講究想像，對當時新詩「很少濃麗繁密而且具體的意象」不以爲然。他強調「熔鑄」的工夫，反對呆板的句法，反對「囉唆」、「淺俗」。這篇論文充份反映出，聞一多是個「藝術底忠臣」。此文長達二萬餘言，聞氏對它極爲重視。文中的意見，如論音節部份，成爲他留美歸國後〈詩的格律〉的藍本；整篇論文的重要性，筆者認爲比起日後的〈詩的格律〉，猶有過之。

和胡適、徐志摩不同，聞一多在留學前，對英美詩歌已很有興趣，且深受其影響。聞一多對詩歌的濃厚、專注、持續的感情，也是胡、徐所不及的。聞一多在赴美的客輪中，常常想詩、談詩；到了美國，在芝加哥的美術學院學美術，但依然讀詩、寫詩；後來轉到科羅拉多溫泉（Colorado Springs）的大學，更選修英詩的課程來了㊻。以上這些，在他的書信裏，我們可以看得很清楚。例如，一九二三年七月二十九日寫給梁實秋、吳景超讀友的信上，他記述一個日本乘

㊻ 見註㊸有關書信。這段的其他引述，亦見此書有關書信。

客背誦葉慈、基絲汀娜羅色蒂的詩，聞氏聽來饒感興趣。在九月的一封信上，他說已訂了《詩》（應該是 Monroe 主編的 Poetry），寄給國內諸友。在同月寫的其他信上，他與文友討論詩的格律，又說要辦雜誌，「雜誌內容余意寧缺勿濫，篇幅不妨少。體裁仿寄上之 Miss Harriet Monroe's Poetry: A Magazine of Verse，吾希望其功用亦與 Poetry 同」，可見這本雜誌對他的啟示。聞一多在美寫詩不輟，〈憶菊〉、〈秋色〉諸篇，寫完後寄呈諸友，自言這幾首「具有最濃縟的作風，義山、濟慈的影響都在這裏」㊼。在十一月的一封信上，他又說：「我想我們主張以美為藝術之核心者定不能不崇拜東方之義山、西方之濟慈了。」又曰：「我想那一天得著感興了，定要替這兩位詩人作篇比較的論文呢。」聞一多是大有資格做比較文學家的。他在芝加哥學美術，但是他常說對文學的興趣更大。一九二三年三月三日的一封信上，他這樣報告他的生活：「我現在真像受著五馬分屍的刑罰的罪人。在學校裏做了一天功課，做上癮了，便想回來就開始 illustrate 我的詩；回來了，Byron, Shelley, Keats, Tennyson，老杜、放翁在書架上，在桌上，在床上等著我了，我心裏又癢著要和他們親熱了。」他在芝城會見了一些美國詩人，包括在二、三月間會見了羅厄爾（Amy Lowell），當時意象派的著名詩人。這些，在書信中，都娓娓道來。「我現方修改〈長城下之哀歌〉，此為一 elegy，與 "Lycidas"，"Adonais" 同調」；「〈尾生之死〉只可算 ballad，〈李白之死〉則有似 epic 之處」㊽；——他作詩的甘苦、所受的

㊼　見註㊸，頁一九〇。
㊽　見註㊸，頁二三二、二三四。

影響，都不厭其詳向摯友梁實秋傾訴。

梁實秋的〈談聞一多〉長文，透露了聞氏受到英詩影響的其他資料㊾。一九二三年，梁氏踵武其友聞氏，也從清華結業後，到美國留學。他選了科羅拉多州溫泉（簡稱珂泉）的一間小規模大學。聞一多特從芝加哥轉到珂泉，與好友一起讀書。梁、聞二人一同選修「丁尼生與白朗寧」及「現代英美詩」兩門課。梁氏憶述說：

> 在英詩班上，一多得到很多啟示。例如丁尼生的細膩寫法 the ornate method 和白朗寧之偏重醜陋 the grotesque 的手法，以及現代詩人霍斯曼之簡練整潔的形式，吉伯林之雄壯鏗鏘的節奏，都對他的詩作發生很大的影響。例如他以後所寫的〈死水〉，……我們可以清楚的看出這整齊的形式，有規律的節奏，是霍斯曼作風的影響，那醜惡的描寫，是白朗寧的味道，那細膩的刻劃，是丁尼生的手段。……一多寫這首詩的時候，正是我們一同讀白朗寧的長詩〈指環與書〉的時候㊿。

梁實秋又說，聞氏的〈洗衣歌〉一詩，「在藝術方面我們可以看出模仿吉伯甚至 Vachel Lindsay

㊾ 見註㊵。

㊿ 見註㊵，頁一一七、一一八。

的意味」[51]。應該補充梁氏說法的是，這首寫美國華僑勞苦辛酸的〈洗衣歌〉，一般研究者，包括許芥昱和夏志清[52]，都認爲乃受了英國十九世紀詩人胡德（Thomas Hood）的〈襯衣之歌〉（"The Song of the Shirt"）的影響。一縫一洗，一英國一中國，一十九世紀一二十世紀，動作、種族、時代不同，其爲悲歌則一。

梁是聞的多年同窗、文學知己，對聞的創作最爲熟悉不過，因此所說極有份量。聞氏的〈聞一多先生的書桌〉寫得諧趣，墨盒、毛筆等等都會開口說話。梁氏探此詩的淵源，說：「我不知道他寫此詩時是否想起了波斯詩人歐謨（Omar Khayyam）的《魯拜集》（The Rubaiyat）中之那些會說話的酒罐子，因爲他非常喜歡這個古波斯詩人的那種瀟灑神秘的享樂主義。[53]」徐志摩在英國，生活逍遙，把康橋（即劍橋）描寫成人間仙境；聞一多雖然佩服美國的文化，對留美生活卻毫無好感，芝加哥縱不至恐怖如地獄，卻處處使他萌生「受不了」的感覺。他曾告訴梁實秋：「現擬作一個 Series of sketches，描寫中國人在此邦受氣的故事。體裁用自由詩或如 Henley 底"In Hospital"。[54]」

---

[51] 見註[40]，頁一二一。
[52] 見許芥昱著、卓以玉譯《新詩的開路人——聞一多》（香港，波文書局，一九八二），頁八一；又，註[8] Hsia 書，p. 543.
[53] 見註[49]，頁一二三。
[54] 見註[40]，頁一三四。

以上種種具體事例，讓我們清楚看到英詩在聞一多心上所留下的烙印。一九二五年聞氏回國，先在北京任國立藝術專門學校教務長，輾轉於一九二七年秋當南京第四中山大學（卽中央大學）外文系主任，教授英美詩歌戲劇等。梁實秋說：「一多對於英詩，尤其是近代的，有深刻的認識，但是對於整個英國文學背景沒有足夠的了解。我想他在南京中央大學的一年，……內心未嘗不感覺到『敎然後知不足』的滋味。」[55]梁氏乃英國文學科班出身，不爲賢者諱，所評自然中肯。聞一多對英國文學的整個傳統，認識雖然不足，他對英詩的學養，除了梁氏所說的「深刻」之外，比起胡適和徐志摩，要精湛多了。梁實秋說聞一多在一九三〇年秋天，到青島大學任國文系主任，夜間聽潮一進一退的聲音，有時難以安寢，心潮起伏，斯時也，聞一多想起的是英國詩人安諾德那首〈多佛海灘〉（或譯〈渡飛磯〉）[56]，而不是杜甫的〈宿江邊閣〉。

聞一多剛回國那一年，在北京一下子就結識了一羣談詩論文的朋友，包括名氣漸大的徐志摩。徐、聞二人在《晨報》上編《詩鐫》副刊，成爲當時新詩的重要園地，在上面，兩位園丁合力栽培從西方移植過來的花卉。聞一多是擅於理論的，徐志摩於此甘拜下風[57]。不過，像〈《冬夜》評論〉那種洋洋灑灑二萬餘言的新詩評論，聞一多倒是沒有再寫，也許因爲活動多，抽不出

---

[55] 見註[40]，頁一四四。
[56] 見註[40]，頁一四七。又：余光中《青青邊愁》（臺北，純文學，一九七七）中〈聞一多的三首詩〉一文認爲，聞氏的詩〈忘掉它〉大抵乃學 Sara Teasdale (1884-1933) 的 "Let It Be Forgotten" 而來。
[57] 見徐志摩《猛虎集》序。

時間寫長文吧。一九二六年發表著名的〈詩的格律〉一文[58]，只得五、六千字，算不上是長篇巨製，其他的新詩評論，就更短了。〈詩的格律〉指出詩應有音樂的美（音節）、繪畫的美（詞藻）、建築的美（節的勻稱和句的均齊），它的重點放在第三者上面。聞一多提出「音尺」的概念，並以其詩〈死水〉爲例加以說明：

這是／一溝／絕望的／死水，
清風／吹不起／半點／漪淪。
不如／多扔些／破銅／爛鐵，
爽性／潑你的／賸菜／殘羹。

上面是第一節。每行有四個音尺，或爲「二字尺」，或爲「三字尺」。每行的字數一樣，整整齊齊。胡適提倡自由詩，郭沫若寫作自由詩，不拘節數、行數、字數。現在聞一多提出格律說，無疑是對自由詩的一大反動。中國古典的絕句和律詩，都是整齊鏗鏘，非常講究格律的。聞一多的格律說顯然有點復古的意味。不過，在打倒傳統文化的口號響徹雲霄的時代，提倡復古是絕不明智的，何況聞氏並沒有完全復古的意思。在崇洋的氣氛中，聞一多引述 Bliss Perry 的話，來壯

---

[58] 見《聞一多全集》第三集。

他的聲勢。Perry 說：「差不多沒有詩人承認他們眞正給格律縛束住了。他們樂意戴著腳鐐跳舞，並且要戴別個詩人的腳鐐。」如果要衡量英美詩歌對〈詩的格律〉到底有何影響，則 Perry 的話並不太重要，因爲中國古典詩歌本來就重視格律。我們要注意的是「音尺」這個概念，因爲它是從英詩的 foot 或 meter 而來的；此外，〈死水〉一詩和《死水》詩集裏面的很多首詩，都以十個音節（即十個字）左右爲一行，筆者認爲這表示聞一多隱隱然受了五步格(pentameter)詩行——每行十個音節——的影響。我們知道，英詩中的十四行詩、無韻體（blank verse）、英雄偶句（heroic couplet），用的都是抑揚五步格（iambic pentameter）。

聞一多在一九二六年寫的〈靜夜〉和〈天安門〉[59]，詩行的形式就近乎英雄偶句。後者尤然。這裏只引〈靜夜〉的開首四行：

這燈光，這燈光漂白了的四壁；
這賢良的桌椅，朋友似的親密；
這古書的紙香一陣陣的襲來；
要好的茶杯貞女一般的潔白；

[59] 同上。

〈天安門〉一詩則全首引錄如下，因爲筆者除了要引證英雄偶句之外，還要說明〈天安門〉的體裁——戲劇化獨白——被引進中國新詩詩壇的重要性。

好傢伙！今日可嚇壞了我！
兩條腿到這會兒還哆嗦。
瞧著，瞧著，都要追上來了，
要不，我爲什麼要那麼跑？
先生，讓我喘口氣，那東西，
你沒有瞧見那黑漆漆的，
沒腦袋，蹶腿的，多可怕，
還搖晃著白旗兒說著話……
這年頭眞沒辦法，你問誰？
眞是人都辦不了，別說鬼。
還開會啦，還不老實點兒！
你瞧，都是誰家的小孩兒，
不才十來歲兒嗎？幹嗎的？

腦袋瓜上不是使槍軋的？
先生，聽說昨日又死了人，
包管死的又是傻學生們。
這年頭兒也眞有那怪事，
那學生們有的喝，有的吃——
咱二叔頭年死在楊柳青，
那是餓的沒法兒去當兵，——
誰拿老命白白的送閻王！
咱一輩子沒撒過謊，我想
剛灌上兩子兒油，一整勺，
怎麼走著走著瞧不見道。
怨不得小禿子嚇掉了魂，
勸人黑夜裏別走天安門。
得！就算咱拉車的活倒霉，
趕明日北京滿城都是鬼！

聞一多在一九二三年出版第一本詩集《紅燭》，那時他人在美國。五年後，即一九二八年，出版了第二本也就是最後一本詩集《死水》。論者一般都同意《死水》比《紅燭》成熟、成功。《死水》中的〈死水〉、〈靜夜〉、〈一句話〉、〈聞一多先生的書桌〉、〈也許〉等詩，常爲人津津樂道。寫於一九二六年的〈天安門〉，向來卻極少人注意。那一年的三月十八日，北京的學生和市民爲了反對外國侵犯中國主權，在天安門遊行示威，段祺瑞政府竟下令開槍鎮壓，以致一百餘人傷亡，是爲「三一八慘案」。〈天安門〉一詩正以是次事件爲背景，通過一人力車夫的獨白，反映了慘案現場血淋淋的景象，更寫無知百姓對學生愛國行爲的誤解。熱血青年爲國捐軀，而一些老百姓罵他們傻，好搞事。魯迅的〈藥〉這樣寫，聞一多這首〈天安門〉也這樣寫。民智未開，誠爲愛國的知識分子同聲嘆息。〈天安門〉的時代和社會意義，是釐然可見的，可惜重視此詩的人素來不多，發現此詩體裁——戲劇化獨白——的奇特的，更絕無僅有(60)。

戲劇化獨白詩，乃用詩的體裁，通過獨白的形式，寫一個戲劇性場面，這場面是獨立自足的生活片段。獨白的聽者，有時是一般的，有時是特定的某某人或某些人。這種詩講究用口語，使

---

(60) 筆者有〈白朗寧的戲劇化獨白詩〈亡妻公爵夫人〉〉譯注一文，寫於一九七八年；同年另寫〈詩中異品：戲劇化獨白〉，論及聞一多的〈天安門〉和卞之琳的〈酸梅湯〉。二文皆收於拙著《怎樣讀新詩》（香港，學津，一九八二）中。梁錫華讀了上述第二篇文章後，曾寫〈說土白詩和口語詩〉一文，論及徐氏的〈一條金色的光痕〉和〈卡爾佛里〉諸詩，指出徐氏也受白朗寧影響；梁文收於梁著《且道陰晴圓缺》（臺北，遠景，一九八三）。

讀者覺得眞人眞話，生動傳神。好的作品，治詩與戲劇於一爐，或入微刻劃人物性格，或嚴肅探索人生問題，或深切反映社會現實。這種體裁，是由十九世紀英國的白朗寧(Robert Browning)確立的。其名篇如〈頗非利亞的情人〉（"Porphyria's Lover"）、〈亡妻公爵夫人〉（"My Last Duchess"），前者的聽者是一般而非特定的，後者的聽者則爲特定的，後者可說是正宗的戲劇化獨白。這種詩，不見於中國傳統文學，是由徐志摩和聞一多引進中土，成爲詩苑中罕見的異品花卉。

徐志摩在一九二四年寫的〈卡爾佛里〉和〈一條金色的光痕（硤石土白）〉，都是戲劇化獨白。前者以一旁觀者的口吻，講述耶穌被釘十字架之前的情形，來自《聖經》故事。由於聽者的身分我們不能確定，此詩不能算是正宗的戲劇化獨白。〈一條金色的光痕〉的獨白者是一貧窮村婦，她向有錢的老太太懇求施捨，以收殮一個窮死的婦人，有錢的老太太答應了，獨白者感謝不已。這首獨白的聽者，就是那個有錢老太太，此詩是一正宗的戲劇化獨白。此詩用地方色彩濃厚的口語寫成，很多詞彙要註釋，我們才讀得懂。〈天安門〉在徐氏二詩之後兩年寫成，用的是北平口語，聽者是人力車上的乘客，詩的時、地、人清楚如一齣戲劇前的說明，是一首正宗的戲劇化獨白。〈天安門〉不但寫了血腥景象，還寫小老百姓的愚昧，以及迷信，內容比較豐富耐讀；〈一條金色的光痕〉則較爲簡單，成就也較遜聞詩。因此筆者留待到這裏討論聞一多時，才交代這一重要體裁的移植。聞一多在一九二六年還寫了〈飛毛腿〉一詩，也用口語獨白，但聽者身分不明，不是正宗本色，所以這裏不多談。胡、徐、聞都用口語入詩，都讀過白朗寧的作品，聞一多尤其喜愛白氏。徐、聞默默地用了白朗寧的戲劇化獨白體裁，寫中國老百姓生活，土氣甚重，一般研究者也許對白朗寧認識不深，於是就更不易覺察到徐、聞這幾首詩的洋味了。徐、聞之後，三、四〇年代用此體寫詩的極少，似乎就只有卞之琳的〈酸梅湯〉一首，是當行本色[61]。

聞一多在創作上和理論上，都受英美詩歌的影響；比起胡適來，他的「西化」具體而深刻得多。聞一多提出格律的主張，認爲一味「解放」、只有「自由」，不足以成爲藝術。他在清華時就關心國事，晚年在昆明更以行動表示對民族的深情，但他一直強調詩歌的藝術性。他的新詩創作，在《死水》出版之後，已幾乎停頓，但他對詩的興趣不減，他後期潛心於學術，研究的以《詩經》、《楚辭》和唐詩爲主。他崇拜濟慈，所受英詩的影響，到處可見，但他不同於胡適之打倒舊詩，而是兼愛中西：言濟慈，就一定並稱義山；在第一本詩集《紅燭》中，他既以濟慈、丁尼生的詩句爲引子，也以李白、李義山、陸游的詩句爲引子[62]。青年時期的聞一多，浸淫於中、英兩個詩歌傳統中，讀書有得，信念穩定，吸收西方的營養，卻並不隨流俗盲目反對中國傳統。

---

[61] 筆者也有文章析評卞氏此篇，此文也收於《怎樣讀新詩》中。

[62] 聞一多在〈《冬夜》評論〉中也有些貶中國傳統詩歌的言論，是相當偏激的，例如，他說：「中國的意象是怎樣的粗率簡單，或是怎樣的不敷新文學的應用，……。」又：聞氏的格律說頗能吸收中西詩歌格律長處，對當時太過自由的詩風，尤有制衡作用。筆者曾寫〈中國傳統詩歌格律的現代化——聞一多對新詩形式的啟示〉一文討論之，此文刊於《文星雜誌》一九八六年十一月號。

五、結　語

五四時期的新詩作者，大部份都不必親身去華滋華斯、白朗寧的英國和惠特曼、羅厄爾的美國，直接受到影響，才用口語、用自由的形式來寫新詩。郭沫若這五四時期自由詩的著名作者，就是最好的例子。聞一多在清華學校，已西風可掬，他之受英美影響，是不必親臨直接的。然而，聞一多在美國三年，在滿眼都是白種人同學的教室裏聽美國教授講丁尼生與白朗寧，在芝加哥與蒙若等著名詩人見面，在圖書館和書店看到一架架英美詩歌的書刋，這種臨卽感（immediacy）是在清華所沒有的。從上面種種事實的陳述，我們也確知一多留學三年，英美詩歌對他的影響更深切更顯著了。至於胡適和徐志摩，他們在留學之前，對英美詩歌的接觸，大抵只得學校教科書裏的零星作品，相信印象並不深。留學英美，讀的又是文科，這經驗增加了他們接近英美詩歌的機會，加上一些偶然的因素，如閱讀報紙，如情緒的尋求宣洩之道等等，終使他們或淺或深地受到英美詩歌的影響。

五四之前，中國傳統詩歌已有數千年的歷史，形式多種，內容豐富，有無數精金美玉般的佳作。中國古典詩歌也有用口語，有形式較自由的，不過，其主流還是用文雅詞彙、嚴講格律的詩詞。十九世紀末葉的「詩界革命」，主張用外來事物入詩，至二十世紀初，胡適提出「大解放」

的口號，鼓吹口語和自由的形式，這無疑是向傳統典範挑戰的一大力量，對中國詩歌發展產生很大的衝擊作用。這個新詩運動，既是詩歌藝術的，也是社會性、教育性的，因爲運動的目的之一，是國民教育的普及、語文水準的普遍提高。這一運動的「新化」，與其「西化」密切相關，西方詩歌——尤其是英美詩歌——的種種，從此引進了中土，爲中國詩歌發展提供了新的可能性。從上文的介紹，我們知道徐志摩和聞一多的嘗試，如 "In Memoriam" 四行體、limerick 五行體、十四行體、英雄偶句、待續句、以至無人注意的戲劇化獨白，確實在形式和體裁上豐富了中國的詩歌。他們對某些詩人如拜倫、哈代、濟慈、白朗寧的介紹，以及他們受其影響而寫的拜倫風、哈代風、濟慈風、白朗寧風的作品，都擴大了中國詩歌的情思內涵，開拓了當時讀者的視野。二十世紀初期的英美重要詩人如葉慈和艾略特，徐、聞二人或介紹不足，或根本沒有注意，使我們略感遺憾。然而，英美詩歌的主要形式和體裁，徐、聞二人基本上都通過實際創作而介紹到中國了。一個重要的遺漏是史詩（epic）。聞一多說其〈李白之死〉與史詩有近似之處，但我們總覺得此詩規模不大，難當史詩之名。一直要到孫毓棠在三〇年代寫出了〈寶馬〉，史詩才算眞正到了中土；雖然，在架構和氣魄上，〈寶馬〉還不能與荷馬和米爾敦的傑作匹比。

胡適提倡自由詩，數年後，聞一多以格律詩的理論和實踐回應。我們不應該視聞說爲一倒退，而應視作進步，因爲聞一多爲當時及後世的新詩人提供了另一種選擇，何況太過自由導致的問題、毛病甚多，而藝術始終需要某些規範。自由說和格律說是兩大類別，甚至可說是兩個極端，而其形式，都有英美詩歌的影響。

二十世紀以來，中國的新詩，不斷受到英美等外國詩歌的衝擊。五四是中國新詩受英美影響最重要的時期，當時引進的種種，成爲日後中國詩人借鏡和反省的基礎。胡適、徐志摩、聞一多所受英美影響的深淺各有不同，受影響後的表現也不同，其爲關鍵人物，其對後世新詩的重要啟迪功用，卻是彰彰明甚的[63]。

——一九八七年七月

[63] 陳穎師在一九八七年夏路過香港，惠閱本文初稿，提了幾點寶貴的意見，謹此致謝。

艾略特和中國現代詩學

內容提要

五四以來，中國的詩學（poetics）深受西方影響。英美詩壇的一代宗師艾略特（T. S. Eliot），其作品從三〇年代起，卽有國人加以譯介。臺灣的現代詩運動，在五〇年代中期興起。艾略特的詩和詩論，在臺灣的現代詩運動，以至整個文學界，產生了很大的影響。

余光中、葉維廉、杜國清等，或介紹艾略特其人其詩其詩學，或中譯其作品，最爲用力。顏元叔時加引用艾氏理論，對艾氏成就，非常推崇，把他中譯爲「歐立德」。

本文除了陳述艾氏對中國現代詩學的影響之外，還探討其詩學與中國傳統詩學契合之處；又對艾氏著名術語 objective correlative 的幾種中譯，加以批評，並建議譯爲「意之象」。

幾點說明

這篇文章原來的題目是〈歐立德和中國現代詩學〉，在一九七四年年底寫成，發表在一九七五年六、七、八月號的《幼獅文藝》。夏志清先生讀了本文後，於八月二十日來信鼓勵，還提出了寶貴的意見和史料。一九七六年春天，柯慶明先生來函說，要把本文收入《六十四年中國文學批評年選》一書，該書將由臺北的巨人出版社出版。爲此我加上了幾則「附記」，包括夏氏函中資料。一九七六年十月，由瘂弦、梅新主編的《詩學》第一輯，由臺北巨人出版社出版，內有邢光祖先生的二萬字長文〈艾略特之與中國〉，提出他對拙作的意見，還補充了若干史料。對於夏、邢兩位前輩的鼓勵和指教，我十分感謝。現在趁著整理這篇文章的機會，我把他們提供的一些資料，融入本文正文之內，或附於註釋之中。

七〇年代末葉以來，中國大陸的文學創作和文學理論，較前大爲開放，艾略特一名及其理論，常被提到。詩人流沙河先生在其評論集《隔海說詩》（北京，三聯書店，一九八五）的自序中就說，八〇年代「朦朧詩」崛起時，「新秀詩友談鋒甚銳，言必稱艾略特，詩必引現代派……」，可見一斑。不過，近年來中國大陸對艾略特的「接受」（所謂 reception），應該是本文續篇的內容，要以後才能寫了，本文仍以七〇年代中期的臺灣爲界限。

至於 Eliot 的中譯，本文原來依從顏元叔先生的譯法，作「歐立德」；幾經考慮，決定還是沿用較爲通行的「艾略特」，因此題目也改爲如今的〈艾略特和中國現代詩學〉。

——作者誌，一九八七年九月

一、引言

清末黃遵憲、譚嗣同和梁啟超等人倡導「詩界革命」，以爲西方的語句和意境，也可以入詩❶。五四興起的新詩，則以打倒傳統的形式和語言爲口號。至現代派一九五六年於臺灣成立，以「新詩乃是橫的移植，而非縱的繼承」爲標語；內容與形式，一切都以西方馬首是瞻。詩界革命的理論，發展至此，是不能更徹底的了。與中國古典傳統淵源甚深的余光中，曾聲言要「下五四的半旗」，主要爲的是諸前輩的現代化不夠透徹。余光中爲五四所寫的「祭文」，發表於一九六

❶ 見梁啟超〈夏威夷遊記〉，收入《飲冰室文集》中。

四年，正是新詩現代化全速進行的時候。五四新文化運動之際，德先生和賽先生給請入了中國。二十年來的現代詩運動，自然也引進了西方的權威。這位詩方面的德先生、賽先生，就是二十世紀大宗師艾略特（T. S. Eliot）②。

艾略特學問淵博，創作和批評都開風氣之先；對世界現代詩的影響，無人能出其右。臺灣的現代詩既以「橫的移植」爲目標，那末，對艾略特宗之敬之，實在順理成章。事實上，現代派成立時之另一重要信條——「反浪漫主義的，重知性，而排斥情緒之告白」——所揭示的，不啻就是艾略特的詩學（poetics）要義了。可見運動甫開始，這大宗師即與現代詩同在。

二十年來，艾略特的名字，比波德萊爾、里爾克、葉慈、龐德、佛洛斯特、康明思、史蒂汶斯、威廉斯、湯默士等③，都要響亮。批評家的文章裏，艾略特簡直成了無所不在的神。順手翻開一九七四年六月《中外文學》詩專號，便可發現他的大名存在於余光中、顏元叔、張健和凝凝的文章中。余、顏二先生爲英美現代文學敎授，深受艾略特影響，文中加以徵引，毫不足奇。張健先生爲中國文學敎授，而採納其說，且謂對他「頗爲心儀和敬仰」；艾略特的名望地位，可見

---

② Eliot 一般譯爲艾略特，早期有人譯爲厄了忑、愛利惡德和艾略脫。顏元叔譯爲歐立德。陳穎先生認爲 Eliot 可譯爲「耶律雅德」：耶律是外族固有的姓氏，且耶可指耶敎（基督敎），律可指規律、格律；雅則有文雅、風雅，德則有立德、功德之意。可謂音義兼美。陳先生又指正了本文初稿的若干錯漏。特誌於此，並致謝意。又本文所引艾略特作品名目，於文末另列中英文對照表，以供讀者參考。

③ 卽 Baudelaire, Rilke, W. B. Yeats, Ezra Pound, Robert Frost, E. E. Cummings, Wallace Stevens, William Carlos Williams, Dylan Thomas.

一斑。姚一葦先生在這專號中的論文則援引布魯克斯（Cleanth Brooks）的「矛盾語」之說。布魯克斯是新批評學派健將，而艾略特素來被尊爲新批評學派之祖，則艾略特的影子，也就若隱若現了。

現代詩運動以反浪漫、重知性開始。近年來很多人不滿這種格調，因此提出改變詩風的呼籲，艾略特這始作俑者，遂不免惹來非議。這情形頗類於美國詩壇上威廉斯和金斯堡之反對艾略特的詩風。不過，無論愛之惡之、褒之貶之，艾略特已在臺灣生了根，更何況他若干具有普遍性的詩學論調，可以放諸四海而皆準，待諸百世而不朽！繼新批評學派之後君臨北美文學界的基型論批評（archetypal criticism），倡導者佛萊（Northrop Frye）責備艾略特的評價標準變易不定，既貶米爾頓在前，又褒之在後，其起落有若股票市場的升降[4]。可是，佛萊不得不承認艾略特的地位和影響。艾略特這成蔭的喬木，矗立在臺灣的土壤上，以後卽使有人要予以拔除，它已根深柢固，是談何容易的事。艾略特對臺灣現代詩學的影響非常深遠，趁各種文獻漸隨時間而減少甚或湮沒之前，作一番檢討，留個紀錄，未嘗無助於後世批評史家的工作。清末以降，中國文學逐漸進入比較文學時代。比較的趨勢，現在愈來愈明顯。本文的探討中，會兼及若干中西詩學的比較。這也是饒有趣味的事。筆者身在海外，所能看到的書刊，不够齊備；疏漏之處，有待高明指正。

---

④ Frye, *Anatomy of Criticism* (Princeton, N.J., 1957), p. 18.

二、曹葆華、夏濟安

臺灣現代文學的奠基，已故的夏濟安先生功不可沒。夏氏心儀艾略特的詩和批評❺，他在自己（於一九五六年）創辦的《文學雜誌》上發表的〈白話文與新詩〉，和另一篇文章〈對於新詩的一點意見〉（原載《自由中國》）中❻，強調詩之爲詩，表現技巧非常重要，所謂詩是「強烈感情的自然流露」的浪漫主義論調，實不足取。這些主張正是艾略特經典之作〈傳統和個人才具〉的要旨。夏氏並把這篇名作翻譯了出來❼。臺灣現代文學的開展，可說是與艾略特詩學的介紹同時發生的。

不過，夏濟安並不是介紹艾略特的第一人。曹葆華在三〇年代前期，便已翻譯了他的三篇重要論文：〈傳統和個人才具〉、〈批評底功能〉和〈批評中的試驗〉。當時，美國作家如劉易士(Sinclair Lewis)、海明威、奧尼爾（Eugene O'Neill）等，介紹者頗不乏人。劉易士於一九三

---

❺ 見夏志清〈夏濟安對中國俗文學的看法〉及劉紹銘〈懷濟安先生〉，皆刊於《現代文學》二十五期（一九六五年七月），頁十四和十。夏志清（卽濟安之弟）對艾略特也很喜愛；可參看夏志清《文學的前途》（臺北，一九七四）中〈悼詩友盧飛白〉一文。

❻ 二文皆收入《夏濟安選集》（臺北，一九七一）中。

❼ 譯文收入林以亮編選《美國文學批評選》（香港，一九六一）中。

○年獲諾貝爾獎，聲名尤噪。艾略特則不同，僅有曹葆華和其他一二文人孜孜不倦地翻譯他的詩論⑧。那時浪漫主義餘勢未盡，而社會主義和馬克思主義的文藝理論方興，曹葆華把艾略特引來中國，並把他與梵樂希稱爲「現代英法兩國最偉大的詩人」，可謂慧眼識英雄。曹氏將艾略特和梵樂希，連同瑞恰茲（I. A. Richards）和葉慈等人的文章，編譯爲一册，名爲《現代詩論》，甚具現代眼光。可惜艾略特那種抑激情、重技巧的理論，在國難期間究竟不合時宜，曹氏的努力似乎得不到什麼結果。據說胡適偶聽葉公超說起，艾略特好用典，便以爲他在復古，而不以爲然⑨。這是艾略特不合時宜的又一例證。四○年代昆明的西南聯大，以及北平、上海的一些學院，則有人評介過艾略特的作品⑩。

⑧ 當時的譯介情況，印象得自北平圖書館編的《文學論文索引》（北平，一九三二——三六）。曹氏的譯文發表於一九三四年。何穆森也譯了〈批評的功能〉一文。溫源寧的〈現代英美四十詩人〉（刊於一九三一年三月創刊的《青年界》二卷二期）似乎是最早介紹艾略特的文章。韋克參〈T. S. 厄了忘的詩論〉則刊於《清華週刊》四十三卷九期。錢鍾書《談藝錄》成於一九四二年，至少提過艾略特一次，見頁二七六。曹葆華的譯文，後收入《現代詩論》中，此書臺北商務印書館於一九六八年重印。又據邢光祖〈艾略特之與中國〉一文，三○年代在中國評介艾略特作品的，有溫源寧、邵洵美、邢光祖等。

⑨ 余光中〈下五四的半旗〉，收入《逍遙遊》（臺北，一九六五）中，頁三。

⑩ 據夏氏一九七五年八月二十日致筆者信。夏氏來信中又說：

「……抗戰後我在北大的時候，英文系有位 poet-critic 袁可嘉，經常在北平報紙某副刊上（可能他自己編的）寫新詩和介紹 Eliot 的文章。另外還有一位王作良，在 Oxford 唸書，一九四七年間也寫長文介紹 Eliot。此人返國想在一九四七年秋季，我已在上海了。袁可嘉後來在中共《文學評論》（？）上寫了篇〈資本主義走狗的 Eliot〉的文，……」

一九五六年，《文學雜誌》的創刊和現代派的成立，二者與艾略特都有血緣的關係。然而，這時期，儘管艾略特的名氣早已震撼大西洋兩岸，他在太平洋那小島上的聲望，卻頗爲有限。這期間，余光中譯了他的〈論自由詩〉（刊於《文學雜誌》一九五六年九月號）。譯序中，佛洛斯特滿頭銀髮的光芒，顯然蓋過了艾略特的身影。不過，佛洛斯特雖爲現代詩人，詩風則相當保守。在臺灣詩壇急速的現代化中，二者的地位，不久就逆轉了。而寶島上艾略特黎明前那點魚肚白，不久乃變爲曦微的晨光。

三、余光中、葉維廉、杜國清（附論「意之象」objective correlative）

留美一年後歸國的余光中，於一九五九年發表〈艾略特的時代〉一文，介紹了「這位開風氣的大師」作品中的思想和技巧。艾略特對比和暗示的表現手法，特別爲余氏欣賞；更使他津津樂道的則爲「反叛傳統，但同時並不忽視傳統」的創作和批評精神。余光中日後的創作和批評，得力於艾略特之處實多。五四時期的洪深，留美習戲劇，歸國後即寫成《趙閻王》（一九二二年），幾乎是奧尼爾《瓊斯皇》（*Emperor Jones*, 1920）的中國版。這點陳穎先生已論之甚詳⑪。類

⑪ David Y. Ch'en, "Two Chinese Adaptations of Eugene O'Neill's *The Emperor Jones*", *Modern Drama* (Feb, 1967), pp. 431-439.

似洪深和余光中所受的直接而強烈的影響，在中國現代文化史上，實在屢見不鮮。余光中〈艾〉文中對艾略特的生平、地位和詩作，介紹得相當詳盡，對他的詩學則只作印象派色澤鮮明的素描。余光中謙稱他的批評工作是「游擊式」的，而事實上，對於艾略特詩學的介紹，正規軍的確不是余氏自己，而另有人在。

葉維廉先後於一九五九和六〇年發表了〈〈焚毀的諾墩〉的世界〉、〈艾略特方法論〉、〈艾略特的批評〉和〈靜止的中國花瓶——艾略特與中國詩的意象〉⑫。艾略特的重要主張，舉凡浪漫主義、逃避個性和情意、意之象（objective correlative）、心理時間、詩的戲劇性等，葉氏都一一介紹出來。比諸余光中印象派的素描，這實在是幅寫實派的工筆畫。葉維廉的師大碩士論文以艾略特的批評理論爲題目，下了很大的研究功夫，可說是當時的艾略特專家。這位專家介紹之外，還有兩項發現：一是艾略特評論中時有矛盾的原因，另一則爲艾略特與中國詩的「密切關係」。

先說第一項。艾略特名揚大西洋兩岸，佩服他崇拜他的固然趨之若鶩；樹大招風，攻擊他的亦不在少數。他的理論和實際批評，也是相當游擊式的，極不像佛萊那種設計周詳、苦心經營出來的大體系。艾略特意見前後矛盾不一之處，自所難免。例如，他早期大肆攻擊浪漫派詩人，包括說了那句「詩是強烈感情的自然流露」的大詩人華茲華斯在內，後來卻舉出華茲華斯的作品，

⑫ 皆收入《秩序的生長》（臺北，一九七一）中。

以為是英詩中傑作。他曾經貶抑米爾頓，後來又把他捧回來。凡此種種，莫不成為別人攻擊艾略特的口實。葉維廉替他辯護，以為「一個對於經驗感受特強的詩人，在他一生不同的階段中必然會發現不同的世界」；又以為詩人的發展過程中，常會「追索——認可——揚棄」，週而復始。葉維廉之意，大抵即《易經》和道家所謂變的道理，亦即梁啟超所謂今日之我與昨日之我為敵之義。總之，葉氏以為這些表面上的矛盾「根本不是矛盾」。已故的盧飛白教授（筆名李經）的博士論文，後由芝加哥大學於一九六六年出版成書，題為《艾略特：其詩學的辯證結構》(*T. S. Eliot: The Dialectical Structure of His Theory of Poetry*) 即試圖從根本處解釋這一代宗師的理論和理論中的矛盾性。盧氏的著作，廣度上和深度上都超過葉維廉的。但是，葉氏當時的認識和領悟，已算卓絕了。

現在說葉維廉的第二發見：艾略特與中國詩的「密切關係」。他在那篇〈靜止的中國花瓶〉裏，指出中國詩「缺乏語格變化、時態、及一般『連結媒介』的特性」，因而產生非凡的壓縮效果，而這種「壓縮的方法……正是艾氏的詩之方法的註腳。」他舉出孟浩然〈宿建德江〉等詩為例，進一步指出中國詩的特色：

一、缺乏「連結媒介」反而使意象獨立存在，產生一種不易分清的「曖昧性」；

二、帶引讀者活用想像去建立意象間的關係；

三、用「自身具足」的意象增高詩之弦外之音；……

這些「發見」自然不是葉維廉的獨得之見。恩普遜（William Empson）鑄造了以歧義性（卽葉氏所謂「曖昧性」，ambiguity）論詩之鑰後，中國許多批評家遂借此開啟了中國古典詩的金庫。不管怎樣，葉維廉把中國詩這方面的特色和艾略特的詩法比較，是非常恰當的。他引了艾略特〈荒原〉中第二部分〈一局棋〉的首節，認爲詩人「迫使讀者的注意集中於那些自身存在的意象」（光滑的御座，上了蠟的大理石，精緻的鏡臺，七柱燈臺等）上，而「詩中『極盡豪華奢侈』的感覺是暗示出來的」。艾略特與中國詩的「密切關係」卽在此。葉維廉在上面列舉出的其他介紹文章中，已說明了「意之象」（objective correlative）這重要概念。在這篇討論艾略特與中國詩的意象的文章裏，這與中國傳統詩學甚爲契合的「意之象」，卻成爲漏網之魚。

衞穆塞特（W. K. Wimsatt）和布魯克斯以爲艾略特詩學的要義，端在此「意之象」。這概念既然如此重要，西方的批評家詮釋評論，自然不遺餘力。中國的余光中、顏元叔等，對此也有同好，也競相引用和說明，並納入他們各別的詩論中。在繼續下去探討艾略特和余、顏等人詩論的關係之前，且讓我們把精神集中在這「意之象」上。「意之象」是筆者對 objective correlative 的中譯。葉維廉譯爲「客觀應和的事象」，余光中翻作「情物關係」，又作「客體駢喻法」，顏元叔遂爲「客觀投影」，黃德偉則譯爲「客觀關連」⑬。艾略特的原文如下：

⑬ 黃譯見《風雨故人》（臺北，一九七二）頁六四。

> The only way of expressing emotion in the form of art is by finding an "objective correlative"; in other words, a set of objects, a situation, a chain of events which shall be the formula of that particular emotion; such that when the external facts, which must terminate in sensory experience, are given, the emotion is immediately evoked. ("Hamlet and His Problems")

筆者試譯爲：

> 表達情意的唯一藝術方式，便是找出「意之象」，卽一組物象、一個情境、一連串事件；這些都會是該特別情意的表達公式；如此一來，這些訴諸感官經驗的外在事象出現時，該特別情意便馬上給喚引出來。

拙譯的「意之象」，其實可多加幾字，變成「與情意相應之事象」；那末，意思便更加明顯了。西方的批評家中，有人以爲此詞意指「藝術品的象徵性結構」，有人以爲引申其義，則有藝術品乃一有機的暗喻之意⑭。他們似覺得此詞有點莫測高深。其實，艾略特把這詞已解說得十分

---

⑭ 見上文提過的盧飛白的書的第一章；又見 *Princeton Encyclopedia of Poetry and Poetics* (1965) objective correlative 條下。

清楚明白；換言之，一個藝術家、一個詩人，不能光叫快樂呀、痛苦呀、光榮呀、恥辱呀，而必須把內在主觀的情意，用外在客觀的事象表達出來，才易引起觀者的共鳴。這種易主觀爲客觀、變情意爲事象的手法，便是艾略特的慣技。上面已有葉維廉所舉出的例子，至於他的〈普魯夫洛克情歌〉，說穿了，不外寫那心態衰老的主人翁怯懦、沮喪、惶惑等內心的、主觀的情感和意緒。但讀者看到的，則是一連串客觀世界中的景象和事物，而這些景象和事物，即能在讀者心中喚起那些情感和意緒。

「意之象」這翻譯，具體而微地包含了主觀情意和客觀事象等含義，總括了艾略特那段解釋的要點。若要堅持此詞的象徵性成份，則「意之象」中的「象」字，正可助長這種聯想。葉維廉的翻譯與筆者所擬的擴充語「與情意相應之事象」近似，但少了情意這項含義。當然，葉譯是較忠於原文的。不過，艾略特這詞其實取材自前人成語，引而成爲個人的理論，則重點應當放在理論上，而不應斤斤在這詞本身。何況 correlative乃指與情意相應合，把情意這元素加在翻譯裏，只有更達意而已。另一譯法「情物關係」的詞主是「關係」而非事象，顯與原意有出入。「客體駢喻法」詞主是「法」，缺點與上同；且又「駢」又「喻」，可能使人聯想到中國的駢文和諷喻之義，似乎有故弄玄虛之嫌。「客觀投影」的「投影」則彷彿是幾何和地圖學的術語，「客觀關連」語意模糊，都不是理想的中譯。筆者翻成「意之象」，更因爲如此一來，艾略特這概念便可以與中國傳統詩學攀上關係。

葉維廉在討論艾略特與中國詩的意象時，已清楚指出艾略特應用「意之象」的寫作方法（葉氏在該文中，只用其意而沒有用 objective correlative 其詞），和中國詩的意象語法大有契合之處。曾修改過艾略特〈荒原〉的龐德，與艾略特都是擅用意象（image）語的名家。龐德更是眾所周知的意象派（Imagism）領袖。所謂意象，乃指外界之象在人的感官意識內所重現之象，而此象包括物象、事象和現象。意象派的信條之一，是捨抽象的泛論而取具體的事象。所以，意象派也好，「意之象」也好，其實是一家親，皆以意象爲宗。龐德受了中國古典詩的啟發，創出意象派。意象一詞本來早已存在，至此更不脛而走，成爲最膾炙人口的批評術語。一般人以爲意象一詞是舶來品，就像風格一詞是舶來品一樣。其實二者都是土生的，並不是專爲翻譯 image 和 style 而新鑄的名詞。意象和風格二語，在中國文學批評史上，早就出現過。這裏限於題旨，單說前者。

南宋詞人姜白石曾有「意象幽閒，不類人境」之語；明前七子之一的何景明，則更有「意象應曰合，意象乖曰離」的說法。這些都是與詩文的創作和批評有關的理論。三國時王弼注《周易》，有這樣一段話⑮：「夫象者，出意者也。言者，明象者也。……言生於象，故可尋言以觀象；象生於意，故可尋象以觀意。」（《周易注．明象》）王弼這千多年前的「意——象——言」

⑮ 姜白石的見於〈念奴嬌〉序；何景明的則轉引自郭紹虞《中國文學批評史》（臺北一九七一年重印第五版）下册頁一九五；黃伯飛於《幼獅文藝》一九七一年八月號發表〈詩國門外拾〉，曾引王弼這段話解釋「西方近代詩中所謂 image」，特誌於此，以示不敢掠美。

理論，甚類於今日大眾傳播（mass communication）的所謂傳播模式之說。這番話移作艾略特「意之象」的說明，更恰切不過。而且，王弼比艾略特周密，多了「言」一項。至於何景明「意象乖曰離」的話，則不禁令人想到艾略特的「感性分離」（dissociation of sensibility）說了。此處所引姜白石、何景明和王弼的意象說，與其他批評家的情景、意境、境界等概念，頗有互相發明之處。事實上，這些概念涉及的都是內在情意和外在景象的關係，和艾略特的「意之象」可說是四海之內的兄弟。內在的情意和外在的景象，都是一切文藝活動所必須顧及的核心因素。浪漫主義重強烈感情的自然流露，故所重在意，艾略特反浪漫主義，故重象。難怪在中國，意象、情景、意境等語，向來爲詩話、詞話作者津津樂道；而「意之象」在西方甫經提出，便成了批評家的口頭禪。葉、余、顏諸先生沒有道出此詞與中國傳統文評的淵源，但對它時加援引，非常珍愛，這或許可視爲集體潛意識內中國意識的作用吧！

六〇年代中，艾略特如初昇的旭日，絢爛的光芒照耀著寶島。〈四個四重奏〉在五〇年代後期已有人局部譯了出來。六〇年代初期，葉維廉和杜國清先後各自譯出了〈荒原〉。二者都是長詩。較短的如〈一女士的畫像〉〈三智士朝聖行〉等，則有余光中等的翻譯。杜國清更把艾略特的重要論文，譯輯成書，在一九六九年出版，書名爲《艾略特文學評論選集》。三年後，杜氏翻譯的《詩的效用與批評的效用》一書也出版了。艾略特文學批評的中譯，應該以杜國清所花的心力最大。

四、百家應和

艾略特的理論和作品，既經介紹過來，他那種主知抑情、並排意象、時空綜錯、典奧隱晦的詩風，也就跟著盛行起來。許多人對他佩服得「五體投地」⑯。當時詩壇與存在主義俱來的虛無晦澀作風，成了日後以余光中爲首的主明朗、反虛無者詬病的對象。現在回顧時，我們會覺得艾略特在〈普魯夫洛克情歌〉和〈荒原〉裏所浮現的灰色思想和隱晦作風，也難辭其咎。這裏旨在探討艾略特與臺灣現代詩學的關係，若要進而研究他對臺灣現代詩創作的影響，自然對本文題旨的說明會有裨益。不過茲事體大，不容率爾操觚。即使如此，從掠影式的舉例中，艾略特的威力也就可見一斑了：夏濟安寫過〈香港——一九五〇〉，聲明是仿艾略特的。這首詩大概是第一篇模仿品，至少作者有此明顯的用心。艾山寫〈釣魚臺島之歌〉，承認受了艾略特的啟發⑰。余光中評介瘂弦說：

> 瘂弦的抒情詩幾乎都是戲劇性的。艾略特曾謂現代最佳的抒情詩都是戲劇性的，而

---

⑯ 「五體投地」語見余光中《掌上雨》（臺北，一九六四）頁一四八。

⑰ 夏濟安的收入《夏濟安選集》內，艾山的收入《浮雲遊子》（臺北，一九七二）中。

> 此種抒情詩之所以傑出也就是因爲它是戲劇性的。事實上，艾略特在節奏上的最大貢獻也在他的現代人口語腔調的追求。在中國，他的話應在瘂弦的身上⑱。

還舉例說明瘂弦的詩愛用典。瘂弦的詩富於異國情調，有「在塞納河和推理之間」等名句；我們聽來，都會覺得是艾略特〈空洞人〉結尾那大堆「在……和……之間」的迴響吧？艾略特仿音樂形式寫了〈四個四重奏〉；心儀這位大宗師的葉維廉，則以〈賦格〉這另一音樂形式爲題寫詩。

鮮明意象的大量運用，是余光中詩的一個特色，也是他散文的一個特色。光是他散文的題目，諸如〈文化沙漠中多刺的仙人掌〉〈九張床〉〈古董店與委託行之間〉〈象牙塔到白玉樓〉等等，就是最好的見證。這種風格與艾略特的「意之象」沒有關連嗎？余光中一時傳爲詩壇佳話的〈火浴〉，以淨化靈魂、追求不滅爲主題，說詩人徬徨於水浴和火浴之間，終於選擇了要走鳳凰之路。當然，我們可說以火淨化是葉慈在〈航向拜占庭〉(Sailing to Byzantium) 中所嚮往的，對

這位愛爾蘭大詩人亦非常佩服且譯過此詩的余光中，很可能受到葉慈的影響。可是，淨化也是〈荒原〉和〈四個四重奏〉的重要題旨，余光中有沒有左右逢源，也受艾略特的啟發？他那〈記佛洛斯特〉一文，開首第一句曰「艾略特曾說四月是最殘酷的月份」，這東方「五陵少年」把往西

---

⑱ 見余著《左手的繆思》（臺北，一九六三）頁六三。

天取回來的經，背得很熟啊⑲！

於此，筆者得趕緊聲明，鍾嶸那種尋淵溯源式的批評，雖能滿足某種好奇心，卻絕對不是文學批評的極則。筆者無意步鍾記室的後塵。何況，這種源流的追溯是無窮無盡的。我們尋出現代詩人得力於艾略特之處，只走了第一步；因爲艾略特這歷史意識十分濃厚的古典主義者，又有他的淵源。如此一步一步偵探下去，勢必會到最後只剩下基型（archetype）的原始階段，其間的穿鑿附會，是難以避免的。臺灣現代詩人而兼批評家的，爲數不少；他們的創作和理論，常互爲表裏。艾略特這大詩人兼大批評家，創作和理論的密切關係，更牢不可分。這裏嘗試對臺灣現代詩受到艾略特的影響稍加分析，不外爲了對臺灣現代詩學有更進一步的透視罷了。

⑲ 余光中曾於一九七三年七月三日在第一屆亞東區美國硏討會上宣讀過一篇論文，題爲"American Influence on Post-War Chinese Poetry in Taiwan"。該文刊在 *Tamkang Review* 5:1 (April, 1974)，茲把論及艾略特的部分翻譯出來：

「大體來說，詩人兼批評家的艾略特，直至大約三年前爲止，影響最爲深遠。他的詩作和理論，和二十世紀上半期的美國詩，可說是一而二、二而一的。紀弦和方思所領導的現代派，反浪漫、主知性，便常乞靈於艾略特。即使不能讀艾略特原文的，也採納他的無我、歷史感、意之象等理論。他們或通過翻譯得之，或人云亦云，以訛傳訛。創世紀諸詩人離棄古典的知性主義，做起超現實主義的實驗來；而艾略特那種時空綜錯、並排意象的技巧，仍然適用於這些執拗的前衞詩人。同時，艾略特提倡古典主義，又喜於如影隨形的過去中表現今日的世界；現代詩亦步亦趨，也發起思古之幽情來。《蓮的聯想》和若干相近的詩集，皆爲例證。或功或過，這些移花接木都是艾略特的影響。他的創作和理論，也大量給翻譯過來。葉維廉、我和其他人士，都有迻譯。艾略特泰半的詩作，乃得介紹給國內的讀者。杜國淸在一九六八年出版了所譯的《艾略特文學批評選集》，共收重要論文十八篇。艾略特有知，當可含笑於九泉矣。」

現在回到詩學本身。六〇年代的詩話、詩論中，到處有艾略特的代言人。林以亮（卽宋淇，居香港）先生的文章中，艾略特的名字和名言比比皆是。陳紹鵬和周伯乃二先生分別引納了逃避個性和逃避情意之說[20]，林亨泰先生認爲「寫詩不可只爲一個人的感情吐露」；更有人說：「二十五歲，在一個詩人的心目中是多麼不成熟的年齡；如果說二十五歲以前寫的詩是不成熟的，這話也似非過甚其詞。[21]」這簡直像在轉述〈傳統與個人才具〉中的名句了。而這篇文章又一次被譯出來，譯者是秀陶。（另一位翻譯此文的是翁廷樞，譯文發表於二卷九期的《中外文學》[22]。）教授中國文學的葉嘉瑩女士，謙稱「對於西方文學批評理論……所知並不多」；不過，她至

---

[20] 分見陳紹鵬《詩的創造》（臺北，一九六四）頁一三六、一三七；周伯乃《現代詩的欣賞》（臺北，一九七〇）頁一四〇。

[21] 分別引自張默等編《六十年代詩選》（高雄，一九六一），頁四四；及張默等編《七十年代詩選》（臺北，一九六七），頁六一。

[22] 本文初稿完成後，筆者翻檢舊雜誌，發現艾略特 "Tradition and the Individual Talent" 的譯文眞多，實在不止上文指出的四篇這數目。《民主評論》一雜誌，卽有兩篇：一爲黃時樞所譯，題曰〈傳統與個人才賦〉，刋於九卷十二期（一九五八年六月）；一爲杜維明手筆，題曰〈傳統與個人的才器〉，刋於十二卷九期（一九六一年五月）。此外，朱南度的譯文，題爲〈傳統與個人的天賦〉，則刋於《文學雜誌》八卷三期（一九六〇年五月）。在一九三〇年代初期出版的《學文月刋》第一期，有卞之琳的〈傳統與個人才能〉一文。筆者沒有機會親眼看到這期，而目錄上又沒有說明翻譯，因此不敢肯定是否爲譯文；不過，卞文是翻譯的可能性頗高，因爲那時期有不少人翻譯文章，常常不在署名處標明是迻譯的，只於文首多寫了幾行引言便算了。其他的譯文可能還有不少。由此看來，此文的譯本之多，在中國近代翻譯史上，可算首屈一指了。

少知道〈荒原〉那種「時空錯綜的敍寫方法」，而且非常珍愛。她也認識到意象語在現代詩和現代批評中的重要性：

> 意象的使用……在於把一些不可具感的概念化成爲可以具感的意象……在中國詩歌中，寫景的詩歌固然以「如在目前」的描寫爲好，而抒情述志的詩歌則更貴在作者能將其抽象的情意概念，化成爲可具感的意象㉓。

她在六〇年代後期所發表的〈拆碎七寶樓臺：夢窗詞的現代觀〉等論文，便把握了這兩個秘訣，分析並讚賞了吳文英等人的古典詩詞。

至於余光中，則仍採游擊戰略，但已更能深入重地，刺探更多艾略特的情報了。他的詩中有這大宗師（如〈敲打樂〉），散文中也有（如上舉的〈記佛洛斯特〉），批評文章中自然更多。光在一九六四年出版的《掌上雨》一書裏，艾略特便出現了無數次；不是引他以說明技巧，便援他的歷史感和傳統說。一言以蔽之，艾略特是這位中國詩人兼批評家的現代妙思（Muse），是他不匱的泉源，助他申明詩學的要義㉔。

㉓ 見葉氏《迦陵談詩》（臺北，一九七〇）頁二四二至二四三。

㉔ 中文書籍素來少附索引，爲了幫助說明，筆者不殫煩爲《掌上雨》編個小型索引。它只有一條，就是艾略特。下面的數字是頁碼，有興趣的讀者，不妨按圖索驥，對證一番：十六、十七、卅、卅八、五四、五五、八二、一三〇、一三一、一四八、一四九、一七一、一八〇、一八一、一九九、二〇八、二二〇九。（附帶聲明：編此索引時並無電腦之助，說不定會遺漏了不少。此外，第一九和九六頁力反浪漫主義，是非常艾略特的，因爲沒有直接引用名字，所以沒有編入。）姚一葦先生那本疏解現代文藝理論的力作《藝術的奧秘》，是少數附有索引的中文書之一；據索引所示，艾略特一共出現了十三次。

五、顏元叔

顏元叔先生留美後歸國，從一九六七年開始，發表一系列文章，申述他對文學的見解，就是後來收集在《文學的玄思》（臺北，一九七〇）中那些。書中最重要的，可算是那篇評介性的〈新批評學派的文學理論與手法〉和壓卷那篇宣言性的〈朝向一個文學理論的建立〉。新批評學派爲文學批評開拓了新境界，爲美學定下了新標準；在現代批評史上的地位，穩如泰山。居美的文學教授如夏志清、劉若愚、陳穎、梅祖麟、高友工和已故的陳世驤諸先生，得近水樓臺之便，無不或多或少受其影響。當時在臺灣的夏濟安先生，創辦《文學雜誌》，似亦有倡導新批評之意。不過，舉起鮮明旗幟，以傳道者的熱忱宣揚新批評理論的，則是顏元叔。一九六九年年初在《幼獅文藝》連載的〈新批評學派的文學理論與手法〉，初次把這門批評上的顯學系統地介紹到中國來。

艾略特強調過詩的戲劇性和複雜性，又謂詩有獨立的生命（這些見解，上面介紹過一部分）這種種觀點日後就變成了新批評的理論基礎。他早期酷愛玄學派詩人鄧恩（John Donne）等富有機智（wit）的詩風，鄧恩的詩篇更成爲日後新批評學派諸子——特別是布魯克斯——尋析「反諷」（irony）和「矛盾語」（language of paradox）的樣品。論者因此尊艾略特爲新批評學派之祖，他是當之無愧的。如今顏元叔懷著傾慕的心情，介紹了這門顯學，並以身作則，以新批評方法「細讀」了若干中國古典詩，發掘了很多「微言大義」——析王融的〈自君之出矣〉即爲最好的例子。憑著顏氏的魄力、努力和影響力，新批評學派必會在臺灣的批評界開花結實無疑。顏元叔對艾略特推崇備至，在理論文章和實際批評文章中援引之頻繁，比余光中有過之而無不及。事實上，Eliot 一向多被譯作艾略特，顏元叔抱旋乾扭坤之志，正名爲「歐立德」（歐美的立德之士，或在歐美立下了功德），那種焚香頂禮之意，自然不言而喻。如此一來，作爲新批評學派之祖，這一代宗師艾略特在臺灣業已德高望重的地位，似乎更爲顯赫了。說艾略特在臺灣現代詩學的地位如日中天，並不爲過。

〈朝向一個文學理論的建立〉無疑是顏元叔的詩學宣言。這篇論文後來又收入《談民族文學》一書中，好像〈傳統與個人才具〉既入《聖木》，又入《論文選集》一樣。顏氏對該文的重視可知。這篇宣言開宗明義說：

> 經過十餘年的研究與思考，我獲得兩個關於文學的結論：一、文學是哲學的戲劇化；二、文學批評生命。第一條理論是我自己形成的，第二條理論則是借自阿諾德(Matthew Arnold)——雖然阿諾德是十九世紀的文學理論家，他的「文學批評生命」的見解，對二十世紀的文學局勢具有特別的適應性。我企圖以第一條理論，描繪文學的本質。以第二條理論，描繪文學與人生的關係，也就是說，文學對人生

的功用。實際上，這兩個命題乃是相輔相成的。

顏氏以爲第一條理論是他自己形成的（二書原文皆作「是我們自己形成的」，「們」字恐衍，也許是手民之誤）。「形成」二字可圈可點：因爲這條理論是他學和思的結晶，有他的卓見在；另一方面，則隱約可見先賢的影子，而這實在是艾略特的投影。文學的戲劇性和哲學性，可遠溯至亞里士多德，此處不欲勞師遠征，追兵只到題旨所在的艾略特爲止。

詩是戲劇和詩要以哲學爲基礎，二說都見諸艾略特的文章中。不過，他的評論頗有即興色彩，缺乏秩序井然的系統。關於戲劇性，他在《詩的功能》中，說：「詩最佳的媒介……和最直接的功能是戲劇。」艾略特屢次論及詩劇，自己還寫了好幾部，可算是理論的實踐。顏氏研究過他的詩劇，又譯過這段文字——「艾略特……一再強調，一切的詩，包括希臘文選中的一首小小抒情詩，都是戲劇性的。」㉕——對艾略特的學說，自然瞭如指掌。所以他第一條理論中戲劇性的概念，有意無意間受到艾略特的影響，是絕不爲奇的。這裏我們不妨補充一點；詩是戲劇的說法，與艾略特「意之象」的論旨是相輔相成的。戲劇訴諸客觀的物象、情境、事件，因爲只有通過這些，才能把劇作者的情意和思想表達出來。這其實是「表達情意的唯一藝術方式，便是找出『意之象』，即一組物象、一個情境、一連串事件……」之說的引伸義。實際上，顏氏在闡明他

㉕ 見顏譯《西洋文學批評史》（Winsatt & Brooks 原著）頁六二一。

這條理論時，便援引了「意之象」的道理。所以，說這條理論有艾略特的影子在，絕非穿鑿附會之言。

至於哲學性一概念，艾略特在〈一種詩劇的可能性〉一文中寫道：「每樣想像性的作品須具一種哲學。」同樣點到即止。不過，那篇著名的〈玄學詩人〉對所謂哲學性有較詳盡的解說。他以爲「詩人愈機智愈佳」，有哲學思想更妙；跟著說道：

詩人應對哲學或其他東西感到興趣之說，沒有永恆的必然性。我們只能說今日文明中的詩人，似乎必須「艱深」。我們的文明至爲繁富複雜，詩人精妙的敏感與之接觸，必然產生繁富而複雜的後果。詩人必須變得愈來愈包羅萬象，愈旁徵博引，愈間接其法，以便把語言驅策入他的意義中，甚至必要時搗亂語言亦無妨。

艾略特在這段話中，更標示出複雜性和時代性等因素。顏元叔對此問題有十分透闢的發揮，他寫道：

文學之必須具備哲學性特別有時代意義。……這是一個危機時代，而時代的危機迫使人們作哲學的沉思。……看起來，文學越是近代的便越富於哲學精神。……從現代文學的古〔「經」？〕典作家如葉慈、歐立德……到新進的作家如美國的瑪拉瑪德……沒有不是透過文學對生命作嚴肅沉思的。……現代文學具備深厚的哲學性，也許還有一個特殊而且具體的原因，即是現代人生與日俱增的複雜，增加了作家了解所處時代的困難。人類由於他自己的作爲，創造了一個愈來愈複雜的社會，把自己籠罩住。這個複雜世界已不再是一個抒情詩人如羅伯・邦斯（Robert Burns）所能表達或了解的了。……一個作家不必是一位歷史家，但是，他若缺乏必要的歷史知識，他便無法了解歷史精神，不了解歷史精神，便也不會深切了解他自己的時代的精神。（《文學的玄思》頁一六九至一七一）

讀起來，顏文響起了艾略特的迴聲。引文最末所說的歷史知識和歷史精神，更令人憶起〈傳統與個人才具〉裏所謂的歷史感（historical sense）。不過，顏文雄辯滔滔，更有一股痛快淋漓的氣勢，這是艾略特的短論所不及的。此外，顏文還多了一種亞里士多德式的觀察歸納的精神：文學之須具哲學性，不但時代要求如此，更是綜覽了當代文學經典作品之後所歸納出的結論。顏元叔再三申述這哲學性和時代性的論調，如在〈認知與詩創作〉一文中，便說：

所謂「認知」，便是對於當前的時空、當前的人生，有深廣的認識。……詩應爲智慧語。……歐立德有一個統一的主題，便是西洋現代人的精神文明的崩潰；葉慈亦有主題……。認知導向智慧，智慧使詩永恆。（見一九七四年六月號《中外文學》）

文學與哲學和智慧的關係，許多現代中國批評家都有討論。夏濟安先生論中國的新小說，念念不忘舊文化，亦即表示對作品中哲學思想的關心㉖。夏志清先生更把「文學．思想．智慧」連在一起，說：「決定一部作品、一個作家的優劣，純理智的思想仍是一個基本考慮。」他最近論《鏡花緣》，對這部小說所最不滿意的，無過於其思想、智慧的不够發人深省了㉗。無論如何，顏氏把哲學性和戲劇性結合起來，一則界定文學的形式技巧，一則說明文學的思想內容，所形成的理論，甚有江西詩派那種脫胎換骨之妙。

第二信條「文學批評生命」，顏氏承認是借自阿諾德的。顏元叔不服柏拉圖和亞里士多德的模仿論，又感到「這個黑暗的世界既然無以承受讚美，我們只有批評它了。」艾略特曾在〈現代心靈〉一文中責備阿諾德，說他「沒有哲學家的本色：思想缺乏約制，用字不够精確，運思有欠連貫」；並斥他那句「說到最後，詩是生命的批評」是狂妄之論。其實，艾略特主要乃不滿於阿諾德的批評方法，至於大動肝火，破口大罵阿諾德，未免太過意氣用事了。顏元叔一面採納艾略

㉖ 見《夏濟安選集》中〈舊文化與新小說〉一文。
㉗ 夏志清〈文人小說和中國文化——《鏡花緣》研究〉，刋於《幼獅月刋》（一九七四年九月）。

特的理論，一面接受阿諾德的說法，看來似乎進退失據，其實不然。因爲正如他所說的：「歐立德的詩篇，試問那一篇不是現代生命的批評呢？」這裏，顏氏像布魯克斯一樣，在艾略特灰色的表象裏，讀出了積極的意義來。他進一步指出艾略特的時代精神：「歐立德所倡導的無我文學，據我的看法，卽是以時代的人格爲作家的人格——文學不是用來發洩一己的情緒，而應爲時代的精神的表達。」

臺灣六〇年代的詩，追求「主知」的目標，事實上亦表現出這種作風。但與主知而俱來的，則是晦澀與虛無。〈石室的死亡〉一類的詩，可爲這種詩風的代表㉘。顏元叔哲學性和智慧語的說法，屬於主知的範疇，但他提出「文學批評生命」的口號，顯然是恥於與虛無爲伍的。〈朝向一文中，他承認他的理論可歸入中國傳統的「文以載道」體系中。一種敎誨主義（didacticism）的錯誤印象可能由此而生。其實，他重視文學作品的哲學智慧，更不忽略其形式技巧。上面已指出了「文學是哲學的戲劇化」這信條的兼顧內容和形式（當然，二者是不能劃然分開的，顏氏很服膺柯立基有機體的理論），在這第二信條中，他同樣強調技巧的重要：

「文學批評人生」，在文學技巧上這個理論也是健全的。因爲，從素材變成文學作品的過程，便是一個批評的過程。卽使一個有藝術修養的攝影師，也必須事先愼選

㉘ 余光中在〈再見，虛無〉（收入《掌上雨》內）文內卽舉此詩爲例。

對象、角度、與光線。他的選擇過程精細謹嚴，成果可能令人較爲滿意。（《文學的玄思》頁一八六）

顏元叔的實際批評，卽貫徹了這種主張。在他那篇〈余光中的現代中國意識〉㉙中，表示很讚賞余氏〈我的固體化〉一詩的國家民族感和玄學派味道，又指出余氏另一首詩〈敲打樂〉的愛國情操。跟著，批評者卻說後者的結構不够緊湊，甚至有離題之處，因此主張把若干詩行删掉。對結構的強調是新亞里士多德學派，亦卽芝加哥學派（The Chicago School）的批評基礎。我們於此可看出顏元叔之能够廣集諸說。不過，不管在他的批評理論抑或他的實際批評中，艾略特及以後的新批評學派，才是他最賞識的。在評論余光中那文中，他還怪責余氏的若干詩篇，「主題膚淺，情操不深，技巧拙劣。」有些「個人化而且僅止於個人化的文字，出自一位熟悉歐立德之『無我說』的詩人筆下，毋寧是糟蹋自己的創作青春，也可以說是知易行難的見證了。」顏元叔對艾略特的篤信和執著，至此更表露無遺。他的批評能够自圓其說，自有見地。不過，對待「藝術的多妻主義者」余光中，單恃一種標準是不够的。艾略特的詩，可謂無我；葉慈詩中，便有「個人化而且僅止於個人化的文字」（爲什麼是五十九隻天鵝？）了。艾略特兢兢業業，眞像杜甫那樣「語不驚人死不休」；葉慈雖然亦刻意求工，在抒寫性情方面，無疑是更近於李白的。對余光

㉙ 收入《談民族文學》（臺北，一九七三）內。

中，以至對任何有成就的詩人，亦應作如是觀。

六、結　語

〈朝向〉是中國現代文學批評史上罕見的精彩理論文章。它吸收了艾略特的很多說法，不過，這無礙於一個文學理論的完整性和獨立性。一個文學理論，能夠自圓其說，可以應用於實際批評而得心應手，便有價值。劉若愚先生深研中國詩學，結論出詩藝的高低，以其對語言文字（language）和人生境界（world）的探索和創見而定㉚。這也絕對不是什麼石破天驚的大道理：文學是語言藝術，而藝術貴乎創新，這已是今日大家公認的見解；所謂人生境界，則所指自然是哲學、思想、智慧那方面的事了。劉若愚和顏元叔的基本見解，相當一致。事實上，評隲文學作品的優劣，此外還有什麼更佳的標準？除非故意標奇立異，全新的理論是不可能的。劉氏的所謂人生境界，則受過王國維境界說的啟發。而王國維境界說是他的獨創嗎？絕對不是：境界一詞在清末時已非常流行了。再向上推，袁枚的性靈說、嚴羽的詩禪說，都非獨創，都有淵源。說回艾略特的詩學：向西方傳統，我們上面已說哲學性和戲劇性可追溯至古希臘的亞里士多德；而他那

㉚ James Liu, *The Art of Chinese Poetry* (Chicago, 1962)。劉氏在後來出版的論李商隱詩和北宋詞人專著中，亦持此看法。

objective correlative 一詞，阿思頓（Washington Allston）在一八五〇年已用過，桑泰耶那（George Santayana）在一九〇〇年則用過 correlative objects 一語㉛。向中國傳統，則我們看到上述的「意象」外，還可把艾略特的觀點與劉勰的比較：艾略特強調要用典，要有知性，要有歷史感，他說莎士比亞與但丁平分世界，他最後回到基督教的傳統中去；劉勰則主張「積學以儲寶，酌理以富才」，且要回到儒家和道家的道的傳統中去，因而有原道、徵聖、宗經之說。卽使講「興趣」主「妙悟」的嚴羽，也勸人熟讀楚辭、古詩、樂府和李杜，換言之，卽是不要和傳統脫節。到了最後，我們會發現跳出傳統的五指山的，確實寥若晨星。

不過，中國傳統的批評方法，與劉若愚和顏元叔等人受過新批評學派薰陶的批評方法，誠然大異其趣。儘管有不少人說王國維的境界說成一理論體系，它仍脫不了傳統批評印象式的籠統和卽興色彩。要精密，非向新批評學派的微分細析看齊不可。通過顏元叔，及其嫡系，新批評學派已在中國形成了一股強大的新興力量。

現在臺灣現代詩壇大呼要變。余光中已表示厭倦了艾略特那類「囁嚅其詞、未老先衰」的詩風，並早就有回到中國傳統的呼籲。把艾略特從臺灣現代詩壇驅走——假定他可以呼之則來揮之則去——此後的局面會如何呢？艾略特以後的英美重要詩人，論者咸推舉史蒂汶斯。羅青的詩集《吃西瓜的方法》被譽爲新現代詩的起點，其中有詩謂吃西瓜有六種方法。筆者尙未讀過該書，

㉛ 見 *Princeton Encyclopedia of Poetry and Pcetics* 中 objective correlative 條。

卻已不禁聯想起史蒂汝斯的名詩〈看黑鳥的十三種方法〉（Thirteen Ways of Looking at a Blackbird）來了。六朝的駢儷文風，韓愈起而摧之，但晚唐的詩又濃艷起來。袁枚反沈德潛的格調而倡解放性靈，但翁方綱站起來講究肌理。究竟詩風每二十年就要變一次，如艾略特之所說？抑或江山才人如李杜可「各領風騷數百年」，如趙翼之所言？劉勰千多年前就思量過「通變」問題，而至今無人能歸納出公式。

無論如何，艾略特已在臺灣現代詩壇留下了巨碩的身影，輔助中國現代批評家寫成了一頁重要的詩學史㉜。從魚肚吐白、到晨光曦微、到旭日絢爛、到如日中天，這西方的太陽在東方的寶島已締造了一個重要的時代。這大宗師出入神話、聖經、但丁和莎翁，又融匯了意識流和存在主義式那種對生命的沈思，可謂集西方古典和現代的大成。他的詩有驚人的原創性，卻還不致流於極端的險怪和超現實，可說狂而不妄，離經叛道中仍能原道而宗經。他的詩和詩學，令人猛然憶

㉜ 關於艾略特的影響，至少還有兩點可以記錄下來：王秋桂在一九七四年（？）由嘉新文化基金會出版的書，題爲 Objective Correlative in the Love Poems of Li Shang-yin，一望而知用的是艾略特「意之象」的理論。張淑香的《李義山詩析論》（臺北藝文印書館，一九七四），以現代西方最盛行的批評學說——如新批評、心理分析、基型論等——剖析李商隱的詩，而全書處處可見艾略特的名言雋語。

起中國傳統中杜甫的〈秋興〉和李賀、李商隱、吳文英的詩詞，以及文評中意象的說法㉝。他的「傳統」一詞，更引起中國現代詩人的驚愕和反省，而變成一最耐人尋味的概念。他對中國現代詩和詩學的魅力，正在這裏。現代詩始於主張「橫的移植」和反對「縱的繼承」。結果，艾略特給「橫的移植」過來了，卻也惹起現代詩人對「縱的繼承」的醒悟。不管臺灣現代詩和詩學的艾略特時代什麼時候會過去，他的詩和詩學中我們覺得有永恆價值的部分，以及未來世代覺得有永恆價值的部分，大概就會永恆吧！

——一九七四年底初稿，一九八七年九月修訂

㉝又本文討論艾略特「意之象」的概念時，引了王弼、姜夔和何景明的理論，以作比較。其實與艾略特「意之象」說最近似的，應推陳廷焯《白雨齋詞話》中的一段話。陳著卷一第九則曰：「所謂沈鬱者，意在筆先，神餘言外。寫怨夫思婦之懷，寓孽子孤臣之感，凡交情之冷淡、身世之飄零，皆可於一草一木發之。而發之又必若隱若見，欲露不露，反覆纏綿，終不許一語道破。」筆者在拙著《中國詩學縱橫論》（臺北，一九七七）中〈中國詩學史上的言外之意說〉一文裏面，對中外這兩個說法，頗有闡釋，此處不贅。

本文所引艾略特作品名目的中英文對照表

傳統和個人才具 Tradition and the Individual Talent

批評底功能 The Function of Criticism

梵毀的諾墩 Burnt Norton

荒原 The Waste Land

一局棋 A Game of Chess

普魯夫洛克情歌 The Love Song of J. Alfred Prufrock

一女士的畫像 Protrait of a Lady

三智士朝聖行 Journey of the Magi

詩的效用與批評的效用 The Use of Poetry and the Use of Criticism

空洞人 The Hollow Men

聖木 The Sacred Wood

論文選集 Selected Essays

詩的功能 The Use of Poetry

一種詩劇的可能性 The Possibility of a Poetic Drama

玄學詩人 The Metaphysical Poets

現代心靈 The Modern Mind

（本文所引艾氏文學批評文章，不出下列三書：

① *The Sacred Wood*. London, 1928;

② *Selected Essays*. New York, 1950;

③ *The Use of Poetry and the Use of Criticism*. Cambridge, Mass., 1933.）

第二輯 論小說

中國最早的短篇小說

——論《孟子》中〈齊人〉故事和中國小說起源的諸問題

內容提要

《孟子·齊人有一妻一妾》的故事，不但是個有趣的寓言，且是個技巧卓絕、題材獨特的短篇小說。〈齊人〉具備人物、事件、情節結構等小說要素，統一而完整，字字珠璣，最能符合現代的「有機體」的理論要求。它的反諷（irony）技巧，如「良人」一詞的正言若反，悲喜場面的巧妙經營等，尤其令人拍案叫絕。而〈齊人〉以現實生活中的小人物爲題材，在文學發展史上，具有超時代的意義。因此，〈齊人〉更令人非另眼相看不可。

論者以爲《漢書·藝文志·諸子略》所稱的小說，和今日我們所叫的，並無關係。其實，《漢志》那段關於小說家的記載，正道出了小說的特點：是虛構出來的，有娛人和誨人的功用。

細讀《漢志》的記載，加上〈齊人〉這實例和其他證據，中國小說在戰國時代便已開始的理論，乃可成立。可是儒家不語怪力亂神，又有「立言」的傳統，以致小說家的書籍，早就散失；小說的發展，也受到限制。

一、先秦寓言和〈齊人〉故事

治中國小說史的，率多以爲先秦、漢、魏時期的神話、傳說、寓言、軼事和瑣聞等，是中國小說的先河，或是中國小說的重要素材；不過，眞正的小說，要到唐代甚至宋代才出現❶。他們很喜歡舉出《孟子·齊人有一妻一妾》的故事，說它文筆生動，是個很有趣的寓言❷。這自然是對的。可是〈齊人〉的文學價值，筆者認爲遠高於其他的普通寓言，如〈揠苗助長〉和〈鷸蚌相爭〉。〈齊人〉是中國小說史上的最早短篇，而且是非常出色的、既精且純的一個短篇。它的題材獨特、技巧上乘；在中國小說的發展史上，具有十分耐人尋味的深刻意義。

所謂寓言，簡言之，即特別藏寓有一番道理的故事。戰國時期諸子的散文，所含寓言甚多。那時百家爭鳴，各人標榜著自己的思想和主張，希望取悅於諸侯，一展抱負，以期達到經世致用

❶ 例證詳見下文〈中國小說起源問題的各種說法〉一節。

❷ 如范烟橋《中國小說史》、胡懷琛《中國小說論》、秦孟瀟《中國小說史初稿》、和孟瑤《中國小說史》等。

的目的。他們雄辯滔滔，各種修辭的法寶，已有的當然利用唯恐不及，沒有的便自行創造。比喻和寓言，可說是諸子百家用以闡明學說的慣技。這些寓言，故事本身只是手段，由故事引發出來的道理，才是目的。莊子爲了說明自由和順乎天性的可貴，乃有魯君具太牢、奏九韶以待郊鳥，而郊鳥反而憂悲不食的寓言。莊子又看到人們不辨名實，只斤斤於眼前小利的弱點，於是又造了個〈朝三暮四〉的寓言❸。說寓言的人，往往恐怕故事所藏寓的道理，不能令讀者一看便明，或者覺得有特別強調這番道理的必要，便會於故事之外，再來一段議論，以申明主旨。〈魯君與鳥〉和〈朝三暮四〉兩則，莫不如此。《韓非子》中的〈矛與盾〉，以及另一則〈守株待兔〉的寓言，也是這樣的❹。

《孟子．離婁》篇下的〈齊人〉章，故事完後，還拖了一條議論的尾巴。作者加揷這寓言的

---

❸《莊子．至樂》：「昔者海鳥止於魯郊，魯侯御而觴之于廟，奏九韶以爲樂，具太牢以爲膳，鳥乃眩視憂悲，不敢食一臠，不敢飮一杯，三日而死。此以己養養鳥也，非以鳥養養鳥也。夫以鳥養養鳥者，宜栖之深林……」

《莊子．齊物論》：「狙公賦芧，曰：『朝三而暮四。』衆狙皆怒。曰：『然則朝四而暮三。』衆狙皆悅。名實未虧，而喜怒爲用，亦因是也。」

❹《韓非子．難勢》：「人有鬻矛與楯者，譽其楯之堅，物莫能陷也，俄而譽其矛曰：『吾矛之利，物無不陷也。』人應之曰：『以子之矛陷子之楯，何如？』其人弗能應也。以爲不可陷之楯與無不陷之矛，爲名不可兩立也……」

《韓非子．五蠹》：「宋人有耕田者，田中有株，兔走觸株，折頸而死。因釋其耒而守株，冀復得兔。兔不可復得，而身爲宋國笑。今欲以先王之政，治當世之民，皆守株之類也。」

目的，也像莊子、韓非子和其他戰國時期的哲學家、思想家一樣，為了要闡明他的主張。然而，這〈齊人〉故事不但是個動聽的寓言，而且是個技巧卓絕的短篇小說。〈齊人〉是大家耳熟能詳的；不過，為了方便說明，不妨抄錄出來：

齊人有一妻一妾而處室者。其良人出，則必饜酒肉而後返。其妻問所與飲食者，則盡富貴也。其妻告其妾曰：「良人出，則必饜酒肉而後返。問其與飲食者，盡富貴也；而未嘗有顯者來。吾將瞯良人之所之也。」蚤起，施從良人之所之。徧國中無與立談者。卒之東郭墦間之祭者，乞其餘；不足，又顧而之他。此其為饜足之道也。其妻歸告其妾曰：「良人者，所仰望而終身也。今若此！」與其妾訕其良人，而相泣於中庭。而良人未之知也，施施從外來，驕其妻妾。

跟著的一番議論則如下：

由君子觀之，則人之所以求富貴利達者，其妻妾不羞也，而不相泣者，幾希矣！

二、現代短篇小說

驟眼看來，除了字數較多外，這寓言似乎與上面提過的沒有什麼分別。人求富貴，得循正當途徑，不要走邪門，以致連與自己最親的人也感到羞愧。這就是作者所要說明的道理，是孔子所謂「不義而富且貴，於我如浮雲」和「富與貴，是人之所欲也；不以其道得之，不處也」的另一說明方法❺；也是孟子常說的義利之辨的一番有關議論。可是，與上述諸寓言不同的是：〈齊人〉是個短篇小說，而其他寓言不是。這篇作品不但具備了現代讀者眼中的短篇小說的條件，而且技巧超卓，令人驚佩。且讓我們慢慢地分析一下。

西方的小說（fiction）一詞，狹義方面，指的是短篇小說（short story）和長篇小說（the novel）。不管長篇短製，稱得上小說的作品，必須具備人物、事件和情節、結構等要素。至於所謂現代性，撇去主題思想不論，最重要的是在技巧上能符合亨利・詹穆斯（Henry James）的要求。詹穆斯是西方現代小說的宗師，他的名著〈小說的藝術〉一文中，聲言「小說是活色生

---

❺ 分見《論語》的〈述而〉篇和〈里仁〉篇。

香，統一而連貫，和任何其他有機體（organism）並無分別。」❻這項要求對短篇小說尤其迫切，因爲如果短短一篇三數千言的作品，尙且不能做到「統一而連貫」的「有機體」，小說家的技巧也就頗成疑問了。胡適早年翻譯外國的短篇小說，曾謂短篇小說必須以最經濟的手法，把故事最精彩的部分講述出來❼。這可說已道出這種文學體裁的特色了。不過，經濟還不够，成功的小說（也可說任何出色的文章），文筆簡練之外，還要首尾連貫，互相呼應，務必做到扣緊旨趣，字字珠璣。絕代美人的體態容貌，增一分則太長，減一分則太短，施粉則太白，施朱則太赤。出色的作品，佈局修辭，必須恰到好處，像絕代美人一樣。所謂「有機體」云云，不過如是。現代短篇小說的經典之作喬艾斯（James Joyce）的〈阿拉比〉（Araby），卽完全符合這種要求。其實，中國古文家向來強調作文章必須有統紀、能呼應；而以言而無意，雜而不純爲戒❽。可惜中國傳統很多小說家，常常貪多務得，總以人多事繁爲妙；只知鋪張擴散，不懂凝聚收斂。《三言》、《兩拍》中的「短篇」小說，犯了這毛病的甚多，更不要說以大堆頭見稱的如《水滸傳》和《鏡花緣》等等長篇累牘的小說了。

---

❻ Henry James, "The Art of Fiction"，這裏引的收在 A. Walton Litz(ed.), *Modern American Fiction: Essays in Criticism* (New York, Oxford University Press, 1963), p. 5.

❼ 胡適〈論短篇小說〉，收在香港文學研究社編《中國新文學大系》第一集（一九三五），第二九八、九頁。

❽ 可參考王葆心《古文辭通義》（臺灣中華書局一九六五年影印原版，原版有著者光緒三十二年自序）〈解蔽〉篇。

三、〈齊人〉的有機結構

〈齊人〉述說了一個完整的故事、人物、事件、結構無一不備。論者以為小說既有這三數種要素，於是便常常把各要素孤立起來，或單論人物，或只講事件。詹穆斯對這種批評法，深加責難。他的名言「人物個性決定事件，事件闡明人物個性」❾，進一步解釋了他那一段現代小說家奉為圭臬的話。〈齊人〉中的妻子，先則懷疑，繼而行動起來，最後發現了丈夫的荒唐行徑，悲憤不已。她反映了古代中國社會中女子所處的附屬地位。所謂出嫁從夫（《孟子》中有一段話，叫女子出嫁後「無違夫子」）；「良人者，所仰望而終身也。」這個敢懷疑，又敏於行動的女子，算是古代社會中較有反叛性的了，卻到底不是易卜生筆下的娜拉，失望儘管失望，悲憤儘管悲憤，只能以哭泣來宣洩。就文學技巧而論，妻子這人物個性與本故事的事件是互相襯托輝映的。她的懷疑引起了後來一連串的戲劇性發展。沒有她的懷疑，這小說便不成其為小說，因為這樣就不會有開端的引發性事件。沒有她的敏於行動的性格，這小說同樣不成其為小說；因為沒有了她的行動，開端不論如何富於懸宕性，僅止於開端而已，中間發現「良人」原來只是乞食者的高潮部分，是不會引發出來的。她發覺被蒙蔽欺騙了，但卻像千千萬萬不幸的古代女子一樣，沒

---

❾ 同註❻ p.6。

有反抗到底的勇氣。她這個性的特質，遂給這小說帶來了滑稽而充滿諷刺意味的收場——妻妾二人悲憤而相泣，「良人」則施施然回來，驕誇如昔。反過來說，〈齊人〉的一連串事件，則正好用來具體地說明妻子的種種性格。至於齊人和妾其餘這兩個角色，自然比不上妻子的主動，妾一角尤其只有跑龍套的份兒。可是，妾這個配角也是缺少不得的。少了她，妻的兩番話便等於獨白，如此則戲劇性效果必被削弱。少了她，最後那幕「相泣于中庭」只能變成妻子獨泣的場面，「良人」驕然回來時所造成的對比效果就會較爲薄弱了。齊人於通篇中，沒有一句直接對白；然而，他是故事的核心人物，他有生動而滑稽的形象，是整篇小說諷刺的主體。

上面用了開端、中間和收場三個名詞。這結構的三部分是亞里士多德在《詩學》中研究過悲劇後結論出來的。其實，戲劇側重結構，而且要開端、中間、收場俱備，其他文學體裁何嘗不然！現代文學和電影偏嗜時空倒置的敍事手法，六十年代的前衞電影特別樂此不疲。不管怎樣時空倒置，我們仍可尋出《八部半》和《去年在馬倫巴》結構上的開端、中間和收場等部分，一如我們尋出古希臘悲劇《奧狄帕斯王》的起承轉合等部分。〈齊人〉短小精悍，情節結構（plot）謹嚴。首、中、尾層次井然。中間部分以發現「良人」原來是乞食者的高潮作結；收場部分妻妾相泣，「良人」驕然歸來，是充滿諷刺意味的反高潮。首、中、尾各個個別事件互相扣連，沒有一字一句冗贅，更不見與小說主旨無關的枝葉插曲（episode）。〈齊人〉的情節發展，也不賴後來中國小說中濫用的巧合事件。全篇字字珠璣，正符合柯立基（Coleridge）首先倡用、詹穆斯發揚光大的「有機體」的理論。

四、〈齊人〉的反諷技巧

文學是語言的藝術。這說法本是舶來品，但已獲得現代中國理論家的普遍首肯⑩。西方現代文學批評的主流之一，是詩的語言的精密分析。中國的詩，是最普遍也是最精妙的文學體裁。西方傳統的見解，則以爲最上乘的作品，不管是詩、小說或戲劇，都可稱爲詩。而最上乘的作品，語言技巧必有獨到之處。〈齊人〉不是詩，也非常缺乏現代批評家所視爲至寶的「歧義語」（ambiguity），可是對另一現代所寵愛的技巧的運用，卻妙到毫巔。此卽「反諷」（irony）是也。

通篇用以稱呼這「享盡齊人之福」的齊人，是「良人」二字。「良人」者，丈夫也。焦循《孟子正義》以爲古時「婦稱夫曰良，而今謂之郎。」又說「良」「郎」是一聲之轉。訓詁學上的問題且不管，有趣的何以《孟子》偏偏選上「良人」一詞以指稱丈夫。先秦典籍中，太太們用以稱呼「先生」的字眼頗多，「君子」、「夫」等等，各適其適。我們可從《詩經》、《易經》等找到例證⑪。而用「良人」稱丈夫的卻很少，《孟子》似乎是唯一的例子。《孟子》一書裏，便

⑩ 最顯著的是王夢鷗《文學概論》（臺北，帕米爾書店，一九六四），王著卽據《文學是語言藝術》一概念寫成。

⑪ 《易經》早就有「夫婦」一詞，夫者，丈夫也，亦卽所謂「夫者，妻之天也。」《詩經・鄘風》：「君子偕老，副笄六珈。」《集傳》：「君子，夫也。」以上曾參考《大漢和辭典》。

有其他稱呼丈夫的辦法。這見於〈滕文公〉下：「女子之嫁也……無違夫子。」夫子就是丈夫。〈齊人〉這裏偏偏挑了「良人」一詞，而且貫徹始終，一共用了七次，一定別有用意了。「良人」的「良」字，有善、能等意，含義都是正面的。可是這爲人丈夫的，名爲「良人」，實則自欺欺人，是個可憐蟲，是個滑稽角色，是個沒出息的傢伙，既不善，也不良，也不能！作者在此巧妙地利用「正言若反」的修辭手法，光憑一詞的稱謂，就把齊人大大諷刺了。今人白先勇的短篇小說〈安樂鄉的一日〉中⑫，「安樂鄉」一名卽有很大的反諷作用。它是美國紐約市郊的一個高尙住宅區，外表安祥寧謐。可是女主角依萍的內心，卻如死巷枯枝那樣衰萎，絲毫沒有內在的安寧和快樂。白先勇深受西方現代文學薰陶，對這種文字技巧的運用，自然內行不過。而二千多年前的《孟子》，竟然用得如此巧妙，怎能不令人拍案叫絕！

反諷有語言技巧上的（verbal irony），也有戲劇技巧上的（dramatic irony）⑬。「良人」一詞的妙用，屬於前者。戲劇性反諷主要是作者在情節上安排經營的結果。這種反諷或基於對比；或由於觀者對來龍去脈心知肚明，而故事中人物，尙蒙在鼓中，以致觀者產生或滑稽、或可憐的感覺；或由於故事中人物寄望如此，而結果則如彼，所謂事與願違⑭。〈齊人〉也有極明顯的

⑫ 收入白先勇《謫仙記》（臺北，文星書店）。

⑬ D.C. Muecke, *Irony* (Methuen, 1970) 是討論反諷的專書。Alex Preminger (ed.), *Princeton Encyclopedia of Poetry and Poetics* 對此詞的討論，言簡意賅，亦可參看。

⑭ 顏元叔曾用「事與願違」以翻譯 irony，頗能局部地表達出此字的意義。見顏氏〈文學術語的困擾〉，刊《幼獅文藝》一九七三年六月號。

戲劇性反諷的表現。收場時，妻與妾相泣於中庭，而「良人」從外歸來，懵然不知就裏，仍舊向她們驕誇一番。一悲一喜的強烈對比，是充滿滑稽和諷刺意味的。讀者對小說中發生的一切，清楚明瞭，可是齊人卻懵然不知，依然裝腔作勢，驕容滿面，使人覺得可憐復可笑。而妻妾二人，以爲「良人者，所仰望而終身也。」現在發覺他竟然這樣卑賤無恥，事與願違，豈不令人喟然歎息？

反諷是西方文學中源遠流長的一個重要技巧。古希臘悲劇《奥狄帕斯王》用此，得到引人入勝、動人心魄的悲劇效果。英國和歐陸十七世紀以來的詩人、小說家和戲劇家，更大量運用。二十世紀君臨英語文學界的「新批評」學派（The New Criticism），甚至以爲詩中佳作，不分古今，必用反諷或矛盾語（language of paradox）⑮。文評家伯克（Kenneth Burke）以爲反諷在二十世紀文學中之所以特別普遍，乃因爲我們活在「相對的科學」中。「相對的科學」指心理學和人類學等，它們把從前固定不移的價值都破壞了⑯。不管伯克這個解釋對不對，反諷一詞確實是今日的口頭禪。最近美國總統尼克遜因水門醜聞，大失民心，以致被迫下臺。新聞界在報導這件美國史無前例的大事時，便很喜歡用反諷這詞兒。尼克遜競選總統之際，以重振國內的「法律和秩序」爲口號；然而他在水門案中，卻儼然「朕即國家」，破壞法律，違背憲法。尼氏在辭職演講

---

⑮ Cleanth Brooks 有一專文討論這種矛盾，夏志清教授曾譯爲中文，收在林以亮編《美國文學批評選》（香港今日世界出版社，一九六一）中。

⑯ 轉引自註⑬所舉的 *Princeton Encyclopedia*。

中，說他從來不是個「半途而棄的人」，可是此次任期未滿，便被迫走頭，非半途而棄爲何？難怪有些美國人收聽講詞至此，發出嘲笑之聲了。還有，他一心準備在一九七六年主持慶祝美國獨立二百周年大典，於是把總統座駕機稱爲「七六年精神號」；然而，他就在新總統福特宣誓就職之前數小時，坐著那架飛機，黯然離開華府了。事與願違，徒惹欷歔！這裏並無意要挖苦美國前任總統。筆者目的乃在指出這類反諷的事情，今日的社會中實在俯拾卽是。

中國文學中，自然也不乏善用這種技巧的名篇。杜甫的〈秋興八首〉，極言今昔興衰之比照，在古今詩詞中，是運用對比和反諷極爲深沈而精彩的。小說的領域裏，諷刺作品尤多利用這種手法。《儒林外史》第一個介紹給讀者的人物，是淡泊名利、對朝廷命官躲避唯恐不及的王冕。而接著登場的第二個人物，則是熱中科場、一輩子夢想做官的周進。對照之下，反諷之意，不言而喩。《阿Q正傳》裏，阿Q入城作賊，卻僞稱替白舉人做事，十分了不起，以此自欺欺人，到處炫耀。阿Q與齊人，實在只有五十步與百步之別。阿Q因爲到處誇耀此事，給明眼人查知底細，後來因此被無辜地誤作打刼趙家的賊幫之一，以致送了性命。受審時，他還以爲查詢的是革命黨的轟烈事蹟，因而洋洋自得哩！這其中的反諷成份，比〈齊人〉裏的迂廻曲折得多；《阿Q正傳》的諷刺性和諷刺面，也比〈齊人〉大。然而，令人驚訝的是，被現代學者視爲「正式」小說的「史前期」的先秦時代，竟然出現過如此像樣的短篇小說；而這篇一直屈居寓言身份的小說，竟然隱藏著這樣高超的反諷技巧。假若《孟子》的作者讓〈齊人〉到「與其妾訕其良人，而相泣于中庭」處便結束，故事是完整的，而他一樣可以清楚地表達他要表達的道理。可是，這故事偏偏還要加上最後三句，以致產生了強烈而高明的反諷效果。《孟子》的作者，簡直可以傲視千多年後的馮夢龍和淩濛初等慣於堆砌事件、曲折情節之輩；寫〈阿拉比〉的喬艾斯和寫〈殺人者〉的海明威，也應該尊他為現代短篇小說的鼻祖。

五、中國小說起源問題的各種說法

經過上面的分析，〈齊人〉之爲一個成功的短篇小說，是毫無疑問的。可是，這卻引來一個極大的中國小說起源的問題。很多研究中國小說的，持着西方狹義的小說（fiction）一詞的標準，審查秦漢時期的文獻，發現那時根本沒有小說這樣東西。他們寧可把那些不是小說的「小說」列入討論，以爲是中國小說的前驅，卻從根否定這些東西稱得上小說。魯迅的《中國小說史略》雖然討論到秦漢那些神話傳說和魏晉的志人志怪作品，卻以爲「唐人始有意爲小說」。胡懷琛亦以爲至唐代始有小說出現[17]。劉大杰著名的《中國文學發展史》，認爲「論中國的小說，應

[17] 見魯迅《中國小說史略》（一九二三初版）第八篇。胡懷琛說中國古代「小說」二字的涵義，和現代通行的「完全不同」。他甚至以爲「現代通行的小說，實在是（五四以後）從外國移植過來的新東西，在中國原來是沒有的。」不過，他自己較爲「折衷」的說法則是唐代的傳奇產生以後，小說才成爲一種體裁。見胡懷琛《中國小說論》（臺北清流出版社一九七一年重印三十年代舊版），第八、五、廿二頁。

當從魏、晉開始」⑱。柳無忌以英文寫成的《中國文學概論》，論點與劉氏類似⑲。專治中國短篇小說的漢學家韓南（Patrick Hanan）乾脆把短篇小說的研究範圍縮窄至明末和以後的作品⑳，比錢靜芳所說小說起於宋仁宗又晚了數百年㉑。編著《中國小說史》的孟瑤，承襲魯迅等人的說法，而且變本加厲，一口咬定秦漢時代沒有今日所謂的小說，因爲《漢書·藝文志·諸子略》小說家項下的書目，「不過是內容瑣細、篇幅短小的文章，和今天的所謂小說，完全沒有關係。」㉒其實《漢志》小說家那些書，久已散佚，我們憑什麼證據說其中必定沒有像〈齊人〉這樣夠水準甚或過之的小說作品呢？這種斬釘截鐵的話太武斷了。下面我們要說明中國小說實際上在先秦時期老早就開始了，而這裏所謂的小說，雖然不一定像〈齊人〉那樣既精且純，卻絕對不是內容瑣細繁雜、沒有故事性和文學價值的東西。這說法一旦成立，則那些起源於魏晉、唐、或宋等議論，也就得隨之而修正了。從先秦到明末，中間隔了二千多年。中國小說的伸縮性，好像比孫悟

---

⑱ 劉大杰《中國文學發展史》第一册，第二四七頁。劉著舊版的見解亦如此。

⑲ Liu Wu-chi, *An Introduction to Chinese Literature* (Bloomington and London, Indiana University Press, 1966) p. 141.

⑳ Patrick Hanan, "The Early Chinese Short Story: A Critical Theory in Outline," *Harvard Journal of Asiatic Studies* 27 (1967); also, *The Chinese Short Story: Studies in Dating, Authorship and Composition* (Cambridge, Harvard University Press, 1973)。

㉑ 錢靜芳《小說叢考》（一九五七年重印舊版），第一頁。

㉒ 孟瑤《中國小說史》（臺北文星書店，一九六六）第一册，第二頁。

空的如意棒還要厲害。其實不然。

說中國小說起源於戰國時代，一定會有人提出很多疑問：單靠〈齊人〉一篇爲證，就可斷言中國小說起源於戰國嗎？若果中國小說眞的起源於戰國，爲什麼卻沒有別的作品流傳下來？

先答覆第一個問題。類似〈齊人〉的作品，其實並不只一篇。《戰國策》中也有一個可稱得上是短篇小說的故事：

> 有遠爲吏者，其妻私人。其夫且歸，其私之者憂之。其妻曰：「公勿憂也，吾已爲藥酒以待之矣。」
>
> 後二日，夫至。妻使妾奉卮酒進之。妾知其藥酒也，進之則殺主父，言之則逐主母；乃陽（佯）僵棄酒。主父大怒而笞之㉓。

這篇字數比〈齊人〉少，但人物、事件、情節結構都具備。敍述有條不紊，文字簡潔經濟。把這大綱式的情節加以增益，不難發展成爲日後《三言》《兩拍》中姦夫淫婦的謀殺故事。而故事中的妾深明大義，寧可做到可能使自己受懲罰之苦，也不願做幫凶，以悖離仁道；或做告發人，以致有歪「厚道」。她可說充分發揮了儒家的仁、恕思想。可是，這故事在技巧上既缺乏語言和戲劇的反諷，也沒有其他值得稱道的。說它是個故事大綱則可，把它捧出來當作一篇小說，是難以叫人喝采的。還有，《戰國策》是漢代的劉向編纂的。卽使它記述的是戰國的故事，又卽

㉓《燕策》，《四部叢刊》本，卷九，第五、六頁。

使故事的文字形式可能在劉向編纂前便已定下來，我們的命題既爲中國小說於戰國時便已開始，把這故事作爲例證，是不够理想的。

既然舉不出其他有力的證據，那末，始於戰國的說法怎能令人信服？有人也許會建議一個折衷的辦法：把時代擴大一點，以先秦、兩漢時代作爲中國小說的起點好了。如果這樣，不但《戰國策》那姦夫情婦的故事可作爲例子，《史記》中的小說更多哩！《荆軻傳》當然就是小說。那時既無錄音機，又無錄影機，那些生動的對話，那些細膩的描寫，還不是出自太史公的想像力嗎？只討論《荆軻傳》之類的精采文字技巧，便已很有意義了，何必故作聳人聽聞的大言！這番話頗有見地，卻與這裏討論的旨趣不合。上面已找出了一篇堅實的小說作品，以爲例證；我們還要用間接的推理方法，辯明中國小說在戰國時代，就已經開始了，而《漢志》小說家那批書目極可能包括了不少我們今日所謂的小說，同時說明何以這些小說卻不能流傳下來。

六、小說的本色和中西文學發展的各個階段

首先，我們要把本文所謂的小說作個更清楚的界定。前面已道出了小說形式方面的要素，此處要補充闡明的是內容方面的特質。《史記・刺客列傳》中那篇著名的荆軻故事，形式上符合小說的要求，但本質上是歷史。今日的小說中有稱爲歷史小說的，卽以史實爲素材，加以斟酌損益

而寫成的想像性文學作品，如膾炙人口的《三國演義》。準此，則〈荆軻傳〉連歷史小說也不是。司馬遷繼承了孔子的《春秋》大義，搜集已有的史料，加以整理安排，以把歷代史實的是非黑白彰顯出來，以爲後人之鑑。說太史公像今日的小說家一樣，觀察日常事物，通過想像力的作用，虛構出一個個長篇或短篇的東西（所謂 fiction），他九泉之下有知，必定抗議不迭。

歷史小說之外，還有武俠小說、科學幻想小說、超現實小說等等。這些形形式式的小說，之所以各別冠有規限性的形容詞，乃因爲它們有別於我們通常所叫的小說。我們通常所叫的小說，雖然是想像出來的、虛構出來的（fictitious），但題材取諸現實生活，沒有異想天開、神化詭怪的成份。這種小說的對象是人，是活生生的、有血有肉、有思有感的人，小說家通過藝術手法，把人生、社會甚至全人類的善惡美醜諸相加以反映和批判。這種小說既不是神話、傳說、傳奇（西方廣義的小說 fiction 除包括這些，還包括史詩和戲劇等想像性文學作品）；也不是武俠小說、科學幻想小說、歷史小說或超現實小說，因爲這些其實是神話、傳說和傳奇的變相。論者以爲西方眞正的（長篇）小說（the novel），由十八世紀的狄福(Defoe)、李察遜（Richardson)、費爾丁（Fielding）等人啟其端，即因他們的作品以現實人生爲主，而不復是中世紀的傳奇故事[24]。最近小說家 Herman Wouk 在雜誌上登了一篇文章，則以爲十七世紀西班牙作家塞萬提斯

---

[24] 這方面的權威論著是 Ian Watt, *The Rise of the Novel* (Berkeley, University of California Press, 1957).

(Cervantes) 應爲近代小說開山之祖，因爲他的代表作《唐·吉訶德》(*Don Quixote*) 引讀者進入「眞實的世界……這世界不再有高貴的騎士和美麗的淑女，高貴和美麗得令人難以置信」。[25]另一個以小說家身份論小說，而見解相同的，則可推茅盾。他以爲小說作品所處理的必須是眞實的人生，他甚至以爲自然主義(naturalism)——卽極端的寫實主義——可救當時中國小說界那種滿紙胡言的流弊[26]。在三十年代，文學革命的餘波未了，一切仍以西方馬首是瞻之際，茅盾這種論調，自然不足爲奇。港臺流行的「文藝小說」一詞，指的是那些以現實生活爲題材，而非武俠、歷史、或充滿神奇古怪的幻想色彩的小說。姑勿論這種「文藝小說」的文藝價值如何，也不管這名稱是否有語病，它卻頗能幫助我們明瞭此處所謂的小說的特質。

這種小說，無以名之，就姑且叫它做「人生小說」吧！英語文學界中，似乎也沒有個專門的名稱給它——「寫實主義小說」(realistic fiction) 可說是不錯的名目，不過它所指範圍過窄，而 realistic 和 fiction 二字，語意上亦不無矛盾之處。於是英語文學界就把它乾脆稱爲 fiction，以別於 science fiction, historic fiction, sur-realistic fiction，以及神話、傳說、傳奇等。自然，這種「人生小說」已是狹義再狹義的小說了。

這裏不厭求詳地分辨各種小說及其含義，主要目的在於闡釋各種取材手法的不同，而不在於

---

[25] 題爲 "You, Me and the Novel" 刊在 *Saturday Review/World*, June 29, 1974.

[26] 茅盾《小說研究ABC》(上海世界書局；一九二八)；又〈自然主義與中國現代小說〉，收入《中國新文學大系》第二集。

作任何價值的判斷。事實上，非「人生小說」的文學作品，同樣能够把人生、社會、甚至全人類的善惡美醜予以反映和批判。至於藝術技巧上的成就，孰優孰劣，則更難輕易斷言。它們寫的可能不是現實，但往往更能接近眞實。「賺人熱淚」，「動人肺腑」的「文藝小說」，可以比人造膠花還假。而《依利亞德》(*Iliad*) 中阿溪里斯 (Achilles) 的憤怒，雖出自神話傳說故事，卻道出了眞實人性中的尊嚴和固執，友情和仇恨。《三國演義》演述傳奇故事，可是關雲長那種旣忠且義，又驕傲又自大的刻畫，卻紮根於實際的人性。莎士比亞搬演的是王侯將相的事蹟，與普通人生有一大段距離，卻同樣基於人的性情，使觀者感動。神話、傳說和傳奇中的神祇和英雄，行爲和感情各方面的表現，較諸常人壯大深沉，可是卻不是子虛烏有，甚至悖於常理的。

小說取材內容的不同，在文學史上具有非常重大的意義。繼新批評學派之後，倡立基型論批評 (archetypal criticism)，縱橫馳騁於北美文學界的佛萊 (Northrop Frye)，發現西方文學作品的取材，特別是人物角色的身份地位方面，古今大異其趣。佛萊分此爲五個階段：

一、神話 (myth) ——故事的主角是超凡的上帝或神，而這故事本身卽爲神話。

二、傳奇 (romance) ——主角在某種程度上超過凡人，有時不受自然律的限制，但名義上仍是人；很多傳說和民間故事卽屬此類。

三、大人物——主角是人中英傑，感情比常人深邃，行動比常人壯烈；史詩和悲劇的主角就是這類大人物 (hero of the high mimetic mode)。

四、小人物──主角與你我無異；喜劇和寫實性小說中多的是此類小人物（hero of the low mimetic mode）。

五、反諷（ironic mode）──主角比常人低能、荒唐，被我們卑視。

歐洲文學的發展，是從高向低的。最初希臘羅馬神話和聖經神話大行其道，以後是傳奇的天下。文藝復興時期的史詩和戲劇則被大人物雄霸一方。英國小說自狄福開始，小人物粉墨登場，以迄於十九世紀末葉。近百年來，嚴肅的小說則率多充滿著反諷、嘲弄的意味[27]。

回顧中國文學史，我們發現情形大體類似。像很多別的民族一樣，中華民族的早期歷史裏，有大量的神話傳說，卽女媧、三王五帝、禹、舜等故事。雖然中國的神話文學遠遜於古代希臘羅馬的，可是，這些故事，或散見於史籍，或單獨成書，或只見於典故中，卽使大部分僅屬吉光片羽，一樣是先民豐富想像力的表徵。女媧「煉五色石以補蒼天，斷鼇足以立四極」；黃帝與獸身人語的蚩尤大戰，「天遣玄女，下授黃帝兵信神符，制伏蚩尤」。這些東方的普羅米修士和宙斯（Zeus），不用說都是神話傳說中的神祇和英雄。春秋戰國時期的歷史和文學，則充滿了賢君能臣、智士豪俠那類把持國家和時代命脈，叱吒風雲的大人物。《春秋》、《左傳》和諸子的著述中，極少提到什麼市井小民；記載這時代歷史的《戰國策》和《史記》，當然也絕少小人物的份兒。《史記》中提到宰豬屠狗之輩，可是他們乃因直接或間接成了大事業，才得名垂青史。〈離

---

[27] Northrop Frye, *Anatomy of Criticism* (Princeton, Princeton University Press, 1957). pp. 33-35.。

騷〉寫的是一個高貴靈魂上下求索的歷程，充滿了神話和浪漫色彩。漢賦描寫的不是人物，而是山川宮室。賦家窮其一切所知所學，排比鋪張，極盡夸飾之能事，其取類也大，借用安諾德（Matthew Arnold）的「氣度恢宏」(grand style）形容之，可算切近。漢賦好像是天神和巨人的物化，是佛萊所說的神話傳說和大人物的變奏。魏晉六朝的駢文，也具漢賦鋪張排比的特色。那時候的「小說」有所謂志人、志怪之分。志怪一類，顧名思義，秉承神話傳統，不用說與凡人無緣。志人中的人物，都是名士大夫、豪門望族。小婢女之流的小人物，偶然也出現一二次，聊作陪襯。不過，這些丫頭，言談中竟會引用《詩經》㉘，比《紅樓夢》裏的侍婢還要文雅。唐代的傳奇故事，無奇不錄，而大部分的人物角色，非士卽俠，自然也不是等閒之輩。儘管唐傳奇的男主角對愛情往往不夠專一精誠㉙，在角色特質上，卻與歐洲中世紀的 romance 有幾分相像：唐傳奇中的年輕書生，十年寒窗，一心希望能中進士；歐洲中世紀的俊俏少年，馬術劍擊，面壁苦練，夢寐以求得册封爲騎士。一文一武，相映成趣。難怪有不少人把 romance 譯成傳奇了。

簡言之，揆諸文獻，中國文學從遠古到唐代，除少數特例如《詩經》、樂府古詩和魏晉南北

㉘《世說新語．文學》篇：「鄭玄家奴婢皆讀書。嘗使一婢，不稱旨，將撻之，方自陳說；玄怒，使人曳著泥中。須臾復有一婢來，問曰『胡爲乎泥中？』答曰：『薄言往愬，逢彼之怒。』」案一問一答，皆典出《詩經》。

㉙持此看法的人很多。最近劉紹銘〈唐人小說中的愛情與友情〉，刊於《幼獅文藝》一九七四年三月號，可參看。

朝的吳歌西曲外，都是神話、傳說、傳奇、和大人物的天下。小人物一直要到宋代話本以後才大量出現。中國的長篇小說，產生在那些短篇或中篇的話本故事之後。公認的最家喻戶曉的作品，無過於《三國演義》《水滸傳》《西遊記》《金瓶梅》《儒林外史》和《紅樓夢》等部。純以文學價值高低爲準繩、以比較文學方法專治中國小說而卓然成家的夏志清教授，所著《中國古典小說》（*The Classic Chinese Novel*）一書，卽以此六者爲批評的對象。這裏列寫的次序是以成書年代先後爲準的。有趣的是前三部屬於神話傳說和大人物之類，而後三部則大異其趣。前三者相當於歐洲中世紀的傳奇，後三者則有寫實主義小說的色彩，尤以《金瓶梅》爲然。《儒林外史》是著名的諷刺小說，中國小說發展至此，嘲弄、反諷等成份，亦卽佛萊所指的最後階段的特色，燦然大備。

回顧了中國文學這段發展史後，我們對《齊人》題材之符合小說（卽本文所草創的「人生小說」）的本色，手法之富於現代精神，而竟出現於二千多年前的小說「史前期」，就不能不嘖嘖稱奇了。現代考古學者，發現南美洲的秘魯，有千百頃大的平坦陸地，上有類似飛機跑道的軌迹；在秘魯的另一地方，又發現巨如小山的大石，疊砌井然。這些都是年代湮遠時期人類的遺跡，像埃及的金字塔一樣，建築起來，都需要進步的科技知識才行，因此使人大惑不解。有一位通俗的稽古家，更發現有一幅古畫，上面的人物，其姿態和服裝跟二十世紀七十年代美國太空船中的太空人酷似，因此憑其科學幻想小說般的生花妙筆，說這些東西是古代外星球太空人來訪地球後的遺物㉚。〈齊人〉這篇作品，自然沒有這樣神秘不可測。《孟子》一書，若非全出自孟子本人手筆，也必有他的心思、文采在㉛。以孟子的智慧，說出或寫出超過當代人的作品來，是不足爲奇的。何況，類似〈齊人〉的作品，戰國時人不一定不能寫出！也許，〈齊人〉只是當時芸芸的短篇小說之一。不過，別的倒霉，久已湮沒，而〈齊人〉幸運，得託《孟子》之祐而留下來。這實在牽涉到中國小說的起源和流傳的根本大問題。

七、《漢志・諸子略》小說一詞的含義

上面曾謂大部分學者斷稱《漢志》所刊小說家那些書，與我們所稱的小說迥不相侔，少數則認爲最多只有點近似而已。環顧治中國小說史的，竟然沒有人好好地讀一讀《漢志》關於小說家的文字，進而了解其眞義所在。《漢志・諸子略》那段從劉向和劉歆父子的著述編輯出來的話如下：

小說家者流，蓋出於稗官。街談巷語，道聽塗說者之所造也。孔子曰：「雖小道，

㉚ Erich Von Daniken, *Chariots of the Gods? Gods from Outer Space and Gold of the Gods* 英譯本先後於一九六九、一九七〇和一九七四年出版，即討論這些不可思議的人類文明問題。

㉛ 《孟子》的作者問題，議論頗爲紛歧。據司馬遷的說法，是孟子和他的弟子合作寫成的。

必有可觀者焉，致遠恐泥，是以君子弗爲也。」然亦弗滅也。閭里小知者之所及，亦使綴而不忘，如或一言可采，此亦芻蕘狂夫之議也。

《漢志》這裏所描寫的小說，其實與我們今日所理解的，應該並無二致。此處說「應該」，不過因爲所列諸書，都已失佚，無從對證而已。敦煌經卷和居延漢簡的發現，改變了學術界的某些重要看法。說不定小說家那些久佚的書籍，有一天也會給發掘出來。

西方的所謂小說，乃指虛構出來的，以散文寫成的故事性作品。其體裁特色和發展歷史，上面已有說明。亞里士多德之後的西方文論家荷勒士(Horace)，說文學的功能是有益 (to instruct) 和有趣 (to entertain)（中國以儒家爲中心的文論則強調前者）。即使最嚴肅最刻意求工的現代西方小說家，也不會冒然否定這兩大原則㉜。當然，所謂有益不應流於敎條，有趣則不該陷於低級趣味。事實上，在各種文藝體裁中，小說和電影，是最能娛人的，也最能產生啟廸人生或敎育人生的作用。

《漢志．諸子略》所描寫的小說，完全涵攝了這幾個概念。班固謂小說是「街談巷語，道聽塗說者之所造」，這個「造」即虛構之意。《詩經》和《周禮》用過「造」字㉝，其意和現代漢

㉜ 美國哥倫比亞大學教授 Brewster 和 Burrel 在爲大學生而編寫的 *Modern World Fiction* (Patterson, N. J., Littlefield, Adams & Co., 1963) 中，即強調此兩大原則。見第九至十一頁。

㉝ 《詩經．王風．兎爰》：「我生之初，尙無造。」《集傳》：「造，爲（僞）也。」《周禮．地官．大司徒》：「七日造言之刑。」鄭玄注：「造言，訛言惑眾。」以上曾參考《大漢和辭典》。

語中製造、造謠、造作、編造、創造等詞內的「造」字含義相同。班固所稱的小說，既非嚴肅正經、以紀實和褒貶爲鵠的的歷史：它也比不上詩那樣高尚，發乎心志，樂而不淫，且可以感天地、動鬼神、經夫婦、美教化；它也不是諸子的哲學性、詭辯性言論，以致連入流的資格也沒有。論者或以爲詩歌起源於宗教，或肇端於勞動。魯迅卽贊同這兩種說法，並謂人在勞動時，發出聲音，變而爲詩；勞動後需要將息，乃講述些有趣故事，亦以消遣閑暇，演而爲小說㉞。可是，魯迅沒有用這理論來理解班固這一段話；否則，當他讀到「芻蕘狂夫之議」時，必定恍然大悟：原來《漢志》這些小說就是我們今日所稱的小說，是樵夫（卽《漢志》的「芻蕘」）等一般勞動羣眾一日辛苦之後講說的有趣故事。《三國演義》開始時的引詩曰「白髮漁樵江渚上，慣看秋月春風」；《桃花扇・餘韻》曰「漁樵閒話興亡」，又曰「漁樵同話舊繁華」，原來漁翁樵夫都是說書人！此處「狂夫」一詞也很有意思。狂夫卽狂妄之人，卽今日我們說的瘋子。想像力豐富的人，往往胡說亂道，給罵爲瘋子。而我們又有藝術天才與瘋子一而二、二而一的說法。然則秦漢時代已有想像力豐富、善於編造故事的天才說書人或小說家了㉟。

所以，小說是大街小巷上市井小民樂聽愛說的有趣故事；是日後唐代〈伍子胥〉和〈大目乾連冥間救母〉的變文故事，不是韓愈祭酒的〈原道〉大義；是宋代的《大唐三藏取經詩話》，而

㉞ 魯迅《中國小說的歷史的變遷》（一九二四，香港中流出版社），第三頁。

㉟ 陳汝衡以爲周朝初期便已有說書人。他引劉向《列女傳》「古者婦人妊子……夜則令瞽誦詩、道正事」，以爲「道正事」就是講故事。見陳著《說書史話》，第七頁。

非歐陽修編纂的《新唐書》；是明代的《三言》《二拍》，而非李時珍的《本草綱目》；是清代蒲松齡贈茗送烟向路人採訪來的故事，是十九世紀波士頓碼頭人羣引頸以待的、剛從英國運來的狄更斯的小說連載；是收音機播出來的《人海傳奇》；是彩色螢光幕上的《露茜喜劇》；是中學生上課時偷看的桌子下面的金庸和郭良蕙的長篇。……正因爲小說雖是「小道」，卻如此逗人喜愛（「說」可解作「悅」），以修齊治平爲已任的「君子」也覺得好看（「必有可觀者焉」），然而因爲恐怕沈迷下去，誤了任重道遠的大事（所謂「致遠恐泥」㊱），只得忍痛割愛（所謂「是以君子弗爲」）。可是，這些小說也不會湮滅（然而現已不幸湮滅了），因爲有時也有可採之言。所謂可採之言，不管直接說出，或間接暗示，大概就是含有大道理的話，也就是〈齊人〉故事後面那條尾巴。可見小說娛人之外，還能誨人。桓譚《新論》以爲小說家的短書小語，「治身理家，有可觀之辭」，就是指這種實用價值而言的。

文藝反映現實人生。古時王者設有採詩官，收集里巷歌謠，以觀民間風俗習慣和對當政者的反應。《漢志》所言的稗官卽小官。《漢書》顏師古注引如淳曰：「王者欲知閭巷風俗，故立稗官稱說之。」稗官所收集的故事，同樣能夠反映民風民意。因爲小說雖是「造」出來的，卻不能完全揑造，完全無中生有。卽使非常「超現實」的作品，也必有現實的影子。〈齊人〉可能是芻

㊱《管子．五輔》和《後漢書．黃瓊傳》分別有「泥滯」和「泥塗」之詞，又「泥」乃水土相合，使相黏近也，見《釋名．釋宮室》。此外尚有「泥醉」一詞卽爛醉也。故「泥」有泥滯不通、沉迷不醒等引伸義。以上曾參考《大漢和辭典》。

蕘狂夫說的趣事，孟子聽到了，加以潤色引用，也可能是孟子完全虛構出來的。不過，它更可能是孟子觀察到的非常富於現實性的故事。劉向的《列女傳》載有孟母三遷教子之事。初時，孟家住在墳場（卽小說中的「墦間」）附近，年幼的孟子目染耳濡，也學人幹起出殯和拜祭的事情來。孟子的母親覺得這樣太沒出息了，爲了避免兒子再這樣下去，只好搬家。當然孟子很可能看到與齊人一模一樣的人物，也可能只看到類似的。不管怎樣，憑著他敏銳的觀察力，豐富的想像力和生花妙筆，終於創造出中國小說史上最早期的既精且純的短篇。

不能完全同意上面這番解釋的人，一定會說孔子（《論語・子張》則說是子夏）所謂的「小道」，指的並非小說；因爲《論語》朱熹集註明明說：「小道如農圃醫卜之屬……楊氏曰：百家眾技猶耳目口鼻，皆有所明，而不能相通。」而《漢志》既引《論語》的話，則小道指的亦當農圃醫卜之屬了。治中國小說史的人，可能有朱注先入爲主的觀念，以爲小說就是小道，小道就是農圃醫卜之類，與我們今日所稱的小說何干？殊不知子夏說的小道，不必就是朱子所說的農圃醫卜之類。卽使子夏說的小道指的就是這些，《漢志》也可以斷章取義，或給小道另賦新義。《後漢書・蔡邕傳》曰：「夫書畫辭賦，才之小者，匡理國政，未有其能……若乃小能小善，雖有可觀，孔子以爲致遠則泥，君子故當志其大者。」[37]這裏，小道（卽「小能小善」）指的明明是文學藝術，而非朱子說的科技。孔子聽韶樂而三月不知肉味，簡直比今人沉迷於貝多芬和披頭士還

[37] 轉引自楊樹達《論語疏證》（一九五五）。

厲害。音樂、文藝是會使人沉迷的「小道」，君子任重道遠，是以弗為。這樣解釋，誰曰不宜？何況蔡邕去朱熹有一千年，難道我們只能接受朱熹的解釋，卻捨棄離孔子時代較近的蔡邕那同樣合理或更合理的說法嗎？

我們還有更有力的理由，說明《漢志》所引稱的小道，並非農圃醫卜等科技。《諸子略》的十家包括了農家和小說家。關於農家勸人莊稼耕種的書籍，自應歸入農家，而不入小說家。《漢志》除了《諸子略》外，還有《方技》等其他六略，而《方技略》中收有「醫」書，著名的《黃帝內經》即厠身其間。古時巫卜醫術往往不分。關於這方面的書，自應列入《方技略》之類的部門內，而不應入小說家。有關哲學、倫理、科技、文藝（《漢志》內又有《詩賦略》）的書都有適當的地方可歸；有趣和有益的故事小說亦有，就在小說家項下。憑著三寸不爛之舌，儒家勸「助人君，順陰陽，明教化」，農家則「播百穀，勸耕桑」，小說家則生動地講述「街談巷語，道聽塗說」的故事，所以他們都列入〈諸子略〉內。

小說家項下所列各書，因為久已失落，詳細內容究竟怎樣，只憑書名，自然不能確定。然而，一旦接受了上面對《漢志》那段文字的解釋，我們便可推知這些書記載的，必定絕大部分都是故事小說。這些作品大概有長有短，有志人的，也有志怪的。神話傳說故事可能為數較多，因為世界各國的文學發展，莫不以此為先。《楚辭》中用了很多神話典故，什麼羲和、宓妃、湘君、河伯、咸池、瑤臺等等，可見那時神話傳說故事已非常流行了。相信這些神話傳說故事與《列子·

湯問》和《山海經》所載的，有若干類似之處。其中也必有寓言，就是前面舉過的《莊子》和《韓非子》等那類。像〈齊人〉那種完美的短篇小說是有的；不過，情節曲折、事件繁雜而結構散漫的作品，相信爲數不少。後者大概與後來《三言》《二拍》中的小說近似，可是由於書寫工具的原始，篇幅一定少得多了。想像中，先民的口頭文學自然比文字文學發達。說書，講故事的歷史，必定數千年前就開始了。見諸文字的小說家的作品，很可能是口頭故事的撮要。精簡是理所當然的。小說家的作品中，也應有歷史故事。我們甚至可大膽地說太史公那些精彩的列傳故事，可能採用了若干小說家的歷史故事作藍本；他的描敍技巧，也可能受到小說家的影響或啟發。這些歷史故事固然與《春秋》的「斷爛朝報」式的簡略大相逕庭，與《左傳》的側重於記言也非常不同。而這分野實在是小說家作品日後散失的一個重大原因。

八、儒家思想和中國小說發展的關係

孔子是淑世的人文主義者，不語怪力亂神，只重經世致用之學。儒家對內容免不了怪力亂神的小說，雖然不一定完全排斥，其輕視可知。戰國是中國文化史上的黃金時代，那時諸子百家爭鳴，小說家亦必漪歟盛哉。秦始皇聽丞相李斯議，除醫藥、卜筮、種樹者外，焚盡天下詩書百家之書。小說家的書籍，自然遭到厄運。至漢武帝而罷黜百家，獨尊儒術，雖然那時尚流行五行讖緯之學，可是正統的學術思想，不用說是儒家的天下。《易》《書》《詩》《禮》《春秋》等列為五經，有五經博士教弟子。這些經典自然被奉若神明，編修註釋，有大儒一生皓首為之。芻蕘狂夫茶餘飯後的故事，聽其自生自滅，甚或查而禁之，哪得不到南北朝時期，便已幾乎絕迹？（《漢志》所錄小說十五家的書籍，至梁時僅存《青史子》一卷，至隋代亦失。）論者以為不語怪力亂神的觀念，妨礙了中國小說的發展㊳。這自然是有其立論根據的。不過，我們還可對這問題作深一層的探討，以便更清楚地看出儒家思想和中國小說發展的關係。

儒家的理想人物是聖人、賢君，是君子；是立德立功的堯、舜，是立言垂教的孔子。儒家經典上記載的人物，自然都是在德、功、言方面有貢獻的。《左傳》所謂的三不朽，指的就是這些。《禮記》討論的是禮，也可說是德與功的理論問題。《尚書》和《春秋》則把有德有功的加以褒揚，把缺德缺功的予以貶抑。而一個人之有德有功，或無德無功，無非從行動和言語兩方面表現出來。儒家是著重行動的，有「君子欲訥於言而敏於行」㊴的說法，但言語卻是思想和感情的表現，也是實際行動的指南和根據。賢君能臣，根本不用親自行動，只要發號施令就夠了；聖人君子，則一言而為天下法，所以，其德功的大小有無，從言語紀錄上便可窺其大概。諸子百家，窮思極慮，以言論主張游說諸侯，以冀獲用。因此，春秋戰國是爭鳴的時代，是巴別（Babel）

㊳　參看羅錦堂〈中國小說觀念的轉變〉，刊于《大陸雜誌》一九六六年八月號。
㊴　《論語・里仁》。

的世紀，那些叱咤風雲、影響並操持國家時代命脈的辯士，一生功過成敗幾乎完全見諸其言論。《左傳》據說乃為註釋《春秋》而作，裏面所記的，十之八九為動人的言說議論。著名的〈曹劌論戰〉和〈秦晉殽之戰〉等是典型的例子，記的全是對話，動作少於一切。〈呂相絕秦〉更幾乎全為獨白。《戰國策》亦以記言為主。魏晉南北朝的志人小說，如《世說新語》，也承襲這種重言作風，所記莫非名言雋語。雄辯滔滔、或清新俊逸的言辭，自有令人激賞和解頤之處。可是，缺乏動作，光有對話甚或獨白，在戲劇效果上自然比有言辭有動作的「雙重娛樂」遜色。此所以電視普及之後，收音機的廣播劇便只得退位讓賢了。中國古代這種重言的記述傳統，影響所及，造成韓愈〈原道〉那類的議論文的發達，而藉賴動作以構成戲劇氣氛的小說，乃受到輕視，以致蹶然不振。

儒家流傳後世的經典，除上面所說的之外，最重要當然要數《論語》，而《論語》徹頭徹尾是記言體。《孟子》自然亦以記言為主，不過還有若干記事的章節。〈齊人〉是其一，舜的故事也是例子。舜是古昔賢君，所以他的事蹟很有引用的價值。〈齊人〉中的卻是微不足道的小人物，本來是沒有資格榮登經典的，大概因為這故事有很大的寓言價值，即班固所謂「如或一言可採」，也獲得垂後。戰國時代諸子的作品，還保留了不少故事，也正因為它們都是寓言，都是為了幫助闡述各家的學說主張而寫出來的。《戰國策·宋衞策》有一〈衞人迎新婦〉的故事，說一個初為人婦的，口舌伶俐，且好教訓人，與日後話本中的〈快嘴李翠蓮〉的造型類似。《戰國策》的英文全譯者 J. I. Crump 在這段譯文前面加了一則註釋，說：「這裏顯然缺了一段前言，可能連後語也一齊失去了。這則故事從前必定是個加挿在議論中間的寓言。」[40] Crump 氏可謂深諳戰國時諸子說寓言的本意了。前面所引《戰國策》那段妻子偸漢而要謀殺親夫的故事，也是一則寓言；乃大縱橫家蘇秦所說，以此故事爲喩，表明自己對燕王之忠信。《莊子》有「飾小說以干縣令」之語[41]，其中的「小說」一詞，可解釋爲有修飾潤色作用的寓言故事，以幫助說明大道理，並藉此取悅於諸侯人君，以期獲得重用，使自己享有高譽令名。《莊子》中荒唐謬悠的寓言特多，則因爲莊子思想與儒家的不同。儒家尊聖尚賢，非聖人賢君的功德言論不錄；莊子則把所謂賢君聖人大罵一頓，根本藐視和厭棄他們，反而把芻蕘狂夫那類的寓言故事記錄下來。即使《諸子略》中的雜家，採集各家思想，七拼八湊，還有言論思想可言，所以他們的書畢竟流傳下來。小說家的作品，大抵純粹講述故事，只是平民大眾一日辛勞後的趣談，很少有什麼可採的大道理。難怪班固說九流十家，可觀者九家而已，小說家不與焉；而小說家的作品，無人保管，甚或查而禁之，早就失佚無蹤了。中國歷代「正統」文人對小說率多表示輕藐不屑的態度，清代的《儒林外史》，諷刺和描述技巧，都屬上乘，卻仍然給人瞧不起；程晉芳的詩說：「外史紀儒林，刻畫何工妍！吾爲斯人悲，竟以稗聞傳！」[42]而《紅樓夢》的作者亦不願正正式式、光明磊落地署上名，害得

[40] J. I. Crump, Jr., *Chan-kuo Ts'e* (Oxford, Clarendon Press, 1970). p. 573.

[41] 《莊子．外物》。

[42] 轉引自香港一九五八年出版的《儒林外史》，第七頁。

紅學專家爭得面紅耳赤。由此，我們可見這輕視小說的傳統多麼源遠流長。

九、結語

上面我們剖析了〈齊人〉這個短篇小說卓絕的文學價值，又辯明《漢志》所謂的小說，與今日我們所稱的，在本質上殆無二致。中國小說於戰國時代便已開始的理論，乃得成立。那時的小說自然比較駁雜，必定包括了很多神話、傳說和寓言。像〈齊人〉那樣以現實人生爲題材，而技巧又精又純的相信不太多，因此也就特別珍貴了。中華民族是非常重視歷史的，古代史學的發達，史籍的繁富，過於其他國家。日後的中國小說，不論長篇短製，似乎受了這種重視歷史傳統的影響，以至人名、地名、年代名一大堆，事件接著事件，層出不窮，而且常常巧合，大大損害了小說的統一性和連貫性。同時。小說的敍述中，自然界和超自然界往往混雜不分，使讀者覺得所看的虛假不眞，與現實人生有一段距離，因此不能完全投入小說所描述的世界中。這都是很多評論家所詬病，而以爲遜於西方小說的地方[43]。〈齊人〉則統一而完整，字字珠璣，上面所說的瑕疵

---

[43] 民國以來，攻擊貶抑中國舊小說的人很多，現實界與超現實界雜而不分是常被詬病的缺點之一。漢學家 John Bishop 對此亦異口同聲加以責難。這批評見於他的 "Some Limitations of Chinese Fiction," in John Bishop (ed.), *Studies in Chinese Literature* (Cambridge, Harvard University Press 1966), p. 241。至於人物衆多，事件接著事件層出不窮這項缺點，則是夏志清教授指出的。見 C. T. Hsia, *The Classic Chinese Novel: A Critical Introduction* (New York, Columbia University Press, 1968), pp. 16-17.

一點也沒沾上。不過，從另一角度來看〈齊人〉的結構和反諷技巧，雖然無懈可擊，細膩的景物和心理刻畫，則付闕如。其所以如此，書寫工具的原始相信是一大因素。假若當時小說家的書籍，特別是類似〈齊人〉的作品，能免去秦火之劫，又能免去當時思想的阻碍，得以流傳下來，以爲後世小說家之鑑，在高絕的風骨之上，益之以豐腴的肌膚，則中國的小說史當是另一番面目了。

——一九七四年

醞藉者和浮慧者

——中國現代小說的兩大技巧模式

內容提要

《文心雕龍》的〈知音〉篇，有「醞藉」和「浮慧」二語。筆者借它們來形容中國現代小說的二大技巧模式。醞藉者，含蓄也；小說技巧中的具體呈現法，或稱客觀敍事法，屬於「醞藉」。浮慧者，外露的聰明也；小說技巧中的夾敍夾議法，屬於「浮慧」。魯迅的〈藥〉、吳組緗的〈官官的補品〉等小說，好用象徵、反諷等手法，屬於「醞藉」；錢鍾書的《圍城》等小說，好用比喻，好發議論，屬於「浮慧」。

中國現代的某些文學批評家，受西方理論影響，論小說時重具體呈現法而輕夾敍夾議法。本文指出這兩種手法各有優勝，同樣值得欣賞。

一、《文心雕龍》的「醞藉」、「浮慧」說

評價文學作品，有很多個層次。即使自命站在最高層次的批評家，學識淵博、視野廣濶、態度客觀了，卻仍然難免帶有若干主觀色彩。偉大的批評家如亞里士多德，如劉勰，都力求客觀，力求面面俱到地評鑑作品的優劣成敗。劉勰的「六觀」說，我認爲是全面衡量作品成就的一套極佳標準。今昔中外各種體裁的作品，其表現如何，都可以透過「六觀」去分析。我們評論中國現代小說時，當然也可以應用「六觀」說。

觀位體、觀置辭、觀通變、觀奇正、觀事義、觀宮商，是謂「六觀」。「六觀」既爲全面衡量作品的標準，用這套標準來評鑑中國現代小說，如要做到條分縷析、巨細靡遺的話，就勢非撰寫一本《中國現代小說批評概論》之類的書不可了。這自然是區區本文所辦不到的。本文的宗旨，在於析論中國現代小說中兩種重要而精彩的技巧模式，而非種種技巧。我會稍爲提及「六觀」說的一些理論，但更借重的是劉勰在《文心雕龍》中的其他一些意見。西方現代理論家的若干說法，也會予以援引。

小說描寫人情世態。小說人物的行爲、小說情節的發展，是否合情合理，都是我們批評作品成敗得失時必須首先注意的。評價時，我們又往往會提到「深度」一詞。舉例而言，批評家讀完

某部小說後，可能這樣說：它文字流暢、故事動人、情節合理，可就是欠缺深度。究竟何謂深度，向來似乎沒有什麼人清楚地闡釋過。以下是我個人對所謂深度的理解。小說人物面臨對愛情、友情、親情、國族之情的重大抉擇，而這抉擇又往往與良知、道德、生死存亡有關的時候，人物的內心矛盾不已，掙扎不已。小說作者處理這類情節，合理而高明，使讀者深深感動於人物和情節的悲哀、悲涼以至悲壯氣氛；批評家就說：這便是深度了。所以，對很多讀者來說，有深度的作品，故事一定非常合理而動人，一定對人物的內心有深刻的描繪。

本文旨在析論小說的技巧，而我稍爲說明對小說內容的一些看法，只不過爲了表示我不是技巧主義者、形式主義者而已。現在轉入正題。

《文心雕龍・知音》論知音之難，有下面這段話：「夫篇章雜沓，質文交加，知多偏好，人莫圓該。慷慨者逆聲而擊節，醞藉者見密而高蹈，浮慧者觀綺而躍心，愛奇者聞詭而驚聽。」氣質不同的讀者，所喜歡的作品風格也不同。引文中「慷慨」、「醞藉」、「浮慧」、「愛奇」四者，指的是四種不同讀者的氣質。我這裏借用其中二者來形容中國現代小說的二大技巧模式，或者說技巧上的風格，一是「醞藉」，一是「浮慧」；而其風格的形成，和「位體」（卽架構，引申之可包括今日西方文評所謂敍述觀點）和「置辭」（卽文字經營）有密切的關係。「醞藉」和「浮慧」這兩個詞語，跟眾說紛紜的「道」、「風骨」等術語不同，意思是相當清晰的。醞藉者，含蓄也；浮慧者，外露的聰明也。浮有浮淺之意，屬貶詞；「外露的聰明」也頗有貶意。不過，我這裏採用它時，並無貶意，反而有褒義。

魯迅和吳組緗的一些短篇，以及錢鍾書的小說，分屬「醞藉」和「浮慧」兩大技巧模式。

二、醞藉、具體呈現法、〈藥〉

先說「醞藉」。魯迅的〈藥〉成於一九一九年四月，講華小栓和夏瑜兩個青年的死亡故事。華小栓生病，吃藥求治無效，終於死去。夏瑜宣揚革命，要推翻滿清，被捕，遭處決而死。〈藥〉的寫作手法，大異於傳統的中國小說。無論是短篇或者長篇，傳統的小說作者，大都在小說開始時交代時間、地點、人物，清清楚楚，與古代史家和現代記者的作風相似。〈藥〉的第一段是這樣的：

> 秋天的後半夜，月亮下去了，太陽還沒有出，只剩下一片烏藍的天；除了夜遊的東西，甚麼都睡著。華老栓忽然坐起身，擦著火柴，點上遍身油膩的燈盞，茶館的兩間屋子裏，便瀰滿了青白的光。

魯迅雖已告訴讀者，那是「秋天的後半夜」；然而，是哪個時代哪一年的秋天呢？他也雖已讓我們知道，那是一間茶館；然而，是哪個大城或小鎮的茶館呢？至於人物，華老栓究竟是茶館裏的什麼人——老闆？伙計？或者根本與茶館不相干？華老栓年紀有多大？家庭狀況如何？凡此種種，在〈藥〉的開頭裏，我們都不得而知。試與唐代傳奇小說〈鶯鶯傳〉的開頭比較一下，讀者就可以知道〈藥〉怎樣異於傳統了。

〈藥〉這種不開宗明義清楚交代背景的手法，主要受到二十世紀西方小說技巧的影響。以亨利·詹穆士（Henry James, 1843~1916）爲首的一派小說家和小說理論家，都認爲小說不宜用直說法（telling），而宜用呈現法（showing）。小說家不應一下子就交代了時地人的背景，不應流水賬地講述故事，更不應把主題一語道破。小說家應該以具體細節爲重，通過對話、動作、景物、氣氛等等描寫，讓讀者去體會那實實在在的經驗世界，去領悟作品的主題思想。象徵、反諷等技巧的運用，可使作品更爲耐讀，更爲耐人尋味。我認爲這種手法，可用醞藉、含蓄來形容。

具體呈現法或稱爲客觀敍述法，此法運用至極限，則小說與戲劇幾無分別。充份發揮呈現法特色的海明威短篇〈殺人者〉（The Killers），即接近戲劇。〈藥〉未至如此，但是，它分爲四節，每節一個場景，人物的對話成爲交代故事情節的主要工具，這些都極具戲劇的特色。〈藥〉用的是客觀敍述法，整篇小說只有五、六處用了全知觀點（omniscent point of view），下面這一句是其中一例：「他的精神，現在只在一個包上，彷彿抱著一個十世單傳的嬰兒，別的事情，都已置之度外了。」

〈藥〉用的既是這種類似戲劇的客觀敍述法，故事的發展、情節的連貫、主題的所在等等，就都靠讀者細心去體會、去尋味。用閱讀《駱駝祥子》的速度去讀〈藥〉，一定讀不清楚它的內容；用閱讀一般武俠小說的一目十行法，就只能看到一頁頁的白紙黑字，卻莫明所以了。

華老栓雖然是茶館老闆，卻相當窮。我們怎樣知道華家窮？不是靠作者的直說，而是靠他下面的客觀描寫：「華大媽候他〔華小栓〕喘氣平靜，纔輕輕的給他蓋上了滿幅補釘的夾被。」華小栓患病，患的是什麼病？我們之所以知道，也全靠篇中東一句西一句的描寫。（不過，在第三節中，劊子手康大叔一時口快說出了癆病二字。）讀者閱讀這篇小說，有點像在玩拼圖遊戲，有點像在猜謎，非聚精會神不可，非絞絞腦汁不可。非如此，我們就不知道華小栓患了重病，華家夫婦用了一筆可觀的積蓄，買了一個人血饅頭，希望治好獨子這個病，結果卻治不好。魯迅用懸疑、含蓄的手法，讓我們明白以上這些情節。饅頭上的人血，乃革命青年夏瑜被處決時所流的。我們怎樣知道呢？也有賴我們把篇中各種蛛絲馬迹聯想起來，領悟出來。〈藥〉的讀者，雖然不必像柯南·道爾（Conan Doyle）和阿格法·克莉絲蒂（Agatha Christie）筆下的偵探那樣厲害，卻非精明不可。

不夠精明的讀者，不可能發現夏瑜影射的是革命女烈士秋瑾。夏對秋，瑜對瑾，這是姓名引起的聯想。秋瑾於一九〇七年在軒亭口被殺害。〈藥〉中特別提到華老栓捧著人血饅頭回家，經過一條街，街頭破匾上有「古□亭口」四個黯淡的金字；知識豐富的讀者，細閱至此處，當會記起秋瑾及其爲革命犧牲的一生。夏志清在其《中國現代小說史》中，這樣評及〈藥〉：「魯迅在這篇小說中嘗試建立一個複雜的意義結構。兩個青年的姓氏（華夏是中國的雅稱），就代表了中國希望和絕望的兩面。」❶華氏夏氏合起來是華夏，華夏代表中國；這一層的意義，〈藥〉的一般讀者，是很少人注意到的。

〈藥〉的意義，的確頗爲複雜。夏瑜因爲參加革命被殺，華小栓吃了人血饅頭，但癆病沒有治好，還是死了。〈藥〉的第四節寫這兩個青年的媽媽，在清明節掃墓時相遇。最後幾段寫兩個母親的對話、墳上的一個花環、一株沒有葉子的樹、以及樹上一隻烏鴉。夏瑜的媽媽哀悼兒子寃死，希望他顯靈，教這烏鴉飛上他的墳頂；可是烏鴉「在筆直的樹枝間，縮著頭，鐵鑄一般站著」。最後烏鴉卻飛了。下面是〈藥〉的末段：

> 他們走不上二三十步遠，忽聽得背後「啞」的一聲大叫；兩個人都竦然的回過頭，只見那烏鴉張開兩翅，一挫身，直向著遠處的天空，箭也似的飛去了。

最後這幾段，最啟讀者之思，向來解說紛紜。夏志清在上引的小說史中，這樣論及夏瑜媽媽的哭

❶ 見夏志清著、劉紹銘等譯《中國現代小說史》（香港，友聯，一九七九），頁三一。

泣，以及那靜立的烏鴉：

老女人的哭泣，出於她內心對於天意不仁的絕望，也成了作者對革命的意義和前途的一種象徵式的疑慮。那筆直不動的烏鴉，謎樣地靜肅，對老女人的哭泣毫無反應：這一幕淒涼的景象，配以烏鴉的戲劇諷刺性，可說是中國現代小說創作的一個高潮❷。

有的評論家則把第四節的重點放在那個墳頂的花環上，而這樣說：「關於花環的描寫，卻分明透露著作者對前途的看法具有一種樂觀精神，表明了革命仍會後繼有人的積極思想。」又說：「當然，這種希望和理想還是朦朧的。」❸究竟魯迅對革命的前途產生疑慮，還是表示樂觀？杜東枝引述茅盾對〈藥〉的評論，認爲這篇小說的「深遠寄託不在於那個花環，而在於表現在整篇的深刻的矛盾」❹。「整篇的深刻的矛盾」一語，和夏志清的「複雜的意義結構」的意思，可謂互相發明。

❷同上，頁三三。
❸見上海復旦大學和上海師大中文系編著的《魯迅作品分析》（上海人民出版社，一九七四），頁一五四。
❹見杜著《小說名篇鑒賞》（雲南人民出版社，一九八〇），頁六三。

誠然，〈藥〉的思想，是複雜矛盾的。樹上靜立的烏鴉，如果應了夏瑜媽媽的希望，飛到兒子的墳上，則表示死去的兒子果然顯靈，這就涉及迷信了。夏瑜媽媽掃墓時還說：「瑜兒，可憐他們坑了你，他們將來總有報應。」準此，如果烏鴉照她所請而飛，則本篇的思想，除了有迷信色彩之外，還肯定報仇這個觀念了。小說的最後景象是：烏鴉果然展翅而飛，卻並不如夏瑜媽媽所願望的，飛到墳頂。究竟烏鴉之飛，是迷信呢？還是反迷信呢？烏鴉「直向著遠處的天空，箭也似的飛去了」，究竟是不是象徵革命有美好的前途呢？如果烏鴉象徵夏瑜，象徵革命，而烏鴉卻並不是討人喜歡的鳥，甚至是不吉祥的鳥，爲什麼魯迅卻偏偏挑選了牠，以牠作爲全篇的收結呢？

「言已盡而意無窮」，是中國——以至外國——詩歌藝術的一個高超境界。中國古典詩歌中，每有以景收結，以求「言已盡而意無窮」的效果。李白〈送友人〉的「揮手自茲去，蕭蕭班馬鳴」，〈夜泊牛渚懷古〉的「明朝挂帆去，楓葉落紛紛」，是一些例子。〈藥〉的結尾，用的正是這種詩的收結手法。事實上，整篇小說的含蓄醞藉，與中國詩藝中「意在言外」、「不著一字，盡得風流」的意境正同❺。中國傳統的小說，大多以曲折奇情的故事吸引讀者，而其敍述手法，基本上可用「賦」一字來概括。魯迅受西方現代小說的啟發，又活用了中國古典詩歌的「比」、「興」技巧，其〈藥〉、〈祝福〉等篇，最爲精彩耐讀，不但可以永傳不朽，且開中國現

❺ 參考拙著《中國詩學縱橫論》（臺北，洪範，一九七七）中〈中國詩學史上的言外之意說〉一文。

代小說的先河。魯迅的小說地位，向來評價極高。近讀嚴家炎〈魯迅小說的歷史地位〉一文，我完全同意他所下的評語：「魯迅是一位一登上文壇就成熟的小說作家；他的作品大大縮短了我國建立現代小說的過程。」❻

敍述觀點的運用，是現代小說批評家所非常重視的，運用的成功與否，和作品的得失關係至大。〈藥〉用的基本上是客觀敍述觀點，敍述者大體上保持超然的、不介入的態度，其身份和只重客觀報導的新聞記者相似。這種手法的好處是有懸疑性，經得起讀者細細咀嚼尋味。吳組緗的短篇〈官官的補品〉用的則爲第一人稱敍述法，故事染上敍述者「我」的濃厚主觀色彩。〈官官〉這傑出的短篇，敍述者（卽官官，卽主角）的所思所言所爲，都坦露在讀者面前，讓讀者細讀之下，覺察到其可笑，而敍述者竟然渾然不覺、懵然不知，於是構成了反諷（irony）。這是〈官官〉的含蓄醞藉處之一；另一則是象徵的運用。

〈官官〉寫地主之家的紈袴子弟官官，徵歌逐色，在一次香車美人的郊遊中，失事受重傷。他靠佃農陳小禿子輸血救命，出院後則靠陳小禿子老婆的奶汁進補，以恢復健康。在官官眼中，「這世界眞是個有趣的好世界，有了錢，原來什麼東西都好買的」。陳小禿子的血，固然有錢就買得到；他老婆的奶汁，當然也如此。在官官眼中，這對陳姓佃農夫婦，只是兩頭會輸血、擠奶的動物而已。且看看奶婆擠奶時官官的反應：

❻ 見嚴著《求實集》（北京大學出版社，一九八三），頁九五。

我遠遠地望著，覺得很有趣。這婆娘眞蠢得如一隻牛，但到底比牛聰明了：牛釀了奶子，要人替擠揑出來賣錢，自己只會探頭在草盆裏，嚼著現成的食。這奶婆，這隻牛，卻會自己用手擠，賣了錢，養活自己，還好養家口。我想，人到底比牛聰明呀！

〈官官〉成於一九三二年，那時上海附近的農村，土匪猖獗。土匪被團防局抓到，照例必被審問一番，然後發落。土匪興起的社會背景，當時中國的經濟情形，官官是「絲毫不感覺興趣的」。他「只希望把守通路的團丁多捉幾個行跡可疑的人來，看那審問的情形，眞是有趣極了」。又是「有趣」！後來陳小禿子涉嫌當土匪被抓起來，略加盤問，就被處決。要不是陳小禿子樣貌可怕，劊子手又刀法失準，砍得鮮血四濺，屍首且「掙扎起來，舉著雙手，像凶神似的放著尖嗓子叫嚷」，以致人人都嚇壞了，弄得口白面青，官官準會覺得砍頭「眞是有趣極了」。官官總算是讀過書的人，然而文明人應有的同情心，他一點也沒有。官官離開農村到上海，他說是「跑出那個野蠻無味的地方，到文明人的隊裏來過活。到現在，我是很可以了：白的面孔，白的手，文明人的打扮，文明人的言談」。可是，讀者知道，官官其實是一頭凉血的動物，對別人的痛苦，完全無動於衷。他自稱爲文明人，是一絕大的反諷！這篇小說開頭第一句是「自己是個鄉下人。」然而他視同鄉的百姓如草芥，那有民胞物與之懷？說是鄉下人而完全不與鄉下人認同，這也是一大反諷。

吳組緗的〈官官的補品〉、〈樊家舖〉、〈天下太平〉等小說，反映了三十年代農村的破落、農民的疾苦。農民的疾苦自然與地主階級的「剝削」有關。我們常說剝削者吸食民脂民膏，是老百姓的吸血鬼。〈官官〉一篇，選擇了紈袴子弟靠農夫農婦輸血和供奶以維持生命這樣的事件，正象徵了其吸脂吮血的「剝削」性本質。寫〈官官〉時，吳組緗只有二十二歲，還在唸大學，竟然已有這樣擅於經營反諷和象徵，以求「意在言外」的功力，實在令人激賞。〈官官〉的成就還不止於此。作者對人性的立體而非平面的看法，對階級性的非教條式觀點，在在都使人覺得他具有大小說家的氣度。不過，這些都與本文關係不大，且按下不表。

三、浮慧、夾敘夾議法、《圍城》

讀〈藥〉和〈官官的補品〉這類小說，有如喝鐵觀音，入口略帶苦澀，而回味則甘香無限；讀錢鍾書的小說，則如喝芬芳撲鼻的白蘭地，入口就香氣四溢。讀〈藥〉和〈官官的補品〉之類，又如咀嚼橄欖，勝在餘味；讀錢鍾書的小說，則如大啖芒果，甘香多汁，入口而快感頓生。

錢鍾書的長篇《圍城》以及短篇集《人·獸·鬼》，用的是夾敘夾議的手法。推崇客觀敘述法，而排他性又強的小說理論家，認為用夾敘夾議法寫成的作品，簡直不是小說。這自然是偏頗的，盲人摸象式的見解。只要作者所發的議論精警雋永，讀者讀來賞心悅目，夾敍夾議的小說可了不起哩！（錢氏小說的「擁躉」自然不少，但是確有人大力反對他這些夾敍夾議的小說。）

《圍城》的故事，很多人都熟識，這裏用不著介紹。它開始的兩、三段，先淸楚地交代時間、地點和一些角色的背景，用不著我們去尋蛛絲馬迹，去玩拼圖遊戲。讀者要注意欣賞的，是「當下卽是」的雋語警句。

「紅海早過了，船在印度洋面上開駛著，但是太陽依然不饒人地遲落早起，侵佔去大部分的夜。」這是《圍城》的首句，錢鍾書把太陽擬人化，說成是個侵佔性強的傢伙，使人覺得一開頭就不弱。

這條航向東方的法國郵船，有十來個歸國的中國留學生，他們「有在法國留學的，有在英國、德國、比國等讀書，到巴黎去增長夜生活經驗，因此也坐法國船的」。身爲留學生，到巴黎遊歷的首要目標，應該是參觀羅浮宮、凡爾賽宮，親眼看看法國的藝術文化才對。「到巴黎去增長夜生活經驗」一語，自然會令讀者驚奇。不過，這樣的留學生確也大有人在，乃覺作者誇張得很寫實。

這些留學生，「天涯相遇，一見如故，談起外患內亂的祖國，都恨不得立刻回去爲它服務」。「談」字可圈可點。接下去寫的是大家打起麻將來，對國是僅止於片刻的空談而已，「談」字的諷刺性够大了。「麻將當然是國技，又聽說在美國風行；打牌不但有故鄉風味，並且適合世界潮流。」一心記掛耍樂，卻高懸一番大道理，不愧是「知識分子」的本色。「故鄉風味」與「世界潮流」對偶，是一個文字上小小的喜悅。

留學生中有一位混血兒鮑小姐，穿得肉感。「那些男學生看得心頭起火，口角流水，背著鮑小姐說笑個不了。有人叫她『熟食舖子』（charcuterie），因爲只有熟食店會把那許多顏色暖熱的肉公開陳列；又有人叫她『眞理』，因爲據說『眞理是赤裸裸的』。鮑小姐並未一絲不掛，所以他們修正爲『局部的眞理』。」這裏，錢鍾書使出了比喻大師的看家本領。一般比喻多以實喻虛，此處，他先以實（熟食舖子）喻實（鮑小姐），再以虛（眞理）喻實（鮑小姐），可謂虛實皆宜。

《圍城》的男主角方鴻漸不久也出場了。作者介紹主角的背景時，提到他在父母之命下，與周家小姐訂了婚，才負笈北平讀大學。方鴻漸看到校園內自由戀愛的情景，好生羨慕，乃寫信回鄉，請求父親解除婚約。怎知父親看了後，回信大罵一頓。這兩封信措辭文雅幽默，使讀者解頤。先引兒子的婉轉求情信：

> 邇來觸緒善感，歡寡愁殷，懷抱劇有秋氣。每攬鏡自照，神寒形削，清癯非壽者相。竊恐我躬不閱，周女士或將貽誤終身。尚望大人垂體下情，善爲解鈴，毋小不忍而成終天之恨。

再錄父親的嚴峻拒絕函：

吾不惜重資，命汝千里負笈，汝埋頭攻讀之不暇，而有餘閑照鏡耶？汝非婦人女子，何須置鏡？惟梨園子弟，身為丈夫而對鏡顧影，為世所賤。吾不圖汝甫離膝下，已濡染惡習，可嘆可恨！且父母在，不言老，汝不善體高堂念遠之情，以死相嚇，喪心不孝，于斯而極！當是汝校男女同學，汝睹色起意，見異思遷；汝托詞悲秋，吾知汝實為懷春，難逃老夫洞鑒也。若執迷不悔，吾將停止寄款，命汝休學回家，明年與汝弟同時結婚。細思吾言，慎之切切！

「汝托詞悲秋，吾知汝實為懷春。」——眞是點睛的妙筆！三、四十年代的小說，也有好些以知識分子為題材，且也涉及書信往還，可是作者能夠這樣代書中角色執筆，切合身份及環境，且涉筆成趣的，實屬少數。

方鴻漸在歐洲留學，其實是「流」學，四年中換了三間大學，隨便聽幾門功課。後來知道回國前不能沒有文憑，「這一張文憑，彷彿有亞當、夏娃下身那片樹葉的功用，可以遮羞包醜；小小一方紙能把一個人的空疏、寡陋、愚笨都掩蓋起來」。文憑遮羞包醜，錢鍾書這個比喻大師則在這裏表演才華。《圍城》中處處是佳比妙喻。周錦在《〈圍城〉研究》❼一書裏面，列舉了「

❼ 周著由臺北成文出版社於一九八〇年出版。

適切的比喻」六十餘個，其實還可舉更多例子。

以上述評的，只是《圍城》開頭十頁左右的一些精彩片段，僅全豹的一斑而已。賀拉斯（Horace）說文藝的功能是有益或有趣，或二者兼之。錢氏的小說淵博而機智，正是有益兼有趣。作者好議論，雄辯滔滔，不能自已，連《圍城》書名的象徵意義，也要通過角色之口，向讀者議論一番——應該說兩番，因爲褚愼明和蘇文紈曾先後直接干脆地點題。這和〈藥〉主題的深藏不露，誠然大異其趣。

《人·獸·鬼》所收的四個短篇，其筆調一仍《圍城》本色。例如，〈紀念〉一篇，一開始就是比喻：「雖然是高山一重重裹繞著的城市，春天，好像空襲的敵機，毫無阻礙地進來了。」醒目的意象，令讀者馬上精神一振。〈紀念〉寫徐才叔的太太曼倩與飛行員天健的一段婚外情。細心的讀者，終篇之後，會發覺「高山一重重裹繞著的城市」是曼倩，「春天」則等於「空襲的敵機」又等於飛行員天健；然則，錢鍾書除了表演「浮慧」的明喻之外，還暗伏「醞藉」的隱喻了。

〈紀念〉寫男女關係，刻劃心理，細膩深入，但錢鍾書生性機智，不能滿足於只寫情，還要說理，風趣地說理，如：「少年人進大學，準備領學位之外，同時還準備有情人」；「愛情相傳是盲目的，要到結婚後也許才會開眼」；「女人的驕傲是對男人精神的挑誘，正好比風騷是對男人肉體的刺激」；「要對一個女人證明她可愛，最好就是去愛上她」；等等。

要向讀者證明錢鍾書的小說可讀，最好就是去讀它。錢鍾書的小說是學者式小說，也可說是雜文式小說，劉紹銘的《二殘遊記》也屬這一類；白先勇的〈冬夜〉等篇，與魯迅的〈藥〉同一範疇，可說是詩式小說。

四、結　語

弗萊德曼（Norman Friedman）在其〈小說的敍述觀點：一個批評概念的發展〉（Point of View in Fiction: The Development of a Critical Concept）❽一文中，根據敍述者的主觀和客觀程度，列出了八種敍述觀點：

1. Editorial omniscience（夾敍夾議的全知）
2. Neutral omniscience（不加議論的全知）
3. "I" as witness（「我」等於目擊者）
4. "I" as protagonist（「我」等於主角）
5. Multiple selective omniscience（多種選擇性全知）

---

❽ 弗氏論文原刊於 PMLA, LXX (1955); Philip Stevick, ed. *The Theory of the Novel* (N.Y., The Free Press, 1967) 收錄此文。本文根據 Stevick 所編書引述。

6. Selective omniscience（選擇性全知）

7. The dramatic mode（戲劇式）

8. The camera（攝影機式）

其實第八種只是理論上存在而已，實際上是沒有的。筆者上文所析論的〈藥〉，可歸入第七種；錢鍾書的小說則屬第一種。二十世紀有好多個年代，評小說的人，對第七種備極推崇，對第一種則加以輕藐：「寫小說嘛，必須用 showing 的方法，不能用 telling 的方法。」布扶（Wayne Booth）在《小說修辭學》（*The Rhetoric of Fiction*）⑨一書中，指出厚 showing 而薄 telling 之非，令人一新耳目。然而，港臺二地的一些批評家，仍然只貴重戲劇式的具體呈現法，甚至認為夾敍夾議法不入小說藝術之流。我這篇文章除了舉例析論中國現代小說這二大技巧模式的特色和好處之外，還要為夾敍夾議法辯護。如果發議論而理不能服人之心，辭不能悅人之目，則發之適足以害之，小說當然無足觀了。同理，那些徒然客觀地敍事，卻無象徵、無反諷、無言外之意的小說，我們會覺得乏味不足取。反過來說，如果作者錦心繡口，理辭俱勝，使人「觀綺而躍心」，這小說還不值得我們喝采？「浮慧」的小說，與耐人嘴嚼尋味、「醞藉」的小說，是作者才華與功力的表現，同樣值得我們欣賞。

中國現代小說的技巧模式自然不止上述兩種。本文限於篇幅，未能對上述兩種模式全面地討

⑨ Booth 書在一九六一年由芝加哥大學出版社出版。

論，所舉的例子也不多。「醞藉」和「浮慧」這兩種技巧模式，在中國現代小說技巧中最精彩、最值得欣賞，是中國現代小說評論的試金石，則是我可以斷言的。對其他國家，其他時代的小說，也可作如是觀。其實，品鑑小說時，儘可以免去種種理論性、技術性的繁瑣解說，只要我們覺得作品眞正含蓄耐讀，或者精警悅目，那就是好小說了。

——一九八六年

第三輯 論文學批評

文學的四大技巧

內容提要

文學作品應用的技巧，種類繁多。筆者認爲最主要者有四：

一、具體生動（Animation）；

二、對比（Antithesis）；

三、比喻（Analogy）；

四、結構（Architecture）。

這四A之說，是筆者得到亞里士多德《修辭學》（*Rhetorica*）的啟發而形成的。中國傳統詩學的「賦比興」三者，也代表了重要的技巧，但不及四A說的概括。

本文舉出古今作品爲例，說明這四大技巧，並指出很多其他技巧，都是從這四A派生出來的。

一、緒言：尋找文學的月桂

自從喜歡上了文學，我一直在尋找一連串問題的答案：甚麼是好的文學？怎樣的作品才算偉大？評價文學的標準到底在哪裏？文學作品處理人生社會大大小小形形色色的事物，文學理論有各家各派的不同說法。文學有無窮無盡的天地，而我就像一隻鳥，在廣濶無垠的天宇中飛翔，希望找到一個有甘泉佳木的理想棲息之所。中外古今談文說藝的書多到我三生三世也看不完，我盡量閱讀，而且從這些書中，領悟到不少道理，心裏面的疑難也解答了不少：好的文學要有深情至誠，要能够感動人，要引起人的共鳴；要有益又有趣，要經得起讀者仔細的把玩鑑賞。好的文學要內容與技巧並重。內容決定作品應該採用的技巧，而技巧決定作品的成敗。好的作品除了深刻的寫實外，還要有豐富的象徵。……不過，這隻鳥仍然繼續飛行，在東方土地上空，也在西方土地上空。終於，在希臘半島的藍天，牠發現下面有一個可以築巢的理想環境。

十多年前，那是我的大學時代，我對當代作家余光中先生的作品，一讀就喜歡。學期考試來了，同學們都在圖書館埋首讀書，女同學好像特別用功。余光中的散文說：「那些長安的麗人，不去長堤，便深陷書城之中，將自己的青春編進洋裝書的目錄。」這是多麼美妙生動的警句！我那時正在思索文學的種種問題，分辨文學的各樣體裁。余光中的文章告訴我，散文有浣衣婦式散文和花花公子式散文等諸種分別；他又說五四以來的「抒情的散文」，仍然是「相當保守的一個小妹妹，迄今還不肯剪掉她那根小辮子」，而他要拿起剪刀。他不但要拿起剪刀，還要舉起鐵鎚，「嘗試把中國的文字壓縮、搥扁、拉長、磨利，把它拆開又併攏，折來且疊去，爲了試驗它的速度、密度和彈性」，要在「中國文字的風火爐中，煉出一顆丹來」。余光中的文字，像在火光中跳躍著，然後印在我的腦海中，留下永遠不能消滅的影像。那時，我開始在報刊上發表些小文章，有時通宵達旦地寫作。余光中說他寫〈象牙塔到白玉樓〉這篇李賀論文時，「一連五六個春夜，每次寫到全臺北都睡著，而李賀自唐朝醒來」。這眞是起死回生的佳句，我衷心佩服。那時，我又徘徊在中西文化的十字路口上，傳統與現代，中國與外國，使人費煞思量。余光中看到有一位國學大師信口開河，尊崇中國文學，貶抑莎士比亞，說莎劇人物都屬子虛烏有。余氏於是爲莎翁辯護，並把這個國學大師批評了一頓，說他是「一隻典型的儒家鴕鳥。他站在大英國旗的陰影裏，夢想著古中國的光榮」。我那時略懂莎劇的皮毛，讀了余光中的文章後，當然不會站在鴕鳥那一邊（雖然我也站在大英國旗的陰影裏）。余氏的批評是有道理的，可是使我難忘的主要是「儒家鴕鳥」那個比喻❶。

---

❶ 這些警句，引自余氏一九六〇年代的散文。請參看《逍遙遊》中〈逍遙遊〉、〈剪掉散文的辮子〉、〈象牙塔到白玉樓〉等篇。

余光中的詩文，博麗多姿。造成這種風格的一個重要因素，是他創造了大量生動活潑的比喻。我起先只覺得余氏的作品引人入勝，只覺得他那些比喻十分迷人，後來讀了文學理論的書，才知道比喻是文學的一大技巧。二千多年前的希臘大學者亞里士多德（Aristotle）認爲，修辭的三大原則之一，是用比喻。他說：「詩與文之中，比喻之爲用大矣哉！」❷又說：「世間唯比喻大師最不易得；諸事皆可學，獨作比喻之事不可學，蓋此乃天才之標誌也。」❸

反戰的文學作品，古今中外都有。在我讀過的這類作品之中，唐代詩人陳陶的〈隴西行〉給我的印象最爲深刻。詩是這樣的：

誓掃匈奴不顧身，五千貂錦喪胡塵。
可憐無定河邊骨，猶是春閨夢裏人。

只有短短的二十八字，而感人的效果，我認爲勝過《詩經》的〈東山〉、李華的〈弔古戰場文〉以及〈戰城南〉（樂府無名氏和李白的）等作品。近年來頗受好評的電影《獵鹿者》和《現代啟示錄》，反戰的意味很強烈。編導演三方面傾力營造出來的戲劇性和電影感，是成功的。可是，

❷這是《修辭學》一書中的話，請看 W. D. Ross, *Works of Aristotle Translated into English* (Oxford University Press, 1908), V. 11. 此語出自《修辭學》第三卷第二章。

❸此語也是從註❷所說英譯本中譯過來的。原文見《詩學》第二十二章。

我仍然認為〈隴西行〉這首七絕了不起。此詩使人覺得戰爭太可怕了。戰爭嘲弄人的勇氣，奪去人的性命，殺死了愛情。生與死，喜樂與悲哀，全憑戰爭決定，全由戰爭操縱。人多麼可憐、無奈！這首詩的力量是從哪裏來的？答案是：來自對比。首句說五千壯士誓師出戰，奮不顧身，要橫掃匈奴，這是個氣蓋山河的大場面。怎知這些穿著錦衣貂裘北征的士兵，一敗塗地，喪身於胡塵之中。首句和次句之間，生與死的對比，多麼強烈。第三句接第二句而來，與第四句再來一次對比，其鮮明驚心處，勝過前面第一個對比：無定河邊一片黃沙白骨，比對後方家中，紅顏春夢，於極哀極艷之中，有恐怖陰森之氣。這確是精絕感人、傲視古今的反戰詩。此詩的力量來自對比，而對比正是文學的另一項重要技巧。亞里士多德認為，修辭的三大原則之一，是用對比。他說：「相對觀念之意義，易為人覺察；其於並排列出時，尤為明顯。」❹

亞里士多德又說，另一大原則是生動。換言之，亞氏的修辭三大原則是：用比喻，用對比，要生動。這是他在名著《修辭學》（*Rhetorica*）裏面所揭示的❺。修辭學是運用言辭說服（persuade）人的藝術。文學則為語言的藝術，以打動讀者、引起共鳴為目的。所以，修辭的原則，也就是文學寫作的原則。亞氏提出的用比喻、用對比、要生動三大原則，也就是文學創作的三大技巧。《修辭學》一書，對這三大原則的解說相當簡略，只有論及比喻時，用筆較多。亞氏

---

❹ 見《修辭學》第三卷第九章。

❺ 同上，第三卷第十章。

的另一名著《詩學》(*De Poetica*)也有若干地方論及比喻。不過，無論如何，亞氏對這三大原則的闡釋，是點到即止的。從《修辭學》和《詩學》二書的整體來看，更使人有此感覺。亞氏只把這些原則當作書中某些細節來處理，並沒有把它們當作大架構，然後依此建立一個全面的修辭學體系。西方學者向來重視亞氏的比喻說，而比喻的研究，是西方文學和修辭學的一大課題。至於西方學者對用比喻、用對比、要生動這三大原則的析論和研究，情形如何，則非我所知。印象中，似乎沒有人以此三大原則爲題，寫成洋洋的專論，或者鋪衍成一個體系。

本年初我在中大開了「修辭學」，這是一門新課程。備課時參考了亞氏《修辭學》此書，一讀到三大原則一段時，我感到好像觸了電(亞氏在《詩學》中論比喻的話，我早就讀過；但三大原則這番意見，則是我初次接觸的)∴刹那之間，腦海閃過無數用了比喻、用了對比、具體生動的文學作品，還閃過很多很多有關的文學理論。亞氏三大原則這一段話，閃閃透發著智慧的光芒。我這隻鳥，發現了希臘這個文學的金銀島(Treasure Island)上這株月桂樹，高興得不得了，馬上飛下來準備築巢。生動這一原則是比喻和對比的基本，正是這株月桂樹的主幹。比喻和對比則是二大支幹。大支幹上還可分出細的支幹。

二、生動

以下我會舉出實例，說明這文學的三大技巧，怎樣既普遍又重要。我還會指出，這些技巧究竟可貴在哪裏？爲甚麼値得我們重視？把握這些技巧，對我們創作文學和欣賞文學，有甚麼幫助？我們知道，文學源於社會和人生，因此，我會討論這些文學技巧與社會人生的關係。這三大技巧是由希臘人提出來的，但其他西方的和中國的文學理論中，也有類似的說法。我會援引亞氏以外的其他見解，比較印證一番。修辭的手法，要仔細劃分的話，可以有很多種，有的修辭學論著，就羅列了數十百種。我會說明很多修辭的手法，都是從這三大技巧變化出來的；換言之，我會畫出這株月桂樹的其他分枝。最後，我會指出：這三大技巧固然是文學創作的根本，不過，還有別的重要技巧可以補充，使整個體系趨於完美。

我認爲在這三大技巧中，生動是最基本的，所以先討論它。亞里士多德說：「文字必須將景物置諸讀者眼前。」又說文字應具「形象性」，要「生動」；「荷馬常賦無生命事物以生命；下面〔荷馬作品中〕句子，其出色之處，端在具體生動之效果，由彼傳出……。」❻我不懂希臘文，上面這些話是從《修辭學》的英譯本轉譯過來的。這裏的「具體生動」，英譯本或作 animation，或作 actuality，或作 vivid description，也有譯作 liveliness 的，都是一個意思。文學作品——詩也好、散文也好、小說也好、戲劇也好，甚至連文學批評在內——的文字，要具體生動。這眞是千古不易的至理。我國宋代的梅堯臣有一番話，說得幾乎與亞里士多德一模一樣。梅

❻ 同上，第三卷第十一章。

氏說：出色的詩人，「必能狀難寫之景，如在目前，含不盡之意，見於言外。」❼在他舉的例子中，有一個是大家耳熟能詳的「雞聲茅店月，人跡板橋霜」。這是溫庭筠〈商山早行〉一詩中的句子，用的都是實字，非常具體地，把旅行者早上所見的景象呈現出來。梅堯臣認為，讀者看到這樣的景象，就能披文入情，體會到旅行者的心境。明代的詩論家謝榛，與梅堯臣有類似的看法。他在《四溟詩話》中，先舉出幾個詩句：

韋蘇州曰：「窗裏人將老，門前樹已秋。」

白樂天曰：「樹初黃葉日，人欲白頭時。」

司空曙曰：「雨中黃葉樹，燈下白頭人。」

然後批評說：「三詩同一機杼，司空為優：善狀目前之景，無限淒感，見乎言表。」我們比較一下，就知道司空曙的詩句，物象最多，是最具體的描寫。秋雨昏燈，氣氛已很淒涼了。在燈光的映照下，頭髮之白益加顯明，風燭殘年之感，不言而喻。

我國古代強調具體生動的詩論太多了，這裏無法一一列舉。現代的理論家，還是持著同一的

---

❼ 梅堯臣的話，被歐陽修《六一詩話》引錄了。我有文章題為〈中國詩學史上的言外之意說〉，收於《中國詩學縱橫論》（臺北，洪範，一九七七）中，可參看。

看法。例如，黃永武先生在其《中國詩學設計篇》中，引了杜甫〈少年行〉一詩：

馬上誰家白面郎，臨階下馬坐人牀。
不通姓氏粗豪甚，指點銀瓶索酒嘗。

又引了仇兆鰲《杜詩詳註》中的評語：「此摹少年意氣，色色逼眞，下馬坐牀，指瓶索酒，有旁若無人之狀，其寫生之妙，尤在不通姓氏一句。」黃永武十分贊同仇兆鰲的說法，並引王維同題詩來和杜甫此詩比較，說明王詩比較「抽象」，「不容易在讀者眼前提供一幅恣情縱飲的眞實場面」❽。王維的〈少年行〉是這樣的：

新豐美酒斗十千，咸陽遊俠多少年。
相逢意氣爲君飲，繫馬高樓垂柳邊。

我們細加比較，就知道仇、黃的話很有道理。杜詩「色色逼眞」，確比王詩具體生動得多。在小說理論方面，則有〈胡菊人與白先勇論小說藝術〉這篇談話紀錄，以《紅樓夢》爲例，極言具體

❽ 黃永武《中國詩學設計篇》（臺北，巨流，一九七六），頁九。

生動爲小說藝術的根本⑨。

西方的文學家，也異地同聲的強調具體生動的好處。數月前三聯書店出版了由錢鍾書、楊絳、戈寶權編譯的《論形象思維》一書，厚達六百多頁，輯錄了西方古今關於「形象思維」的言論。十九世紀俄國的批評家別林斯基指出，「詩是寓於形象的思維」，從此形象思維一詞就經常爲人引用，到了二十世紀，更廣泛流行起來。中國大陸的批評家就常常把這四個字掛在口邊。一九七八年年初，大陸的報刋鄭重其事地發表了毛澤東〈給陳毅同志談詩的一封信〉，信裏說：「詩要用形象思維。」於是全國產生了一股討論形象思維的熱潮，有關這方面的文章，已經發表的，至少有數十萬字。我們知道，文學表現人的感情和思想。所謂文學要用形象思維，意思非常簡單，就是：文學家要用形象化、具體生動的手法，把人的感情和思想表現出來。這個說法和亞里士多德的生動說是完全一樣的。《論形象思維》一書所輯錄的，包括別林斯基以前和以後的言論。不論前後，不論用的字眼是甚麼，意義只有一個，就是具體生動。我下面隨便引錄書中幾段文字，以爲證明：

詩人都是滿腦子結結實實的想像。……他的想像爲從來沒人知道的東西構成形體，他筆下又描出它們的狀貌，使虛無杳緲的東西有了確切的寄寓和名目。（莎士比亞

⑨ 胡菊人《小說技巧》（臺北，遠景，一九七八），頁一六九至二〇六。

《仲夏夜之夢》第五幕第一場第七至十七行）

詩人不過是個非常聰明、非常生氣勃勃的野蠻人，一切觀念都以形象的方式呈現在他的心目裏。（十九世紀法國作家黎瓦羅 A. de Rivarol 的《黎瓦羅政治及文學著作選》第五八頁）

任何不乏才華的作家（才華當然是頭一個條件），我認為，他所致力的首先是正確、生動地再現他從自己與別人的生活裏獲得的印象。……大家都知道「詩人用形象來思考」這一名言；這句名言是完全無可爭論的、正確的。（十九世紀俄國小說家屠格涅夫《一八八〇年版長篇小說集》序言）

《論形象思維》此書的西方古今語錄，似乎都沒有提到亞里士多德的生動說，至少上面所引的莎士比亞、黎瓦羅、屠格涅夫三人就沒有。假如他們都沒有聽過亞氏的生動說，他們的話只代表自己的信念，則此現象說明了一個事實：英雄所見略同，大家都認為文學作品要寫得具體生動。《論形象思維》厚達六百多頁，但欠收的有關資料還有很多。亞氏《修辭學》裏面的生動說就沒有收進去。二十世紀著名詩人兼批評家艾略特（T. S. Eliot）的「意之象」（objective correlative）說也成了漏網之魚。艾略特非常強調文學的具象性，且為創作定出了「唯一的藝術公式」。他這樣說：

> 表達情意的唯一藝術公式，就是找出「意之象」，卽一組物象、一個情境、一連串事件；這些都會是表達該特別情意的公式。如此一來，這些訴諸感官經驗的外在事象出現時，該特別情意就馬上給喚引出來⑩。

艾略特這個理論對臺灣文學界的影響極大，它彷如一盞藝海明燈，照引了無數中國當代作家的創作和批評航線。美國現代作家麥克雷殊（Archibald Macleish）有一首詠詩的詩，《論形象思維》此書也沒有收進去。此詩題爲《詩藝》（Ars Poetica），用了很多形象性的句子，指出詩應該可捉可摸（palpable），應該實在（be），不應該抽象直說（should not mean）。

談文說藝的人，不分中外古今，都這樣強調具體生動，這事背後一定有大道理。首先，我們要知道，生動是生命力的象徵。羸弱殘疾老朽的人，不可能有生動的表現；健康的小孩子，則必定是生動活潑的，有時頑皮得像猴子。美麗的眼睛，必定生動流轉，是水汪汪，而非硬崩崩的。這樣才能動靜皆宜，顧盼生姿，才能「回頭一笑百媚生」，才能使張君瑞覺得「臨去秋波那一轉」動人心魄。中國傳統的詩論，有「詩眼」之說。所謂詩眼，就是詩中最生動傳神的句子或字彙。「春風又綠江南岸」、「紅杏枝頭春意鬧」、「氣蒸雲夢澤，波撼岳陽城」中的綠、鬧、蒸、撼等字，都是動詞，是詩眼之所在。詩藝如此，畫藝亦然。謝赫的六法，其一卽爲「氣韻生動」。

---

⑩ T.S. Eliot, "Hamlet and His Problems" in *The Sacred Wood* (London, 1928), p. 100. 可參看註❼所提的拙文。

我們常說好的文學作品能夠感人。怎樣才能夠感人呢？人物、場景、事件的描寫，愈具體生動的，愈能感人。杜甫寫安史之亂後，「珠簾繡柱圍黃鵠，錦纜牙檣起白鷗」，景象都在眼前，我們藉此才感覺到首都一片荒蕪。杜甫寫他聽到官軍收復河南河北後，漫卷詩書、放歌縱酒、結伴還鄉，一個動作接著一個動作，我們讀來，才會感染到杜甫「喜欲狂」的心情。這些詩句，氣氛不論悲喜，其爲形象化、具體生動則一。詩人用這些訴諸五官六感的語言，才能在讀者的腦海中，重造一段段感性的經驗。哲學訴諸人的知性，文學則訴諸人的感性（雖然文學的知性成份，比重也不小）。

現在是電影和電視稱雄稱霸的時代，爲甚麼香港的長篇電視劇，收視的觀眾多達二、三百萬？爲甚麼美國的電視劇集《豪門恩怨》（*Dallas*）君臨全球的五洲七洋，某個國家的政治集會也要避免與播映時間衝突[11]？電視電影的力量在哪裏？打敗小說的本錢是甚麼？答案很簡單：具體生動。電視電影把人物、場景、事件通過活色生香的畫面和立體的聲音，具體生動地呈現在觀眾眼前。人的感官以視覺和聽覺的功能最大，電視和電影刺激了——也襲擊了——觀眾的每個視覺和聽覺細胞。有的人每天看四、五個小時的電視，但一年看不到四、五本書，甚至連一本也不看。剛好昨天有一則新聞報導，說香港的兒童，平均每星期看八個小時的電視，看課外書只得一個小時。你們看，是八與一之比。（而我這個消息是從電視看到的。）就具體生動這一點而言，

[11] 據一九八〇年八月十一日出版的《時代》（TIME）周刊的專題報導。

抒情詩比不上小說，小說比不上舞臺劇，舞臺劇則比不上電視電影。好的抒情詩，寓景於情，具體生動，但人物、場景、事件往往比不上小說那麼齊備。小說這三項要素都有了，但卻比不上舞臺劇那樣逼眞，在逼眞方面，電影、電視比舞臺劇又勝了一籌。電影、電視一出現，文學作品卽甘拜下風，具體生動是一個頂重要的因素。王羲之《蘭亭集序》說：「仰觀宇宙之大，俯察品類之盛，所以游目騁懷，足以極視聽之娛，信可樂也。」王右軍如果生於今日，一定大爲欣賞電視電影的視聽之娛。我認識兩位前輩，他們都喜愛李賀的詩。李賀的詩以意象詭麗、感性豐富著稱。而這兩位先生都喜歡看電視，可見具體生動的視聽之娛多麼有吸引力。現在的中小學教師，大多知道視聽教材的重要。視聽教材的好處在於把知識具體生動地印在學生的腦海中。早期的電視廣告，以靜止畫面出之；現在則全爲人物、事件齊備的戲劇化故事。爲甚麼？具體生動！

大別言之，文學訴諸感性，科學訴諸理性。不過，文學和科學也有相同的地方。科學重視客觀的現象和事實，講求證據。文學作品要發揮感人的力量，也要講事實和證據。林黛玉死得可憐。怎樣可憐呢？《紅樓夢》的作者把黛玉咳嗽吐血、焚燬詩稿，在猛然直叫「寶玉！寶玉！你好——」聲中斷氣的情景，具體生動地描摹出來，這些就是她可憐的證據。前面提到陳陶的〈隴西行〉，詩中說人已成了無定河邊的白骨，家鄉中的妻子（或者情人）仍然在春夢中把他當作活生生的人，這就是戰爭可怕的證據。海明威筆下的漁夫山蒂埃戈堅毅不拔。怎樣堅毅不拔呢？山蒂埃戈三天三夜與大海和大鯊搏鬭就是證據。科學講證據，法律同樣講證據。Rhetoric 的 rhetor

原意爲向大眾演說的人，擅長在法庭或其他公眾集會，發表雄辯滔滔的演說。莎士比亞筆下的依阿高（Iago）是心狠手辣的小人。如果我們把他帶到法庭，繩之於法，我們必須提出他罪惡的證據。莎士比亞這位大律師，已在《奧塞羅》（*Othello*）一劇中，爲我們提供了充分的事實，說明依阿高的確邪惡，構陷好人。莎翁還爲我們解釋他爲非作惡的原因，是自己不能升官發財，由妒生恨。在法庭上，如果證據不足，被告就會獲得無罪釋放。文學作品如果不能提供足够的證據，就不够具體生動，就不能感動人。我在這裏演講「文學的三大技巧」，如果只舉出這三大技巧的名稱，然後說它們十分重要，卻舉不出什麼實例來，這個演講不到三分鐘就可以結束了，你們以後也不會再受騙來聽這類無根的空談了。

古今中外的批評家，異口同聲強調具體生動的重要，有上面所說的種種原因。在作家這一方面來說，要做到作品具體生動是不容易的，這就更能說明具體生動的可貴。首先，作家必須有敏銳的觀察力，把人生世態的種種看清楚聽明白。其次，他必須有良好的記憶力，把這一切記在腦海中，然後經過選擇、組織，形諸文字。出色的作家必須具備這兩項條件，小說家更須如此。記憶力稍遜的作家，就必須身邊帶備筆記簿，隨時隨地把他觀察到的一切記錄下來。文學藝術離不開想像，而想像與記憶大有關係。維柯（G. Vico, 1668~1744）在《新學問》（*Scienza nuova*）中說：「小孩子們的記憶力最強，因此他們的想像力也特別生動。想像不過是擴大或加以組合的記憶。」伏爾泰（Voltaire, 1694~1778）有類似的說法：

想像是每個有感覺的人都能切身體會的一種能力，是在腦子裏擬想出可以感覺到的事物的能力。這種機能與記憶有關。我們看到人、動物、花園，這些知覺便通過感官而進入頭腦；記憶將它們保存起來；想像又將它們加以組合。古希臘人稱文藝的女神爲「記憶的女兒」，其原因便在這裏。

黑格爾（Hegel，1770~1831）也指出：「一般地說，卓越的人物總是有超乎尋常的廣博的記憶。……這種明確掌握現實世界中現實形象的資禀和興趣，再加上牢牢記住所觀察的事物，這就是創造活動的首要條件。」⑫我們說文學家要有天賦才華，才華指的就是這類東西。天賦卓異的記憶力，所佔的優勢，自非身邊帶備筆記簿的後天努力可以相比。如果你有一個同學，腦袋既是影印機又是錄音機，任何考試都不必準備，結果總考第一名，你羨慕不羨慕他呢？

當然，只把人、事、物具體生動地呈現出來，不一定就是好作品。好的作品必須是經過選擇和組織的：選擇最有意義的人、事、物，組織起來，然後以具體生動的語言呈現出來。劉勰《文心雕龍》〈鎔裁〉篇討論的正是選擇和組織的問題：「規範本體謂之鎔，剪截浮詞謂之裁。」杜甫的詩律極嚴，最懂鎔裁之道。律詩絕句字數少，浪費筆墨不得；如今流傳下來的各家傑作，都是經過千錘百鍊的。五四以來的新詩作者，有不少人未通詩藝，率爾操觚，因此作品枝蔓鬆散，

⑫ 以上維柯、伏爾泰、黑格爾的說法，都引自前面講過的《論形象思維》一書。

難登大雅之堂。據我讀新詩的經驗，聞一多、卞之琳、余光中等各家，最能把握鎔裁之道。在小說方面，傳統的中、長篇小說，大多採取綴段式（episodic）結構，其鬆散處往往爲人詬病。孫悟空、魯智深、關雲長等等角色，固然個個具體生動，人人呼之欲出；但《西遊記》、《水滸傳》、《三國演義》全書看起來，結構則不算嚴謹。五四以來的小說，鎔裁手法好的，可以魯迅和白先勇的短篇小說爲代表。魯迅的〈藥〉、〈祝福〉，白先勇的〈多夜〉、〈遊園驚夢〉等，具體生動得不得了，而剪裁也是無懈可擊的。去年「中文文學獎」小說組冠軍兩篇作品，動作、對話、心理刻畫等都栩栩如生，但我認爲其結構則可以改進。亞軍也有兩篇⑬，其中那篇〈野狼窩〉，我認爲十分集中凝鍊，震撼力極強。其成功之處，一方面固然在於具體生動，另一方面則在於鎔裁。〈野狼窩〉寫迷信，寫人的醜惡，寫生與死的荒謬，雖然有魯迅〈藥〉的影子在，但無損於它的精彩。小說家白先勇對〈野狼窩〉的評語非常中肯，他說這小說的主題是「生與死的對比」。對比是選擇和組織的一種方式，我們正好從這裏轉入第二個話題：對比。

三、對　比

⑬ 得獎作品，全收於《香港文學展顏——市政局一九七九年中文文學獎得獎作品及文學週講稿》一書，此書在本年八月由市政局出版。

亞里士多德認爲修辭的第二大原則是用對比。亞氏論史詩、悲劇、修辭等等，並非憑空亂說的。亞氏的時代，希臘文學已非常發達，他的理論，大抵都是歸納種種現象得來的。如果亞氏的對比說今天沒有流傳下來，我們也可以歸納種種宇宙社會人生的現象後，得到「對比普遍存在」的結論。我們早上睜開眼睛，這已包含了睡與醒、白天與黑夜兩個對比。看到的人有男有女，有老有少，顏色有紅有綠，吃的東西有流質有固體。到了街上，看到有人步行有人乘車，乘的車有擠得水洩不通的巴士，有豪華的勞斯萊斯。放眼望去，有山有水。山腰有搖搖欲墜的木屋，海濱有花園別墅。……這一切全都是對比。有些對比只引起我們的好奇和遐思，有些則引起我們的感慨和憤憤不平。木屋之與花園別墅，大巴士之與勞斯萊斯，就是社會上貧富懸殊的對比。面對社會的貧富懸殊，我們漠不關心，做個個人主義者呢？還是熱烈投入，做個社會改革者呢？這又是對比了：個人對社會，漠不關心對熱烈投入。此外，生與死、盛與衰、善與惡、眞與假、新與舊、是與非、愛與恨、喜與悲……這個宇宙社會人生可說充滿了對比。我們在中小學時，拿著反義詞詞彙來背，這不是背著好玩的。我們藉著這樣的背誦，更加認識這個世界的眞象。

亞氏說得對極了：「相對觀念之意義，易爲人覺察，其於並排列出時，尤爲明顯。」所以，屈原舉出蕭艾，不過爲了彰顯香草。陶潛悟「今是」，才知「昨非」。沒有「大漠孤煙直」，「長河落日圓」的景象就不會很突出。沒有「此日六軍同駐馬」之悲，就顯不出「當時七夕笑牽牛」之喜⑭。沒有王冕的淡泊功名，就看不到范進、周進的熱心仕進。沒有薛寶釵的玲瓏圓通，就顯不出林黛玉的不識時務。《紅樓夢》的作者眞是對比的高手，林黛玉焚詩斷魂之夕，正是薛寶釵洞房花燭之時；劉老老這個清貧的村婦眼中，榮國府的富貴格外明顯。黃慶萱先生說得好：「〔文學以及〕其他如繪畫、雕刻、音樂……之類，沒有一種藝術不運用映襯對比的手法，直接訴之於欣賞者的感覺作用的。」⑮莎劇《李耳王》中的大、二兩個女兒，心狠手辣，如此正好襯托出幼女的一片孝心。上面提到的《老人與海》，假如故事寫的不是茫茫大海與孤單老人一大一小的對比，我們就感覺不到老人堅毅不拔的搏鬥精神。《老人與海》教人聯想到柳宗元〈江雪〉的末二句「孤舟簑笠翁，獨釣寒江雪」與首二句「千山鳥飛絕，萬徑人踪滅」，就是小與大的對比；《老人與海》與〈江雪〉一動一靜，又構成對比。總之，文學中的對比，與現實中的對比一樣，是無窮無盡的。

五四以來的新文學中，對比也是重要的技巧。劉半農的〈相隔一層紙〉，是最早期的一首新詩，說富貴人家屋子裏爐火太熱，而屋子外的叫化卻在北風中冷得要死。屋外與屋裏，一層紙分隔成兩個貧富懸殊的世界。這裏用的，正是杜甫千古名句「朱門酒肉臭，路有凍死骨」的對比手法。馮至的〈那時〉，寫五四時和五四後知識分子的不同態度，用了對比。聞一多的〈靜夜〉，

⑭ 這兩句說的是唐明皇和楊貴妃故事，出自李商隱〈馬嵬〉其二。

⑮ 黃慶萱《修辭學》（臺北，三民，一九七五），頁二九〇。

寫知識分子的內心衝突，以晚上的寧靜和內心的激動作一對比。臧克家的〈運河〉對比了統治者的淫威和老百姓的疾苦，洛夫〈國父紀念館之晨〉對比了辛亥革命的壯烈和現在一般人生活的乏善足陳。瘂弦的〈上校〉寫抗戰時某上校的英勇，以與退伍後的潦倒對照。黃國彬的〈沙田之春〉極言從前沙田的田園之寧謐和諧，以映襯目前開山塡海對大自然美景的破壞⑯。我國的新詩受到西方現代詩的影響，而大家都知道，西方現代詩大宗師艾略特的〈荒原〉，即以擅用對比著稱。余光中是成就極大的現代詩人，他詩中的對比，可說比比皆是。他的最新作品〈競渡〉，全詩建基於對比：龍船對難民船，昨天對明天。

二十四槳正翻飛，鱗甲在鼓浪
彩繪的龍頭看令旗飄揚
急鼓的節奏從龍尾
隔了兩千個端陽
從遠古的悲劇裏隱隱傳來
龍子龍孫列隊在堤上
鼓聲和喝采聲中

---

⑯ 在拙著《怎樣讀新詩》（香港，學津，一九八二）中，我評析了這裏提到的臧克家、洛夫、瘂弦、黃國彬等諸詩。

天矯矯競泳著四十條彩龍
追逐一個壯烈的昨天
防波堤上的龍子龍孫
如果齊轉過頭去
也許就眺見驚波的外海
另一種競渡正在進行
後面是鯊羣，海盜船，巡邏快艇
前面是難民船，也載著龍孫
斷檣上招展著破帆
無人喝采的海上
追逐一個暗淡的明天
但堤上的觀眾正在喝采
對著堤內的港灣，灣內的龍船

對著傳說中的悲劇
背著上演中的悲劇
逆風的呼聲和哭聲，誰聽見？
而只要風向不變
龍船總不會划出海去，難民船
也不會貿然闖進港來
且盡興欣賞今天的競賽

——庚申端午於沙田

小說裏面，對比也是絕不能少的技巧。魯迅的〈祝福〉、〈故鄉〉、〈在酒樓上〉，無一不用對比。老舍的《駱駝祥子》也如此，白先勇更是「今昔之比」縈廻於懷的作家；《臺北人》中的每篇小說，無不隱含著對比。以〈尹縣長〉等篇名聞遐邇的陳若曦，也好用此法。這幾位小說家所用的對比，往往不著痕跡，由這些對比所產生的諷刺，往往是含蓄不露的。這樣的諷刺，我們稱做「反諷」（irony）。反諷這個概念，源遠流長，亞里士多德的《修辭學》裏面已經出現過。發展至二十世紀，簡直是詩、小說、戲劇等一切體裁所少不了的技巧。從前的作家往往在不知不覺之間用此技巧，現代的則往往刻意經營。《孟子》〈齊人有一妻一妾〉這則故事，蘇東坡〈雨中遊天竺靈感觀音院〉一詩——

> 蠶欲老，麥半黃，前山後山雨浪浪。
> 農夫輟耒女廢筐，白衣仙人在高堂。

——所隱含的諷刺，可說是無意得之的反諷。最近宋淇先生在一篇《紅樓夢》論文中，指出小說中的反諷色彩，還說脂硯齋頗能欣賞反諷⑰。現代的作品中，余光中〈長城謠〉的萬里長城之與麻將牌；白先勇〈多夜〉裏面的余嶔磊，年輕時赤足打入趙家樓之與年老時瘸了腿；陳若曦〈大青魚〉中同仁街市場階級分明的買賣，以及〈值夜〉中那個回歸後不能施展抱負的知識份子；無論是彼此相對、前後相反、名與實乖、或者事與願違，大抵都是有意經營來的反諷。反諷的特色在於：作者與所諷刺的對象保持距離，態度客觀冷靜而含蓄，絕不一語道破值得諷刺的地方；作者只把相反相乖的具體事物，埋藏在作品裏面，要讀者自己去發掘，去體會人生社會種種荒謬或無可奈何的現象⑱。

前面提到去年文學獎的得獎作品〈野狼窩〉，就具有濃厚的反諷色彩。文革期間，身懷六甲

---

⑰ 宋淇〈論怡紅院總一園之首〉，載於《中報月刊》一九八〇年七、八月號。此乃宋氏爲國際《紅樓夢》會議（六月中旬在美國威斯康辛大學舉行）撰寫之論文。

⑱ Charles B. Wheeler, *The Design of Poetry* (Norton & Co., 1966) 有專章論反諷，可參看。

的某女子因為參加造反隊，被判死刑。行刑後，一個不育的女子到刑場（就是野狼窩）剝下死者的衣裳，以接胎氣，使自己懷孕。這裏面涉及複雜的生與死的對比，而作者道來若無其事，這就是反諷了。我們可舉的其他例子實在太多，因為反諷這一手法的應用，極為普遍。而反諷正建基於對比上面。

四、比 喻

現在說比喻。從一個角度來看，這個世界充滿了矛盾、衝突、歧異；從另一個角度來看，這個世界有統一、和諧、相同的一面。對比基於歧異，比喻則基於相同。亞里士多德說：「人於異中悟同，乃有比喻。」⑲一語道破了比喻的本質。玫瑰是植物，少女是動物，生理的差異極大；但是玫瑰美麗可愛，少女也美麗可愛。第一個領悟到玫瑰與少女同樣美麗可愛的人（大概是個男人吧），眞是聰明人。不過，世人並非個個都聰明，所以並非人人都造得出妥貼新鮮的比喻。亞里士多德說：「世間唯比喻大師最不易得；諸事皆可學，獨作比喻之事不可學，蓋此乃天才之標

⑲ 亞氏此語出於《詩學》第廿二章，這裏比喻一詞的英譯是 metaphor，此字一般中譯為「暗喻」或「隱喻」，以別於「明喻」（simile）。其實暗（隱）喻和明喻的差別不大，亞氏自己就說 simile 也是 metaphor（見《修辭學》第三卷第四章）。我認為二者不必嚴格地畫分，註⑱所引 Wheeler 的書，見解和我的相近，請看該書頁一六七。本文把 metaphor 譯為比喻，不分明、暗。

誌也。」又給他說對了。前文指出過，要把事物寫得具體生動並不容易：首先得有敏銳的觀察力，其次得有良好的記憶力。創造比喻還需要另外兩個條件：高度的聯想力和領悟力。偉大的作家都是聰明人，屈原、荷馬、杜甫、莎士比亞等這些聰明人，全都是創造比喻的一流高手。王逸的《楚辭章句》這樣說：

> 〈離騷〉之文，依詩取興，引類譬喻。故善鳥香草，以配忠貞；惡禽臭物，以比讒佞；靈修美人，以媲於君；宓妃佚女，以譬賢臣；虬龍鸞鳳，以托君子；飄飄雲霓，以爲小人。

〈離騷〉兼用比、興。王逸這段話，說什麼比什麼，什麼喻什麼，通通都用比的眼光來解釋，似乎稍嫌落實。不過，就廣義來說，興（近於西方的所謂象徵），也是比喻的一種，可見屈原確爲比喻大師。荷馬、杜甫、莎翁的作品，比屈原的豐富，如果把他們所用的比喻羅列整理，並予以詮釋，那簡直是好幾冊的巨著了。古今中外，任何傑出的詩人，都留給後世一筆比喻的遺產。李賀的〈夢天〉一詩，說詩人從天上看下來，「遙望齊州九點煙，一泓海水杯中瀉」。齊州指中國，中國古時分爲九州。在我國九世紀這位「太空人」的想像裏面，中國就小得只像九點煙；而海洋呢，不過似杯子那樣大。這個比喻教讀者感到人的渺小和可憐。

英國十七世紀的玄學派詩人鄧恩（John Donne），用圓規來比喻一對恩愛的男女。女的在家中，如圓心所在的那不動的腳；男的出門遠行，如那畫圓的腳。男的無論去到哪裏，總以家中的愛人爲念；女的則日夕側身傾聽男子歸來的消息。女的堅定不移，男的則始終如一，最後必定回到起程的地方。這個巧妙的比喻見諸〈臨別勸卿勿悲傷〉（Valediction: Forbidding Mourning）一詩，機智理趣，使人擊節讚賞。英國浪漫詩人雪萊說：「詩的語言的基礎是比喻性。詩的語言揭示的，是還沒有任何人覺察的事物的關係，並使其爲人永記不忘。」⑳換言之，詩人發現事物間的新意義，或者把新意義賦予某一事物，使讀者覺得新鮮有趣，有所領會。雪萊這番話正好用來形容鄧恩那首詩。

中國現代詩人之中，余光中和鄭愁予都是比喻高手。余氏作品十分豐富，所以比喻的數量也極多。鄭愁予的〈如霧起時〉一詩，美妙的比喻連串地出現，使人目迷五色、心蕩神移，我已有專文賞析過此詩，這裏不贅。艾青是頗有成就的詩人，作品裏面也有可觀的比喻，例如這首〈靜悄悄的戰線〉：

看過多少地、多少田，
卻沒有看見過油田。
油田在哪兒？看不見——

⑳ 雪萊的話，轉引自《論形象思維》一書。

輸油管埋在地下面；
地上只看見採油站，
星羅棋布到天邊——
個個採油站像蜂房，
少男少女在看管；

他們像蜜蜂一樣
爲祖國釀造春天——
讓所有的馬達能唱歌，
讓所有的車輪能飛轉；
讓遠航的輪船能出港，
讓戰鬥機守衛着藍天，
讓我們的日子像鮮花，
讓我們的生活比蜜還甜……

——一九七八年九月，大慶

此詩以國家民族爲念，下面戴天的〈秋〉，則甚有「小資產階級」情調了：

那是另一種脫衣
酡顏
還有搖擺的姿態
還有熱得太熱的感覺
都在一陣口哨下
變成瘦怯怯的姑娘㉑

比喻性確爲詩的語言基礎。描寫音樂的詩，更往往非借重比喻不可，白居易的〈琵琶行〉、韓愈的〈聽潁師彈琴〉、李賀的〈李凭箜篌引〉諸詩，都是這樣的。有的比喻，在整篇作品中，只是點綴品，可有可無。有的詩，比喻一失，就全詩覆沒，如賀知章的〈詠柳〉：

碧玉妝成一樹高，萬條垂下綠絲縧。
不知細葉誰裁出，二月春風似剪刀。

㉑ 這是〈秋〉的下半首，此詩收於戴天詩集《佝僂山論辯》（臺北，遠景，一九八〇）中。

詩要用比喻，散文亦然。亞里士多德說：「詩與文之中，比喻之爲用大矣哉！散文作者對比喻尤須注意經營，蓋散文家其他可利用之資源，不若詩人之豐富也。」我國宋代的陳騤，更進一步呼籲：「文之作也，可無〔比〕喻乎！」㉒今人錢鍾書最能響應陳騤，他的散文、小說以至批評的文章，五行一比，十行一喻，眞是古今少見的比喻大師。（古代有些批評家，對作家的評語，全以比喻出之，什麼「朝陽鳴鳳」啦，「瑤天笙鶴」啦，「洞天春曉」啦，「花間美人」啦，美則美矣，奈何讀來如霧中看花。這是比喻的濫用㉓。）

用比喻，可以把艱難深奧的事理說得淺顯明白，把抽象的說得具體生動，使讀者易於把握，且留下鮮明深刻的印象。眞的，「文之作也，可無喻乎！」就是我們日常的語言，也充滿形形色色的比喻。如果把鶴立鷄羣、狼心狗肺這些成語搜集存放起來，我們一定可以建立全世界最大的動物園。記者的新聞報導，以客觀眞實爲最重要的原則。有時記者爲了使報導生動活潑，也會用到比喻。例如，最近亞洲一家通訊社，就說美國共和黨的總統候選人提名大會，熱鬧非凡，有如馬戲團的表演。稍爲留意美國政壇的人，都知道美國共和黨以象爲黨徽，民主黨則以騾。前者大概取其穩重碩大之意吧（共和黨的綽號是 the Grand Old Party, Grand 者大也），後者則可能表示吃得苦。（美國現任總統卡特，爲民主黨人，近月來聲望大跌，其精神之苦可想而知，但

㉒ 亞氏語見《修辭學》第三卷第二章；陳騤語見其《文則》一書。

㉓ 拙著《中國詩學縱橫論》中〈詩話詞話和印象式批評〉論及這種比喻式批評，可參看。

他似乎鬪志旺盛，是吃得苦的人。一笑。）美國國民在十一月投票選總統，現在正是象與騾各出奇謀、傾力競技的時候。這政治馬戲團的表演，當然更引人入勝了。政治上的競爭，如馬戲團的競技，這是好事；政治如果淪爲鬪獸場的鬪爭，那就殃及人民，遺禍無窮了。

人類爲萬物之靈，但人類常常喜歡用動物來比喻自己。幾個月前，香港一位著名的影視明星鄭少秋，爲了精益求精，乃拜前輩伶人陳笑風爲師。師徒於拜師儀式舉行過之後，互贈禮物。陳笑風贈給徒弟的禮物是一隻玉做的猴子。這隻玉猴可以比喻多重意義，是個很好的象徵。第一，玉器是貴重的，這件禮物表示了餽贈人的隆情雅意。第二，猴子聰明活潑，這表示受贈者演技靈活，爲人聰明。第三，「猴」與「喉」同音，「玉喉」就是如玉般美好的歌喉，這是對受贈人的又一讚美。第四，今年屬猴年，玉猴有應時之妙。這件禮物具有這四重意義，眞可說是一九八〇年代的最佳禮物之一。挑選了這樣一件禮物的，若非絕頂聰明，就是極肯費心思、動腦筋的人。好的比喻和好的禮物一樣，得來不易。正因爲得來不易，所以寶貴。

前幾天，我和幾位朋友，參加完「中文文學周」的開幕儀式和講座後，在尖沙咀一間餐廳喝咖啡，看到桌子上的餐牌很別緻，用了很多新聞的術語，甚麼「外國新聞」啦，「編輯的選擇」啦，「股市最後消息」啦，簡直像一張報紙。我猜想餐廳的經理一定爲了引人注目，給人新鮮的感覺，所以把餐牌比喻爲報紙。可是我認爲這個比喻不倫不類，眞是弄巧反拙。同樣涉及吃喝，錢鍾書在小說《圍城》裏面，有一段文字，比喻之妙絕，使人讀來不能不邊笑邊讚嘆。話說男主角與一位小姐，到了「一家門面還像樣的西菜館」吃飯：

誰知道從冷盤到咖啡，沒有一樣東西可口：上來的湯是涼的，冰淇淋是熱的；魚像海軍陸戰隊，已登陸了好幾天；肉像潛水艇士兵，曾長期伏在水裏；除醋以外，麵包、牛油、紅酒無一不酸。

錢鍾書不愧是比喻大師。另一位大師余光中，他的精彩比喻，前面已再三提過，我也寫過文章賞析過。然而，任何大師都有百密一疏的時候，余氏近作〈扇〉所用的比喻，就有斟酌的餘地。先引〈扇〉全詩如下：

暑氣裏飛來的一隻單翼鳥
向人耳畔
鼓起一陣陣南風
無論你怎樣來回撲動
左右掙扎
都休想飛出我掌中
南方的單翼鳥啊，不須搖頭

等中秋月圓
風向一變
就讓你乘西風飛去

詩中「撲動」、「搖頭」等字，生動傳神。夏天吹南風，秋天吹西風，也都合乎自然現象。夏天時，我們搖扇生風，以解酷熱；秋天時，扇子見捐，好像鳥兒一樣乘風飛走。因此，以鳥喻扇這個寫法是很有妙趣的。可是，余詩以單翼鳥喻扇，而就我所知，單翼鳥似乎是不存在的。通常，我們以常見之事物去比喻其他事物，使讀者對事物有更清楚的認識，或從一個新的角度去認識這些事物。比喻是創造出來的，但這裏的創造，指創造「此物」和「彼物」之間的新意義，而非創造一個「彼物」去比喻「此物」。前面提到的「彼物」，如鴕鳥、猴子、象、騾、剪刀、圓規、潛水艇等等，都是常見之物；即使〈離騷〉中的宓妃、龍鳳，不見於人間，但至少常見於神話傳說，所以宓妃、龍鳳等比喻，仍然符合好比喻的原則。〈扇〉一詩裏面的單翼鳥，不見於人間，似乎亦不見於神話傳說，是一不常見之物。就常見與不常見這一點而論，單翼鳥這個比喻不算是十全十美的。余氏這位大師尚且如此，可見好比喻的確難得。

象徵是文學創作的另一個技巧，象徵和比喻這兩種技巧，甚有關連。比喻以「彼物」比「此物」；象徵則以一物「象」表「徵」多重意義。在一個比喻裏面，「彼物」和「此物」之間，關係是很清楚的：二者有一個或多個相同之處，好比一對男女，互相吸引，經過月老（文學家）的撮合而成爲夫婦（比喻）。在一個象徵裏面，一物象所表徵的意義，則相當曖昧。好比一個美麗的少女，喜歡她的男孩子很多，她似乎也對他們表示了好感，但到底最喜歡誰呢，有時連經驗豐富的月老（文學家）也說不清楚。李商隱的〈錦瑟〉詩，裏面的「滄海月明珠有淚，藍田日暖玉生煙」兩句，究竟要說明的感受是愛情的悲哀、懷才不遇，還是生命的茫然呢，就相當朦朧了。〈錦瑟〉詩好像海明威的《老人與海》一樣，都是涵義豐富的象徵。不過，不論如何，比喻和象徵都建基於「彼」與「此」的相同點上面。就廣義而言，象徵可以包括在比喻之內。

亞里士多德三大原則中，要生動和用對比兩項，是多種藝術如繪畫、雕刻、音樂、舞蹈、電影、電視所採用的。用比喻這一項（這裏說的是狹義的比喻，不包括象徵）則爲文學所獨有。上面提到「二月春風似剪刀」和恩愛夫妻像圓規兩個比喻，這兩個比喻所涵蘊的意念，繪畫、電影等藝術，是沒有辦法表達出來的，除非我們用超現實的繪畫技巧，或者用卡通的電影形式，而這些已非我們一般所說的繪畫或者電影了。用一般而非卡通的電影技巧，偶爾可以在畫面上取得比喻的效果，但畢竟是可遇而不可求的事。電影《齊瓦哥醫生》裏面，齊瓦哥看到農莊上春花開了，聯想到如花似玉的情人拉娜。導演於是在春花的大特寫之後，緊緊接上拉娜的大特寫，然後拍攝齊瓦哥進城與拉娜幽會的鏡頭。這個蒙太奇的運用，很自然，且有比喻——人美如花——的功效。可是，如果要用電影畫面表現恩愛夫妻如圓規這個比喻，那是一定吃力不討好的，而且予人滑稽造作的感覺。

比喻是文學語言所獨有的，這個道理已有多人講過。錢鍾書舉過一個實例，他說某人在一幅國畫〈雲山圖〉上題詩曰：「初爲亂石勢已大，橐駝連峰馬牛臥。」橐駝馬牛全是比喻，「題畫詩完全可以用比喻這樣描寫，所題的畫要眞是那種景象，就算不得〈雲山圖〉，至多只是〈畜牧圖〉了！」錢鍾書還說了另一個故事：

十八世紀一部英國小說嘲笑畫家死心眼把比喻照樣畫出(the ridiculous consequence of realizing the metaphors)，舉了個例；《新約全書・馬太福音》裏說到責人嚴而對己恕的惡習，用了一個有名的比喻：「只瞧見兄弟眼睛裏的灰塵(mote)，不知道自己眼睛裏有木杆(beam)。」有位畫家就畫一人眼裏刺出長木梁，伸手去拔另一人眼裏挿的小稻草。一句話，詩裏一而二、二而一的比喻是不能畫的；或者說：「畫也畫得就，只不像詩」㉔。

正因爲比喻這種技巧乃文學所獨有，亞里士多德論文學技巧時，特別強調比喻，可見其眼光確實不凡。

㉔ 這兩個故事，請看錢鍾書《舊文四篇》(上海，古籍，一九七九)，頁三九、四〇。

五、從三A到四A：附論結構

修辭的手法（或稱修辭格），要細分的話，不下數十百種。可是，如果我們從大處著眼，作綱領式的分類，則大部分的修辭手法，若非建基於「同」，卽建基於「異」。上文說過，比喻建基於「同」，對比建基於「異」；現在稍加補充說明。例如，我們說科舉制度的一個好處，是布衣可至將相。布衣一詞，屬「借代」的修辭格。布衣是平民所穿的衣服，我們「借」這個和本體事物（平民）有密切關係的事物（布衣），來「代」替本體事物（平民），這個手法就是「借代」。布衣是和平民「同」在的。「比擬」（或稱轉化）是另一種修辭格，不論物擬人，人擬物，「比擬」得以建立的關鍵，端在相比二者的相同或相近。詩人說「有情芍藥含春淚」，又說「滄海月明珠有淚」，何以花和珠都有淚？因爲在詩人眼中，花、珠和人相同，都有感情。在現代詩裏面，有人一臥而「成一條無岸之河」，有人的「血管是黃河的支流」；此無他，詩人主觀地認爲人與河有相同之處而已。事實上，比擬和比喻兩種手法，往往混然難分，使修辭學家大感困惑。此外，修辭格中的「雙關」，或者由於字音雙關，或者由於詞義雙關，莫非以雙關二者的某共同點，作爲其存在的理由。「押韻」建基於韻腳的相同，更不必解釋了。「誇張」這一修辭手法，則是把某事物的一個特點，放大若干倍，使與另一事物等同。汪倫送別李白，友情至深。

李白把情深這一特點，放大起來，說：「桃花潭水深千尺，不及汪倫送我情。」「誇張」就是這樣子來的。亞里士多德說：「成功的『誇張』也是比喻。」㉕確實有理。如果我們用最廣義的解釋，則除了上述的象徵，還有借代、比擬、雙關、押韻、誇張等等修辭手法，都可以給涵攝在比喻的範圍之內。

對比建基於「異」，反諷亦然，這個道理上面已解釋過。此外，矛盾語（language of paradox）也建基於「異」。《老子》說：「福兮禍所倚。」《聖經》則謂：「受苦的人有福了。」莎翁的劇本中，矛盾語極多，西方的現代詩裏面更多，勃魯克斯（C. Brooks）甚至認為矛盾語是詩的主要語言。鄭愁予「美麗的錯誤」一語是任何觸及中國現代詩的人所知曉的。矛盾語之外，我國文學中的對偶手法，也建基於「異」。劉勰認為「反對為優，正對為劣」㉖，最能道出對偶的特色。「此日六軍同駐馬，當時七夕笑牽牛。」是「反對」的極佳範例。對偶是我國文學形式上的最大特質之一，駢文、賦、律詩等體裁，無對偶則不行。而對偶和反諷、矛盾語一樣，可以說是從對比的大樹枝上分叉衍生出來的，因為它們都以「異」為基礎。（當然，對比等手法，「異」之外，也頗有「同」的成分；例如，對偶的規律之一，是實詞對實詞，虛詞對虛詞，這是「同」的一面。這就像比喻等手法，「同」之外，也頗有「異」的成分；例如，人是動物，

㉕《修辭學》第三卷第十一章。
㉖《文心雕龍》〈麗辭〉篇。

花是植物，人美如花這個比喻，有其「異」的一面。我們這裏的「同」「異」之辨，不是絕對的；而是相對的，以彰顯各種修辭手法的特色，爲分辨「同」「異」的目的。）

由此看來，亞氏的對比和比喻，實可開枝散葉，衍生出其他多種修辭手法。這裏對枝葉不能詳細描繪，因爲要詳細的話，就得寫一整本修辭學的書了。亞氏的生動、對比、比喻三大原則，叫人聯想到我國〈毛詩序〉的賦比興三義之說。歷來詮釋賦比興的人很多，朱熹的界說頗得人贊同：「先言他物以引起所詠之詞」，這是興。「以彼物比此物」，這是比。「鋪陳其事而直言之」，這是賦。比就是比喻，興則相當於象徵。這些上文已經指出過。而比與興可以合起來看，上面也討論過了。賦引申來說，有具體生動之意。這一點清人李重華說得最好：「賦爲敷陳其事而直言之，尙是淺解。須知化工妙處，全在隨物賦形。故自屈宋以來，體物作文，名之曰『賦』，卽隨物賦形之義。」㉗這樣一來，賦相當於具體生動，比和興相當於比喻；可是，亞氏所說的對比，賦比興這三義說就遺漏了。如果賦比興三義中的比，可以解作比喻和對比，那末，賦比興三義說就和亞氏的三大原則說，大致上相同。這該多好！事實當然並非如此：歷代的詩論家，就我所知，都只把比釋作比喻，而不作對比解。不過，〈毛詩序〉的三義說，和亞氏的三大原則說，有三分之二相同，也足以說明英雄所見相差不遠了。

對比既是自然界和人文界的普遍現象，又是古今中外文學不可或缺的一項重要技巧；我們用

㉗ 李重華《貞一齋詩說》，收入《淸詩話》中。

亞氏的三大原則說，自然比用〈毛詩序〉的三義說，要通達一些。不過，亞氏的三大原則說，也還有值得增益補充的地方：結構的好壞，影響作品的成敗至鉅；亞氏的三大原則說，沒有提到結構，殊爲可惜。然而，這不表示亞氏評論文學時，腦裏沒有結構的觀念。亞里士多德在《詩學》論到悲劇時，就非常重視情節，說悲劇應具有開始、中間和結束的完整結構。二十世紀以芝加哥大學爲大本營的「新亞里士多德批評學派」(The Neo-Aristotelian Critics)發揚亞氏學說，也強調結構的重要。我國的詩論家，講究呼應，這則與「新批評學派」(The New Critics)所珍視的有機性(organicism)若合符節。作品組織嚴謹，剪裁得當，做到前後呼應，自然結構完整，成爲有機體。劉勰說的「外文綺交，內義脈注」㉘就是這個意思。自然界和人文界，雖有種種混亂的現象，但也有和諧協調、秩序井然的一面。文學作品的結構，可說反映了這正面的現象，肯定了這正面的價值。有時，對比就是結構的一種方式。最好的例子當推范仲淹的〈岳陽樓記〉和余光中的〈競渡〉(此詩前面引述過)；馬維爾(Andrew Marvell)的名詩〈贈羞答答的情人〉(To His Coy Mistress)也是。這三篇作品，都採用正、反、合的結構形式。對比可以是一種結構，不過，結構不限於對比，其他如層遞、頂眞、排比等，也都是結構的方式。結構既然影響作品成敗至大，所以，我認爲在亞氏三大原則之外，有必要加上結構這第四大原則。

生動是 animation；對比是 antithesis；比喻是 metaphor，比喻基於「同」的類比，因此

㉘《文心雕龍》〈章句〉篇。

不妨也稱爲 analogy。以上是A（Aristotle）的三A（animation, antithesis, analogy）；結構可用英文的 architecture（一般則用 structure），是另一A。這樣一來，A的三A就增益成A的四A了。文學創作的基本技巧，四A足以概括。

六、結語：碧梧棲老鳳凰枝

技巧好的作品，是一定具體生動、結構緊密的。對比、比喻等技巧的斟酌採用，無疑更能加強作品的感染力，增加作品的美感。大抵而言，在各種文學體裁中，小說和戲劇較少用比喻，詩和散文則多，詩尤其多。至於生動、對比、結構，則是任何體裁都不能缺少的。成功的文學作品，除了技巧好之外，當然要做到言之有物、文字清通，這二者是最基本的條件。至於偉大的作品，通常氣魄要大，篇幅要長，但最重要的，是要深切地反映人生社會最複雜而又永恒普遍的問題，引起多數人的共鳴和沉思。偉大的作家，必定關心國家人類的命運，且往往有悲天憫人的胸懷。純粹在技巧上雕琢賣弄，爭一句之巧，競一字之奇的作品，很難成爲大器。可是，偉大的作品，必有成功的藝術技巧。上面詳細討論過，種種技巧的存在理由，都可以從社會人生的現象來解釋；我又指出，技巧的有無，與才華息息相關。如果天賦的才華不足，要爲技巧而技巧也是不可能的。所以，評論文學時，技巧的成敗，絕對是一個重要的考慮因素。

我這隻不斷追尋的鳥，已經發現了文學的月桂樹：樹幹是「具體生動」，兩大支幹是「對比」和「比喻」，兩大支幹尚有多條分枝。在樹上築的巢，就當作是「結構」吧！這株月桂樹，說是梧桐也無不可。總之，這是文學藝術的佳木。我希望其他的鳥，翔集在根牢幹直、枝葉茂盛的佳木上，做善詠的夜鶯或者鳳凰[29]，用美妙動人的聲音，唱出人類的歡樂和悲歌。

——一九八〇年八月

[29] 杜甫〈秋興〉八首有「香稻啄餘鸚鵡粒，碧梧棲老鳳凰枝」之句。

詩話詞話中摘句爲評的手法

——兼論對偶句和安諾德的「試金石」

內容提要

中國傳統的詩話詞話，論述作家和作品時，往往籠統概括、好用比喻、評語簡約，用的可說是印象式批評的手法。

印象式批評家雅好摘錄詩詞中佳句，有時附帶精簡批語，有時摘而不評，只把佳句羅列出來，甚或編成「句圖」。他們選取的句子，十九爲對偶句，其中又以描摹自然景物者居多。對偶句雖然只是兩個句子，不過既是作家用心經營的結果，本身意義完整，又有對比性，便很可以孤立起來欣賞。英國十九世紀著名批評家安諾德（Matthew Arnold）的「試金石」（touchstones）法，同樣摘句爲評，可是所摘之句大異於中國的對偶句，是不能從詩篇的上下文中抽離出來，供人品鑑的。

向來不少詩人詞人，精工細琢，耽於佳句。談藝之士，並沒有辜負苦吟者的心血。他們採摘品評之餘，還以其人之佳句作爲其人的稱號，又以其人之佳句作爲其人風格的寫照；摘句的妙用很多，也爲批評家帶來不少樂趣。

一、引言

《文心雕龍》和《詩品》等名著之後，中國傳統文人對詩詞的評論，多用詩話詞話的體裁寫出來。這些著述，內容豐富而駁雜，詩學理論、作家逸事、品鑑評隲等等都有。近人如郭紹虞、劉若愚等先生，對詩話詞話中詩學理論部分的整理疏釋，不遺餘力，成績亦可觀。對詩話詞話中品鑑評隲（卽今人所謂實際批評）的手法，卻罕有析論。縱使偶有涉及，則多以印象式批評稱述其品評手法，語焉不詳，且言下頗有輕蔑之意。中國印象式批評的特色，是籠統概括、好用比喻、評語簡約。若言精密詳盡，自以現代西方的新批評（The New Criticism）爲是。不過，談藝之士，如能博觀約取，洞鑑深微，則心領神會之餘，寥寥數語，反得要言不煩之妙。中國傳統批評家，雅好摘句爲評。這種方式，乃印象式批評手法之一端。本文縷述摘句爲評手法之特點，追溯其淵源，析論其與中國詩學之關係，並以與英人安諾德（Matthew Arnold）的「試金石」

(touchstones) 法比較。所據材料，自北宋歐陽修《六一詩話》至清末王國維《人間詞話》，計二十餘種，頗能代表近千年來詩話詞話的批評傳統❶。

二、批評家的視野

詩話詞話中的評語，有時針對一字一詞，有時則籠括一體一代。宋歐陽修的《六一詩話》有

---

❶ 這篇文章根據本人博士論文《中國印象式批評——詩話詞話批評手法初探》("Chinese Impressionistic Criticism: A Study of the Poetry-talk (*shih-hua tz'u-hua*) Tradition," The Ohio State University, 1976) 中一章改寫而成。論文原稿得到陳穎、勞延煊、葛倫穆 (William Graham, Jr.) 諸位教授指正。謹此致謝。
本文研討的詩話詞話共二十一種，計為：歐陽修（一〇〇七—一〇七二）《六一詩話》、張戒（十二世紀）《歲寒堂詩話》、嚴羽（十二至十三世紀）《滄浪詩話》、王若虛（一一七四—一二四三）《滹南詩話》、陳繹曾（十四世紀）《詩譜》、李東陽（一四四七—一五一六）《懷麓堂詩話》、謝榛（一四九五—一五七五）《四溟詩話》、王士禛（一六三四—一七一一）《漁洋詩話》、沈德潛（一六七三—一七六九）《說詩晬語》、袁枚（一七一六—一七九八）《隨園詩話》、趙翼（一七二七—一八一四）《甌北詩話》、翁方綱（一七三三—一八一八）《七言詩三昧舉隅》、施補華（十九世紀）《峴傭說詩》、梁啟超（一八七三—一九二九）《飲冰室詩話》、王灼（十二世紀）《碧雞漫志》、張炎（一二四八—一三二〇？）《詞源》、楊慎（一四八八—一五五九）《詞品》、賀裳（十七世紀）《皺水軒詞筌》、許昂霄（十八世紀）《詞綜偶評》、陳廷焯（一八五三—一八九二）《白雨齋詞話》、王國維（一八七七—一九二七）《人間詞話》。文中所舉例證，大部分來自上述二十一種詩話詞話。我國詩話詞話的數量極多，支持本文論點的例子，自然還可以從其他多種詩話詞話中舉出來。

一則云：

陳公時偶得杜集舊本，文多脫誤。至〈送蔡都尉〉詩云：「身輕一鳥……」其下脫一字。陳公因與數客各用一字補之，或云「疾」，或云「落」，或云「起」，或云「下」，莫能定。其後得一善本，乃是「身輕一鳥過」。陳公歎服，以爲雖一字，諸君亦不能到也❷。

一字雖少，對詩意影響至大。鍊字的重要，於此可見。明李東陽的《懷麓堂詩話》也記了個一字之差的故事。某人於寺壁題詩，其中一句是「前峯月照一江水」。離寺後，此人念念不忘這行詩句，覺得不大妥善，最後認爲應以「半」字代替「一」字。於是馬上趕回寺院，要修改原句。回來一看，不禁愕然。原來「一」字已被易爲「半」字，他要改的，已有人代他改了。只好讚嘆一番而去❸。

以上兩個鍊字的故事，較不爲人所知。「春風又綠江南岸」和「紅杏枝頭春意鬧」二句，分別以「綠」字「鬧」字見功夫。這些詩史上鍊字的軼話，則早已家傳戶曉，用不著多費筆墨介紹

❷ 何文煥編《歷代詩語》（臺北，藝文，一九七四年影印）中《六一詩話》，頁四。
❸ 丁福保編《歷代詩話續編》（上海，文明，一九一六年；臺北，藝文影印）中《懷麓堂詩話》，頁八。

了。詩話詞話的作者，向來只用意筆作寥寥評語，不喜用工筆作長篇大論的分析。過、半、綠、鬧等字，妙在何處，勝在那裏，只能讓讀者自己去意會了。明人謝榛在其《四溟詩話》中，說杜詩「星垂平野濶，月湧大江流」一聯的湧字尤「奇」❹，究竟何以見得，批評家似乎覺得沒有向讀者交代的需要。

批評家的視野，有時局限於一字一詞，有時則涵蓋了一體一代。唐詩和宋詩，常爲批評家相提並論。宋詞分南北，其風格異同，向爲談藝者所津津樂辨。《四溟詩話》有一則涉及唐、宋詩之分野：「唐詩如貴介公子，舉止風流；宋詩如三家村乍富人，盛服揖賓，辭容鄙俗」❺。清人陳廷焯的《白雨齋詞話》如此比較南、北宋之詞：「北宋詞，『詩』中之風也；南宋詞，『詩』中之雅也」❻。詩話的批評，文字簡約，好用比喻，其手法基本上是印象式的。剛才所舉兩則，是相當典型的印象式評語。語言的簡化，在人類的文化行爲中，是必要的，也是危險的。唐詩和宋詩的數量這麼多，任何的概述必定不夠準確，必有遺漏。不過，印象式批評家的作風就是如此。又有人說讀「唐詩如啖荔枝」，讀「宋詩如食橄欖」❼，其概括性確實驚人。

詩話詞話的評論對象，雖然小至一字一詞，大至一體一代，到底還是以個別作品和作者爲

---

❹《歷代詩話續編》中《四溟詩話》卷一頁一二。
❺同註❹卷一頁四。
❻唐圭璋編《詞話叢編》（原編有一九三四年序；臺北，廣文影印）中《白雨齋詞話》卷七頁五。
❼繆鉞《詩詞散論》（臺北，開明，一九五三年重印），頁一七。

多。例如，清人許昂霄的《詞綜偶評》即以單篇的詞爲本，指出每首的「清勁」、「清新俊逸」或「蕭疏淡遠，雅與題稱」之處❽。至於以作者爲單位的評論，例子俯拾卽是，毋庸贅舉。

三、摘句為評

詩話詞話評論某某作品和作者時，常常採用摘句的方法。第一本以「詩話」爲名的《六一詩話》，便有很多摘句爲評的例子。下面所引，來自《六一詩話》，評的是三個不同作者的詩句：

又如「曉鶯林外千聲囀，芳草堦前一尺長」，殆不類其爲人矣。其句有云：「風暖鳥聲碎，日高花影重。」又云：「曉來山鳥鬧，雨過杏花稀。」誠佳句也。

松江新作長橋，制度宏麗，前世所未有。蘇子美〈新橋對月〉詩所謂「雲頭灩灩開金餅，水面沉沉臥彩虹」者是也。時謂此橋非此句雄偉不能稱也❾。

❽《詞話叢編》中《詞綜偶評》，頁四、一一、二三。
❾同註❷，頁一三、五、九。

其實，徵引詩句以支持批評家自己的見解，這做法毫無新鮮奇特可言。中外古今的批評家，莫不如是。摘句爲評的手法，在中國至少可以上溯到鍾嶸的《詩品》，如：

至乎吟詠情性，亦何貴於用事。「思君如流水」，旣是卽目；「高臺多悲風」，亦唯所見；「清晨登隴首」，羌無故實；「明月照積雪」，詎出經史⑩。

不過，詩話詞話的印象式批評家，其摘句爲評的做法，有很大的特色，與一般爲建立理論而徵引詩句的作風不同。一般批評家之摘句，乃有所爲而爲。很多印象式批評家，則無所爲而爲；看到出色的句子，心裏歡喜，遂採而摘之，以筆錄之，如此而已。還有，所摘之句，往往成爲被孤立起來欣賞的對象，印象式批評家是不問句與篇之間的關係的。上面從《六一詩話》引錄的三段文字中，最後那段，我們就很難說批評家乃爲支持某個論點而摘句。歐陽修引了「雲頭灔灔開金餅，水面沉沉臥彩虹」一聯，只因爲它描寫新橋周遭的景色，維肖維妙。

摘錄佳句，只爲了欣賞詩句本身，而非爲了說明甚麼觀點，這種做法在清人王士禎的《漁洋詩話》和袁枚的《隨園詩話》中，更加明顯。王漁洋的慣技，便是摘引詩句，然後說：「皆警句也！」「佳句也！」「得唐人三昧⑪！」袁子才則常常摘而不評，下面爲一例：

⑩ 陳廷傑《詩品注》（香港，商務，一九六九年），頁七。
⑪ 丁福保編《清詩話》中《漁洋詩話》頁一七七、一七八、一七九。

湯中丞莘來聘，〈湖上〉云：「小橋隔岸時通馬，細柳如烟不礙鶯。」江西揚子載〈偶成〉云：「漁燈欲滅見漁火，細雨無聲添落花。」⑫

以上引自《六一詩話》和《隨園詩話》的詩句，有兩個共通點：第一，是對偶句；第二，寫的是景物。上面所舉的，不過是幾個順手拈來的例子。事實上，《六一詩話》、《漁洋詩話》和《隨園詩話》中被引錄的詩句，大都具有這兩個特點。《漁洋詩話》所摘引的，更幾乎清一色是這類詩句。此外，在清人趙翼的《甌北詩話》中，有很多篇幅，專門羅列作者所摘的偶句。趙著中有一大段，全是陸游的偶句，共三百三十對左右。甌北老人把這數百對偶句區分爲三類：使事、寫懷和寫景。這本詩話裏，還摘了很多其他詩人的偶句，來自查愼行的尤多，其數量直追來自陸游的。

四、對偶句和安諾德的「試金石」

對偶句，顧名思義，是一雙互相對比的詩句。每句必須本身先具意義，才能與另一句匹對。所以，對偶句中任一句，必須是獨當一面、意義完整的句子。它與另一句聯合起來時，意義擴大

⑫ 雷瑨《箋注隨園詩話》（臺北，鼎文，一九七四年影印舊版），卷一二頁六。

了、豐富了，且往往產生戲劇性的效果。律詩中的頷聯和頸聯要對偶才合律。不論頷聯也好，頸聯也好，既是全首律詩的一部分，自然應與全詩的其他各句互相呼應，結合成為有機體。因此，我們鑑賞頷聯或頸聯時，最好把它連同上下文理一起來品味。然而，對偶句既然具有剛才所說的特質，即使把它從全詩中抽離出來，還是有可觀之處的。我們不妨把對偶句看作一首小詩。我國歷史悠久的對聯，和律詩的對偶句差不多，只是長短自由而已。對聯雖然只有兩句，而意義完整，其實就是小詩。請看下面幾雙對偶句：

一、生希李廣名飛將
死慕劉伶作醉侯

二、一年將盡夜
萬里未歸人

三、曉來山鳥鬧
雨過杏花稀⑬

⑬第一對為趙翼所引，見其所著《甌北詩話》（北京，人民文學，一九六三年），頁八二。第二對同上，頁一七二。第三對為歐陽修所引，見註②，頁五。

第一對摘自陸游的詩，《甌北詩話》將之歸入使事類。李廣和劉伶是著名的歷史人物，讀者對他們不會感到陌生。此聯所寫的是儒家的和道家的兩種人生態度，前者由李廣代表，後者則由劉伶。此聯雖從全首詩抽離出來，但意完神足，可以被孤立起來鑑賞。

第二對也是趙翼摘引的，得自唐代戴叔倫的詩。照趙翼的分法，可入寫懷類。欣賞此聯時，我們不必理會全詩到底如何。一年將盡，人人團聚過年宵，而遊子離家萬里，欲歸不能，愁鬱之情，盡在不言之中。一年對萬里，一少一多，將盡對未歸，一近一遠，更帶有震撼人心的筆力。

第三對是《六一詩話》摘引過的，可歸入趙翼所分的寫景類。此聯不用事，也不用典，把風景直接呈現在讀者眼前，人人可得而感覺其詩境。這類寫景的對偶句，無疑是三類中最獨立、最完整的。《六一詩話》、《漁洋詩話》和《隨園詩話》中摘引的對偶句，大都描摹景物，《漁洋詩話》中尤其如此。這點上面已說過了。

對偶句獨立自足的特質，在與十九世紀英國批評家安諾德的「試金石」相形之下，當更明顯。安諾德於〈詩學〉（"The Study of Poetry"）一文中，主張以試金石爲評詩的「眞正」標準。他的所謂試金石，是從歷來偉大作品所挑選出來的片段，用以鑑定其他一般作品中「崇高詩質的有無」。所謂「崇高詩質」，安諾德指的是「高度的嚴肅性」和「恢宏的氣度」（the grand style）⓮。在〈詩學〉中，他選了十一個片段作爲試金石。其中九段摘自《伊利亞德》、《神

⓮ 安諾德的主張，見其"The Study of Poetry"及"On Translating Homer. Last Words"二文。

曲》和《失樂園》三篇史詩；另外兩段分別摘自莎劇《漢穆雷特》和《亨利四世之二》。有一段引自《神曲》，被安諾德譽爲「但丁那精彩絕倫的一行半」，是這樣的：

我不哭泣，內心變得異常堅強
他們哭了。

另一段摘自《失樂園》的，則如下：

加上永不屈撓的勇氣：
還有什麼不被克服⑮？

---

⑮ 所引《神曲》原文爲
Io non piangeva, si dentro impietrai;
piangevan elli;
卡萊爾 (J. A. Carlyle) 的英譯爲：
I did not weep: so strong grew
I within! they wept;
此處卡萊爾英譯引自 John S. Eells, Jr., *The Touchstones of Matthew Arnold* (N. Y.: Bookman Associates Inc., 1955), p. 207.

第一塊試金石指出「我不哭泣」和「他們哭了」的分野。可是，「我」是誰？「他們」是誰？「我」何以不哭泣？「他們」何以垂淚？這一行半背後的故事到底怎樣？第二塊試金石則無非強調勇氣二字。讀了這二行後，我們會問：誰的勇氣？此勇氣在甚麼情形下表現出來？除非我們讀過《神曲》和《失樂園》，且特別熟習這些試金石片段的上下文理，否則，我們根本不能回答上述的問題，遑論欣賞這些片段了。伊爾斯（John S. Eells, Jr.）仔細研究過安諾德的十一塊試金石，以及各有關的文學作品，有這樣的結論：

讀者必須從上文下理去推敲〔這十一塊試金石〕，才能領會其義，進而認識其無上的想像性價值。要徹底理解這些試金石片段，而不從上下文入手，顯然是不可能的⑯。

不過，對偶句和對聯是中國文學的特產，西方文學沒有這種製作。知道試金石片段和對偶句的不同，我們是不用大驚小怪的。論者或以爲安諾德摘引這些片段，用以衡量其他詩篇，乃因這些片段所含的「崇高詩質」不容易用文字解釋出來⑰。（安諾德主張詩貴有「恢宏的氣度」，但

⑯ 同註⑮ Eells 書頁二〇七。
⑰ Eells 即有此論，見註⑮所引書，頁二〇四。

對此詞語焉不詳，有人請他好好說明一下，他猶豫起來，謂此詞的含蘊非「文字定義」所能窮盡[18]。）就此而言，安諾德可稱得上是個直覺式批評家，認爲藝術品之美，不能悉以言傳。不過，與中國印象式批評家相較之下，安諾德的直覺性就黯然失色了。安諾德論及試金石時，頗有不落言詮之概。他的詩論，整體而言，知性卻是很重的。而在中國，莊子早已指出了語言文字的局限，歷代很多詩人，更認爲詩藝詩境，只可意會，不能言傳[19]。正宗的直覺式批評家，應是王漁洋、袁子才之輩，而非英國的安諾德。在《漁洋詩話》和《隨園詩話》中，到處可見的，就是摘而不評的現象。即使附有評語，也是短到不能再短的。

摘句，且摘而不評的直覺式手法，並非源於詩話。唐人已開摘選秀句之風。宋人李洞（一〇八八——一一五八）輯錄唐代賈島的詩句，而成《集賈島詩句圖》一卷。另一本類似的書，是《惠崇句圖》。惠崇是宋人，《六一詩話》提過他。《集賈島詩句圖》和《惠崇句圖》今已佚，但後世似有人徵引過，我們可藉此窺見其概略。《吟窗雜錄》有一段，全是偶句，且以寫景爲主，一共有十三對（著名的「鳥宿池邊樹，僧敲月下門」即爲其一），大概就是引自《集賈島詩句圖》的。《青箱雜記》則載有惠崇的對偶句一百雙，內容泰半是自然景物[20]。

---

[18] 見前引安諾德"On Translating Homer. Last Words"一文。

[19] 請參閱拙著《中國詩學縱橫論》（臺北，洪範，一九七七年）中〈中國詩學史上的言外之意說〉一文。

[20] 《青箱雜記》的編著者是吳處厚。筆者在《歷代小說筆記大觀》一書中檢得《青箱雜記》，並以此作爲立論的根據。又：有關詩句圖的資料，可參看羅根澤，《中國文學批評史》（上海，古典文學，一九五八至六二年），頁四九五至五〇五。

上面引證說明對偶句的受歡迎，所舉各例皆來自詩話。詞話中，摘句爲評或摘而不評的現象也隨處可見。詞牌數目繁多，有的詞牌內某些句子要對仗，有的則否。此外，同一個詞牌內的若干句子，甲詞人用了對仗，乙詞人則可能不用。例如大家耳熟能詳的〈滿江紅〉「怒髮衝冠」中，「三十功名塵與土，八千里路雲和月」兩句是對的，而蘇軾的〈滿江紅〉「東武南城」，與「怒髮衝冠」中相應的「枝上殘花吹盡也，與君試爲江頭覓」兩句則不對。總之，詞的對仗，要求上不如律詩的嚴格；詞中對偶句，位置沒有一定，也沒有律詩的明顯㉑。即使如此，以摘句爲能事的批評家，眼目所見，仍然是詞中的對偶句。明代楊慎的《詞品》，論及姜夔時，摘句作評，所摘的如「拂雪金鞭，欺寒茸帽」，「池面冰膠，牆腰雪老」，「朱戶黏雞，金盤簇燕」，「別世情懷，隨郎滋味」，「檻曲縈紅，簷牙飛翠」，「酒祓清愁，花消英氣」等，都是對偶句。摘評陸游時，「華燈縱博，雕鞍馳射」，「輕舟八尺，低蓬三扇」，「墜鞭京洛，解珮瀟湘。欲歸時，司空笑問；漸近處，丞相嗔狂」等，亦莫不如此㉒。清代賀裳的《皺水軒詞筌》有以下一則：

詞家須使讀者如身履其地，親見其人，方爲蓬山頂上。如和魯公「幾度試香纖手暖，一回嘗酒絳脣光」，賀方回「約略整鬟釵影動，遲回顧步佩聲微」，歐陽公「

㉑ 可參閱王力，《漢語詩律學》（上海，教育，一九六二年）及《詩詞格律》（北京，中華，一九七七年）二書中〈詞的對仗〉部份。

㉒ 《詞話叢編》中《詞品》卷四頁六至七；又卷五頁七。

弄筆偎人久，描花試手初」，無名氏「照人無奈月華明，潛身卻恨花陰淺」，孫光憲「翠袂半將遮粉臆，寶釵長欲墜香房」，晏幾道「濺酒滴殘羅，扇子弄花，薰得舞衣香」，眞覺儼然如在目前，疑于化工之筆㉓。

其他例子尙多，不勝枚舉。

五、摘句的妙用和樂趣

綜上所述，我們發現了中國詩學上一個奇特的現象，此即嗜偶句成癖之風。國人向來寫詩作文，都講究起承轉合，前後呼應。談藝者素來認爲有句有篇才是好詩，有句無篇則非佳構。可是，中國的印象式批評家，摘起句來，似乎把起承轉合、有句有篇那堆理論全部拋諸腦後。他們盈手所握，莫非工工整整的對偶詩句。所摘之句，如何與原詩呼應協調，他們並不理會。究竟何以有此嗜偶句成癖之風呢？上面比較對偶句與安諾德的試金石時，說明了對偶句意完神足，是首小詩。把若干情理事物，濃縮成短短的兩句，鏗鏘的聲調，精鍊的文字，確有引人之處。嗜偶句成癖之風，也可用陰陽之說來解釋。陰陽之道，既匹敵，又調和；是矛盾，又是統一。對偶句所

㉓ 《詞話叢編》中《皺水軒詞筌》頁四。

表現的，正是陰陽之道。陰陽是天地萬物的精氣，而對偶句則爲詩之精華。中國人好對聯、好詩鐘、好摘對偶句，正因爲中國人相信陰陽的道理。

有句有篇是理想的詩，只摘佳句則爲傳統印象式批評家之癖。袁枚晚年時，一面深悔自己從前所寫的詩，率多有句無篇；另一方面，卻以摘佳句爲能事，佳句所自出的詩，成篇不成篇，則不計較。《隨園詩話》有一則曰：

常州趙仁叔有一聯云：「蝶來風有致，人去月無聊。」仁叔一生只傳此二句。其〈擬古〉云：「莫作江上舟，莫作江上月。舟載人別離，月照人離別。」趙仁叔一生所傳，亦只此四句。㉔

人之傳後，實託賴名句之鴻福。詩人及其名句的關係，還有比此更密切的：人以名句傳，而名句即變爲其名，名句與名，二者合而爲一。《隨園詩話》另一則詩壇逸話，謂清人吳修齡有句云：「雁將秋色去，帆帶好山移。」非常傳誦，人因呼之曰「吳好山」。㉕中國傳統文人，名、字、號等等，稱謂極多，已令人有眼花撩亂、難以悉記之感。如今還加上名句之名，益形紛亂。不

㉔ 同註⑫卷一頁六。
㉕ 同註⑫卷三頁三七。

過，印象式批評家，四處賜人以嘉名，以致眾名亂飛，而樂此不疲。《漁洋詩話》說，淸代兩個詩人，一個名爲「崔黃葉」，一個名爲「王黃葉」；其得名之由，是二人的名句中都有黃葉二字。「王黃葉」一名且是王漁洋所起的，漁洋提到此事，自然洋洋得意㉖。可是王氏「名心」太重，有一次幾乎因此而賠上了一份友情。王漁洋這樣敍述該事：

祁珊洲……有詩云：「一夜東風吹雨過，滿江新水長魚蝦。」余深喜之，戲呼爲「祁魚蝦」。祁作色而怒，余笑謝曰：「兄勿怒，此自有先例。」祁問何例。余曰：「兄不聞『梅河豚』耶？」祁乃失笑而罷㉗。

這則逸事中所謂的梅河豚，是宋人梅堯臣，梅氏有詩曰：「春洲生荻芽，春崖飛揚花。河豚當是時，貴不數魚蝦。」㉘漁洋稱祁珊洲爲祁魚蝦，謂有梅河豚的先例。照梅氏詩意，河豚是貴於魚蝦的。把人稱作魚蝦，又舉河豚爲例，多少帶有侮辱的意思。如果祁珊洲涉獵够廣，讀過梅氏此詩，大概要於轉怒爲笑之後，復變笑爲怒了。

梅河豚、祁魚蝦之外，還有其他許多類似的名稱，皆因名句而來。「紅杏尙書」、「賀梅

㉖同註⑪頁一六八、二〇二。
㉗同註⑪頁一七九。
㉘歐陽修引過此詩，見註❷頁二。

子」、「張三影」、「山抹微雲秦學士」等，都是例子。曹丕認爲文章乃不朽之盛事，梅堯臣、宋祁（官至尚書）、賀鑄、張先、秦觀諸詩詞作者，如果堪稱不朽，則此不朽實在頗爲得力於其名句。

名句的妙用，尙不止此。宋代詞人陳允平有詞以「望遠秋平」爲起句。批評家陳廷焯認爲四字似陳允平詞境，用作其全集讚語亦無不可㉙。摘其人之句，以之評其人之詩詞，這種做法到了王國維的《人間詞話》就更得勢了：

「畫屏金鷓鴣」，飛卿語也，其詞品似之。「絃上黃鶯語」，端己語也，其詞品亦似之。正中詞品，若欲於其詞句中求之，則「和淚試嚴妝」，殆近之歟？㉚夢窗之詞，余得取其詞中之一語以評之曰：「映夢窗凌亂碧。」玉田之詞，余得取其詞中之一語以評之曰：「玉老田荒。」㉛

從上文我們看到歷代批評家對摘句的偏嗜。所摘之句，多被孤立起來欣賞，評與不評，反在

㉙ 同註❻卷二頁五。
㉚ 《詞話叢編》中《人間詞話》卷一頁一。
㉛ 同上，卷二頁六。

其次。本題目「詩話詞話中摘句爲評的手法」中「摘句爲評」四字，這樣看來，可有兩重意義：第一，摘了句後，對所摘之句加以評論；第二，摘句本身，就是批評，即摘句之後，別無評論。此外，我們又從上文看到，所摘之句，可用爲作者之別號，更可用來批評作者。總之，摘句的妙用很多，摘句爲批評家帶來不少樂趣。杜甫「爲人性僻耽佳句，語不驚人死不休」，賈島「二句三年得，一吟雙淚流」，苦吟的精神，誠可欽佩。李賀騎驢覓句，令小奚奴背古錦囊從之，他爲詩藝嘔心瀝血鞠躬盡瘁的奉獻，使人感動。幸好這些苦吟的詩人，歷代都有知音。李賀覓句有得，即書投囊中，日暮歸家，把所獲擴充，組織而成篇，變零爲整。印象式批評家的做法剛好相反，披篇摘句，化整爲零，然後集合成錦囊式的句圖。寫詩人晝夜嘔心吟詠之苦，遂成爲談藝者隨時肆意採摘之樂。

——一九七八年

附錄：黃維樑學術年表簡編（至一九八八年七月止）

一九四七年

出生於廣東省澄海縣。

一九五五年

與家人移居香港，在港接受小、中、大學教育。

一九六九年

畢業於香港中文大學中文系，副修英文，獲一級榮譽學位。在中、大學時已發表文章，參加文化學術活動，得過徵文獎，與朋友創辦雜誌，任報紙副刊兼職編輯。同年赴美國深造。

一九七四年

年底完成〈艾略特與中國現代詩學〉長文，翌年發表於臺北《幼獅文藝》。此文後來入選柯慶明主編的《六十四年中國文學批評年選》。

一九七六年

△八月獲美國俄亥俄州立大學（The Ohio State University）文學博士學位，論文題爲

"Chinese Impressionistic Criticism: A Study of the Poetry-talk Tradition"。

△同月與妻子、女兒回港，任教於香港中文大學中文系。

一九七七年

△十二月《中國詩學縱橫論》一書由臺北洪範書店出版，此書收〈詩話詞話和印象式批評〉、〈王國維《人間詞話》新論〉、〈中國詩學史上的言外之意說〉三篇長文。此年並發表數篇文學評論。

△六月到美國參加AAS的學術會議，宣讀論文"T.S. Eliot and Modern Chinese Poetics"。

△此年在香港主持若干文學講座。

一九七八年

△英文論文"Selection of Lines in Chinese Poetry-talk Criticism—With a Comparison between the Antithetical Couplets and Matthew Arnold's Touchstones"發表在*New Asia Academic Bulletin*；此年有其他論著多篇發表在臺、港之刊物上。

△爲「香港比較文學學會」發起人之一，該會於一月成立，本人出任該會秘書。此年又擔任新加坡南洋大學中文系碩士論文校外考試委員。

△一月主持香港「青年文學獎」講座，題爲〈香港文學：回顧與前瞻〉。此年並主持多項文學講座，擔任徵文比賽評判等。

一九七九年

△五月《火浴的鳳凰：余光中作品評論集》由臺北純文學出版社出版。此書由本人編著，厚近五百頁。出版後迭獲好評，美國學報 CLEAR（1985）有一書評謂此書爲「每一研究臺灣文學者所必備」。此年又在臺、港發表文學評論多篇，包括刊於 *Renditions* 的 "The River at Dusk Is Saddening Me: Cheng Ch'ou-yü and Tz'u Poetry"。

△此年續任「香港比較文學學會」秘書。

△主持多項講座，擔任文學獎評判。

一九八〇年

△在臺、港等地發表多篇文學評論。八月起在香港《明報》撰寫《學苑漫筆》專欄，約每週一篇，爲普及性學術散文。

△參加香港大學及香港中文大學的學術研討會多個。

△主持多個文學講座，包括八月市政局圖書館主辦的「中文文學週」講座，題目爲〈文學的四大技巧〉。又擔任多項徵文比賽評判等工作。

一九八一年

△七月，與文友合著的《文學的沙田》一書，由臺北洪範書店出版。十二月，《清通與多姿：中文語法修辭論集》由香港文化事業有限公司出版。此年仍在港、臺等地發表文學論文及其

他作品。六月起在香港《百姓半月刊》寫《古詩今讀》專頁。

△八月下旬赴美國，任威斯康辛大學（The University of Wisconsin at Madison）東亞語文系客座副教授。十二月在該系主持講座，題爲“Comic Mode and Tragic Mode in Tu Fu's Poetry: An Archetypal Approach”。十二月下旬回港。

△在香港參與多項文學活動，包括在市政局圖書館主辦的「中文文學週」以〈怎樣讀新詩〉爲題發表演講。

一九八二年

△二月《怎樣讀新詩》一書由香港學津書店出版。六年後臺北五四書店印行此書臺灣版。此年仍在臺、港等地發表多篇作品。

△三月參加香港中文大學「中西比較文學會議」，會上宣讀論文。五月參加美國紐約聖約翰大學（St. John's University）舉辦的「中國當代文學研討會」，宣讀論文，題爲“Mainland China from the Perspective of Its Émigré Writers in Hong Kong”。此年並擔任香港大學中文系碩士論文校外考試委員。

△在香港參與多項文學活動，擔任「香港青年作者協會」顧問。

一九八三年

△散文集《突然，一朵蓮花》由香港山邊社出版。此書標題之作曾入選臺北九歌出版社的《

七十一年散文選》，後來又被選爲香港校際朗誦節朗誦作品（一九八八年）。此年仍有多篇作品在港、臺等地發表。

△八月下旬參加在臺北舉行的第四屆「國際比較文學會議」，宣讀論文，題爲“The Carved Dragon and the Well Wrought Urn: Notes on the Concepts of Structure in Liu Hsieh and the New Critics”。此文後來發表於 *Tamkang Review* (1984)。此年並擔任香港大學英文及比較文學系碩士論文校外考試委員。

△在香港參與多項文學活動，包括在「中文文學週」主持講座，題爲〈香港文學研究〉。

一九八四年

△與劉紹銘合編的《中國現代中短篇小說選》上册，由香港友聯出版社出版。此年在臺、港等地發表多篇評論。開始在香港《良友》畫報撰寫《大學小品》專欄，每月一篇。

△四月在厦門大學參加第二屆臺港文學學術討論會，宣讀論文〈香港文學研究初步〉。

△應邀在香港、澳門、深圳各地主持多次文學講座，擔任文學獎評判。

一九八五年

△五月，《香港文學初探》一書由香港華漢文化事業公司出版。（一九八七年北京友誼出版社重印此書。）此年主編《沙田文叢》。《大學小品》一書爲《沙田文叢》之一，十二月由香港香江出版社出版。此年仍在港、臺等地發表作品，包括在香港《信報》發表〈評余英時對香港文

化的看法〉，此文在五月分三天連載刊出。

△四月在臺北參加第一屆「國際中國古典文學會議」，宣讀論文，題爲〈春的悅豫和秋的陰沉——試用佛萊基型論觀點析杜甫的〈客至〉和〈登高〉〉。五月在香港參加香港大學舉辦的香港文學研討會，宣讀論文，題爲〈框框內外：抽樣論香港女作家的散文〉。十月在湖南參加學術會議。十一月應邀在上海復旦大學和華東師範大學講學，內容爲文學批評與中國當代文學。

△此年仍在香港參與多項文學活動。

一九八六年

△發表多篇文學評論，如〈中國傳統詩歌格律的現代化〉等，以及散文作品。〈采筆干氣象〉一文入選臺北爾雅出版社的《七十四年文學批評選》。

△五月在廣州市中山大學及暨南大學講學。六月在西德出席國際筆會年會，又在 Reisensburg 參加「中國文學的大同世界」學術會議，宣讀論文，題爲"Hong Kong Literature in the Context of Modern Chinese Literature"。此年夏天，旅遊歐洲諸國，並在英國的牛津和劍橋大學作短期訪問研究。此年十月，參加香港浸會學院的「唐代文學研討會」，宣讀論文，題爲〈唐詩的現代意義〉。十二月，參加深圳大學的第三屆臺港及海外華文文學討論會，宣讀論文，題爲〈香港文學與中國現代文學的關係〉。

△十一月，香港中文大學香港研究中心成立香港文學研究室，爲負責人。

△此年仍參與香港多項文學活動。

一九八七年

△發表多篇文學評論，包括〈流沙河及其作品〉、〈許地山在香港的創作〉。散文及雜文入選《中國當代散文選》、《香港作家雜文選》。主編臺北時報出版社《世界中文小說選》中香港部份，並撰寫導言。與劉紹銘合編的《中國現代中短篇小說選》下册由香港友聯出版社出版。

△八月，參加臺北的第五屆「國際比較文學會議」，宣讀論文，題爲〈五四新詩所受的英美影響〉。同月參加香港嶺南學院「中文寫作研討會」，發表論文。十二月，參加臺北「現代華人地區發展經驗與中國前途問題研討會」，宣讀論文，題爲〈近十年香港文化的蓬勃多元發展〉。

△六月，香港作家協會成立，任主席。

△此年仍在香港參與多項文學活動。

一九八八年

△〈近十年香港文化初探〉長文，一月在《信報》連載刊出。六月，主編的《中國當代小說選》第一集，由香港新亞洲出版社出版。〈醞藉者與浮慧者——中國現代小說兩大技巧模式〉一文，入選臺北爾雅出版社的《七十六年文學批評選》。散文作品入選《藝術家精英散文選》。

△七月，參加香港大學「臺灣經濟文史研討會」，宣讀論文，題爲〈余光中的「環保」詩〉。

△此年仍在香港參加多項文學活動。

滄海叢刊已刊行書目（八）

書名	作者	類別
文學欣賞的靈魂	劉述先	西洋文學
西洋兒童文學史	葉詠琍	西洋文學
現代藝術哲學	孫旗譯	藝術
音樂人生	黃友棣	音樂
音樂與我	趙琴	音樂
音樂伴我遊	趙琴	音樂
爐邊閒話	李抱忱	音樂
琴臺碎語	黃友棣	音樂
音樂隨筆	趙琴	音樂
樂林蓽露	黃友棣	音樂
樂谷鳴泉	黃友棣	音樂
樂韻飄香	黃友棣	音樂
樂圃長春	黃友棣	音樂
色彩基礎	何耀宗	美術
水彩技巧與創作	劉其偉	美術
繪畫隨筆	陳景容	美術
素描的技法	陳景容	美術
人體工學與安全	劉其偉	美術
立體造形基本設計	張長傑	美術
工藝材料	李鈞棫	美術
石膏工藝	李鈞棫	美術
裝飾工藝	張長傑	美術
都市計劃概論	王紀鯤	建築
建築設計方法	陳政雄	建築
建築基本畫	陳榮美 楊麗黛	建築
建築鋼屋架結構設計	王萬雄	建築
中國的建築藝術	張紹載	建築
室內環境設計	李琬琬	建築
現代工藝概論	張長傑	雕刻
藤竹工	張長傑	雕刻
戲劇藝術之發展及其原理	趙如琳譯	戲劇
戲劇編寫法	方寸	戲劇
時代的經驗	汪琪 彭家發	新聞
大衆傳播的挑戰	石永貴	新聞
書法與心理	高尚仁	心理

滄海叢刊已刊行書目(七)

書名	作者	類別
印度文學歷代名著選(上)(下)	糜文開編譯	文學
寒山子研究	陳慧劍	文學
魯迅這個人	劉心皇	文學
孟學的現代意義	王支洪	文學
比較詩學	葉維廉	比較文學
結構主義與中國文學	周英雄	比較文學
主題學研究論文集	陳鵬翔主編	比較文學
中國小說比較研究	侯健	比較文學
現象學與文學批評	鄭樹森編	比較文學
記號詩學	古添洪	比較文學
中美文學因緣	鄭樹森編	比較文學
文學因緣	鄭樹森	比較文學
比較文學理論與實踐	張漢良	比較文學
韓非子析論	謝雲飛	中國文學
陶淵明評論	李辰冬	中國文學
中國文學論叢	錢穆	中國文學
文學新論	李辰冬	中國文學
離騷九歌九章淺釋	繆天華	中國文學
苕華詞與人間詞話述評	王宗樂	中國文學
杜甫作品繫年	李辰冬	中國文學
元曲六大家	應裕康 王忠林	中國文學
詩經研讀指導	裴普賢	中國文學
迦陵談詩二集	葉嘉瑩	中國文學
莊子及其文學	黃錦鋐	中國文學
歐陽修詩本義研究	裴普賢	中國文學
清真詞研究	王支洪	中國文學
宋儒風範	董金裕	中國文學
紅樓夢的文學價值	羅盤	中國文學
四說論叢	羅盤	中國文學
中國文學鑑賞舉隅	黃慶萱 許家鸞	中國文學
牛李黨爭與唐代文學	傅錫壬	中國文學
增訂江皋集	吳俊升	中國文學
浮士德研究	李辰冬譯	西洋文學
蘇忍尼辛選集	劉安雲譯	西洋文學

滄海叢刊已刊行書目(六)

書名	作者	類別
卡薩爾斯之琴	葉石濤	文學
青囊夜燈	許振江	文學
我永遠年輕	唐文標	文學
分析文學	陳啓佑	文學
思想起	陌上塵	文學
心酸記	李喬	文學
離訣	林蒼鬱	文學
孤獨園	林蒼鬱	文學
托塔少年	林文欽編	文學
北美情逅	卜貴美	文學
女兵自傳	謝冰瑩	文學
抗戰日記	謝冰瑩	文學
我在日本	謝冰瑩	文學
給青年朋友的信(上)(下)	謝冰瑩	文學
冰瑩書柬	謝冰瑩	文學
孤寂中的廻響	洛夫	文學
火天使	趙衛民	文學
無塵的鏡子	張默	文學
大漢心聲	張起鈞	文學
回首叫雲飛起	羊令野	文學
康莊有待	向陽	文學
情愛與文學	周伯乃	文學
湍流偶拾	繆天華	文學
文學之旅	蕭傳文	文學
鼓瑟集	幼柏	文學
種子落地	葉海煙	文學
文學邊緣	周玉山	文學
大陸文藝新探	周玉山	文學
累廬聲氣集	姜超嶽	文學
實用文纂	姜超嶽	文學
林下生涯	姜超嶽	文學
材與不材之間	王邦雄	文學
人生小語(一)(二)	何秀煌	文學
兒童文學	葉詠琍	文學

滄海叢刊已刊行書目(五)

書名	作者	類別
中西文學關係研究	王潤華	文學
文開隨筆	糜文開	文學
知識之劍	陳鼎環	文學
野草詞	韋瀚章	文學
李韶歌詞集	李韶	文學
石頭的研究	戴天	文學
留不住的航渡	葉維廉	文學
三十年詩	葉維廉	文學
現代散文欣賞	鄭明娳	文學
現代文學評論	亞菁	文學
三十年代作家論	姜穆	文學
當代臺灣作家論	何欣	文學
藍天白雲集	梁容若	文學
見賢集	鄭彥棻	文學
思齊集	鄭彥棻	文學
寫作是藝術	張秀亞	文學
孟武自選文集	薩孟武	文學
小說創作論	羅盤	文學
細讀現代小說	張素貞	文學
往日旋律	幼柏	文學
城市筆記	巴斯	文學
歐羅巴的蘆笛	葉維廉	文學
一個中國的海	葉維廉	文學
山外有山	李英豪	文學
現實的探索	陳銘磻編	文學
金排附	鍾延豪	文學
放鷹	吳錦發	文學
黃巢殺人八百萬	宋澤萊	文學
燈下燈	蕭蕭	文學
陽關千唱	陳煌	文學
種籽	向陽	文學
泥土的香味	彭瑞金	文學
無緣廟	陳艷秋	文學
鄉事	林清玄	文學
余忠雄的春天	鍾鐵民	文學
吳煦斌小說集	吳煦斌	文學

滄海叢刊已刊行書目(四)

書名	作者	類別
歷史圈外	朱桂	歷史
中國人的故事	夏雨人	歷史
老臺灣	陳冠學	歷史
古史地理論叢	錢穆	歷史
秦漢史	錢穆	歷史
秦漢史論稿	刑義田	歷史
我這半生	毛振翔	歷史
三生有幸	吳相湘	傳記
弘一大師傳	陳慧劍	傳記
蘇曼殊大師新傳	劉心皇	傳記
當代佛門人物	陳慧劍	傳記
孤兒心影錄	張國柱	傳記
精忠岳飛傳	李安	傳記
八十憶雙親 師友雜憶 合刊	錢穆	傳記
困勉強狷八十年	陶百川	傳記
中國歷史精神	錢穆	史學
國史新論	錢穆	史學
與西方史家論中國史學	杜維運	史學
清代史學與史家	杜維運	史學
中國文字學	潘重規	語言
中國聲韻學	潘重規 陳紹棠	語言
文學與音律	謝雲飛	語言
還鄉夢的幻滅	賴景瑚	文學
葫蘆・再見	鄭明娳	文學
大地之歌	大地詩社	文學
青春	葉蟬貞	文學
比較文學的墾拓在臺灣	古添洪 陳慧樺 主編	文學
從比較神話到文學	古添洪 陳慧樺	文學
解構批評論集	廖炳惠	文學
牧場的情思	張媛媛	文學
萍踪憶語	賴景瑚	文學
讀書與生活	琦君	文學

滄海叢刊已刊行書目(三)

書名	作者	類別
不疑不懼	王洪鈞	教育
文化與教育	錢穆	教育
教育叢談	上官業佑	教育
印度文化十八篇	糜文開	社會
中華文化十二講	錢穆	社會
清代科舉	劉兆璸	社會
世界局勢與中國文化	錢穆	社會
國家論	薩孟武譯	社會
紅樓夢與中國舊家庭	薩孟武	社會
社會學與中國研究	蔡文輝	社會
我國社會的變遷與發展	朱岑樓主編	社會
開放的多元社會	楊國樞	社會
社會、文化和知識份子	葉啓政	社會
臺灣與美國社會問題	蔡文輝 蕭新煌 主編	社會
日本社會的結構	福武直 著 王世雄 譯	社會
三十年來我國人文及社會科學之回顧與展望		社會
財經文存	王作榮	經濟
財經時論	楊道淮	經濟
中國歷代政治得失	錢穆	政治
周禮的政治思想	周世輔 周文湘	政治
儒家政論衍義	薩孟武	政治
先秦政治思想史	梁啓超原著 賈馥茗標點	政治
當代中國與民主	周陽山	政治
中國現代軍事史	劉馥著 梅寅生譯	軍事
憲法論集	林紀東	法律
憲法論叢	鄭彥棻	法律
師友風義	鄭彥棻	歷史
黃帝	錢穆	歷史
歷史與人物	吳相湘	歷史
歷史與文化論叢	錢穆	歷史

滄海叢刊已刊行書目（二）

書名	作者	類別
語言哲學	劉福增	哲學
邏輯與設基法	劉福增	哲學
知識・邏輯・科學哲學	林正弘	哲學
中國管理哲學	曾仕強	哲學
老子的哲學	王邦雄	中國哲學
孔學漫談	余家菊	中國哲學
中庸誠的哲學	吳怡	中國哲學
哲學演講錄	吳怡	中國哲學
墨家的哲學方法	鐘友聯	中國哲學
韓非子的哲學	王邦雄	中國哲學
墨家哲學	蔡仁厚	中國哲學
知識、理性與生命	孫寶琛	中國哲學
逍遙的莊子	吳怡	中國哲學
中國哲學的生命和方法	吳怡	中國哲學
儒家與現代中國	韋政通	中國哲學
希臘哲學趣談	鄔昆如	西洋哲學
中世哲學趣談	鄔昆如	西洋哲學
近代哲學趣談	鄔昆如	西洋哲學
現代哲學趣談	鄔昆如	西洋哲學
現代哲學述評(一)	傅佩榮譯	西洋哲學
懷海德哲學	楊士毅	西洋哲學
思想的貧困	韋政通	思想
不以規矩不能成方圓	劉君燦	思想
佛學研究	周中一	佛學
佛學論著	周中一	佛學
現代佛學原理	鄭金德	佛學
禪話	周中一	佛學
天人之際	李杏邨	佛學
公案禪語	吳怡	佛學
佛教思想新論	楊惠南	佛學
禪學講話	芝峯法師譯	佛學
圓滿生命的實現（布施波羅蜜）	陳柏達	佛學
絶對與圓融	霍韜晦	佛學
佛學研究指南	關世謙譯	佛學
當代學人談佛教	楊惠南編	佛學

滄海叢刊已刊行書目(一)

書名	作者	類別
國父道德言論類輯	陳立夫	國父遺教
中國學術思想史論叢(一)(二)(三)(四)(五)(六)(七)(八)	錢穆	國學
現代中國學術論衡	錢穆	國學
兩漢經學今古文平議	錢穆	國學
朱子學提綱	錢穆	國學
先秦諸子繫年	錢穆	國學
先秦諸子論叢	唐端正	國學
先秦諸子論叢（續篇）	唐端正	國學
儒學傳統與文化創新	黃俊傑	國學
宋代理學三書隨劄	錢穆	國學
莊子纂箋	錢穆	國學
湖上閒思錄	錢穆	哲學
人生十論	錢穆	哲學
晚學盲言	錢穆	哲學
中國百位哲學家	黎建球	哲學
西洋百位哲學家	鄔昆如	哲學
現代存在思想家	項退結	哲學
比較哲學與文化(一)(二)	吳森	哲學
文化哲學講錄(一)(二)(三)(四)	鄔昆如	哲學
哲學淺論	張康譯	哲學
哲學十大問題	鄔昆如	哲學
哲學智慧的尋求	何秀煌	哲學
哲學的智慧與歷史的聰明	何秀煌	哲學
內心悅樂之源泉	吳經熊	哲學
從西方哲學到禪佛教—「哲學與宗教」一集—	傅偉勳	哲學
批判的繼承與創造的發展—「哲學與宗教」二集—	傅偉勳	哲學
愛的哲學	蘇昌美	哲學
是與非	張身華譯	哲學